Walter Klier, geboren 1955, lebt in Innsbruck, Mitherausgeber der Zeitschrift »Gegenwart«. Literaturkritik, Essays und Belletristik, zuletzt der Roman »Aufrührer« (1991). Publizierte 1990 zusammen mit Stefanie Holzer, als Experiment in Sachen Autorschaft/Authentizität, unter dem Pseudonym Luciana Glaser die Erzählung »Winterende« (Buch des Monats Mai der Darmstädter Jury) und 1991 die Dokumentation »Luciana Glaser. Eine Karriere«.

Walter Klier

Das Shakespeare-Komplott

Steidl

Bitte bestellen Sie unser kostenloses Gesamtverzeichnis:
Steidl Verlag, Düstere Straße 4, D-37073 Göttingen

97 98 99 00   9 8 7 6 5 4 3 2 1

© Copyright: Steidl Verlag, Göttingen 1997
Alle Rechte vorbehalten
Umschlaggestaltung: Klaus Detjen
unter Verwendung eines Bildes vom Archiv für Kunst und
Geschichte, Berlin
Satz, Druck, Bindung:
Steidl, Düstere Straße 4, D-37073 Göttingen
Printed in Germany
ISBN 3-88243-474-0

Inhaltsverzeichnis

8 Dissoluteness in Plays
Die 1580er Jahre: John Lyly und *Euphues*, die ersten

9 My Name Be Buried Where My Body Is

10 A Moniment, Without a Tomb

Der Wille zum Nichtwissen

What's in a Name?

Der doppelte Shakespeare

> »Fast alle Schriften über Shakespeare beginnen mit der Klage, daß die
> Quellen zu einer Lebensgeschichte des Dichters ebenso trübe wie spär-
> lich fließen. Noch heute gilt der Satz seines besten Kommentators, des
> trefflichen Steevens, welcher sagt: ›Alles, was wir mit einiger Bestimmt-
> heit über Shakespeare wissen, ist dieses: er ward geboren in Stratford
> am Avon – heiratete dort und hatte Kinder – ging nach London, wo er
> Schauspieler wurde und Gedichte und Dramen schrieb – kehrte nach
> Stratford zurück, machte sein Testament, starb und wurde begraben.‹
> [...] Sicher ist, daß was wir über ihn wissen, in keinem erklärenden
> Zusammenhange mit seiner Größe steht und zum Verständniß seiner
> Dichtungen nichts beiträgt.«
>
> *Friedrich Bodenstedt (1866/72)*

> »Oxford, Edward de Vere, 17th Earl of (b. April 12, 1550, Castle Heding-
> ham, Essex, Eng.–d. June 24, 1604, Newington, Middlesex), English
> lyric poet and patron of an acting company, Oxford's Men, who became,
> in the 20th century, the strongest candidate proposed (next to William
> Shakespeare himself) for the authorship of Shakespeare's plays.«
>
> *Encyclopaedia Britannica (1993)*

Von dem am 26. April 1564 in Stratford getauften und 1616 dortselbst verstorbenen »Gulielmus filius Johannes Shakspere«,
bekannter unter dem Namen William Shakespeare, besitzen
wir eine Reihe von Dokumenten, die sich auf Taufe, Heirat,
Käufe, Verkäufe, Pachten und dergleichen beziehen, also auf
das Leben eines Kaufmanns aus der Provinz, der seinen Geschäften nachging und dann und wann mit dem Gesetz in Konflikt kam. Eine Person gleichen oder ähnlichen Namens taucht
um 1600 als Teilhaber der Chamberlain's Men, des wichtigsten
Ensembles der Epoche, in London auf; seine Position ist aus
den Dokumenten nicht eindeutig zu klären. Zur selben Zeit
können wir, mehr als bruchstückhaft, die Karriere des Londoner Dichters und Dramatikers William Shakespeare verfolgen.

Erhalten geblieben sind verstreute, meist lobende Erwähnungen seiner Werke und Anspielungen darauf; vom Menschen Shakespeare ist kaum irgendwo die Rede. Manche der spärlichen Hinweise geben Rätsel auf – wenn etwa 1610 ein John Davies of Heresford von »Mr. Will. Shake-Speare« schreibt: »Hättst du nicht zum Vergnügen Könige gespielt, wärst du Gefährte einem Könige gewesen«; oder wenn ein anonymes Epigramm von 1640 sagt: »Shake-Speare, wir dürfen dich nicht rühmen, denn unsre Hymnen würden deinen Lorbeer nur verblasen.« Häufig wird der Dichter mit diesem Bindestrich geschrieben, so als handle es sich bei dem Namen um ein sprechendes Pseudonym.

Dabei war Shake-Speare alles andere als verkannt. Nicht nur in den Theatern Globe und Blackfriars, auch am Hof Elizabeths I., wo viel Theater gespielt wurde, gehörten seine Stücke zum Standardrepertoire; doch auch dort, wo ein Literat fast notgedrungen sein Glück versuchen mußte, ist er persönlich nicht in Erscheinung getreten. Von der Königin, deren Liebe zum Theater eine der Ursachen für das Aufblühen des Genres war, ist nicht bekannt, daß sie seinen Namen je in den Mund genommen hätte. *Er* revanchierte sich durch unübliches und damit mehr als unhöfliches Schweigen, als sie starb. – Von Elizabeths Nachfolger James, der literarisch interessiert war und selber Gedichte geschrieben haben soll, wissen wir ebensowenig, daß er den Namen des Autors, dessen Beliebtheit unter seiner Regentschaft nicht abnahm, je erwähnt hätte. Und das, obwohl Shakespeares Kunst, nach Ben Jonsons Zeugnis, »Eliza, und unsren James« ergötzt hatte.

Der Tod des Schauspielers Richard Burbage 1619 in London wurde von der ganzen Stadt betrauert, mehr selbst als jener der Königin Anne im selben Jahr; der Shaksperes, 1616, brachte nicht einmal in Stratford einen Hund zum Jaulen geschweige einen angeblichen Gönner wie den Grafen von Southampton oder einen seiner literarischen Freunde wie Ben Jonson, der erst nach sieben Jahren das Schweigen über jenen Mann brach, von dem er doch später schreiben sollte: »I lov'd the man, and do honour to his memory (on this side idolatry) as much as any.« (Ich schätzte diesen Mann, und ehre sein Andenken, gerade noch diesseits der Vergötterung, wie nur irgendwer.)[1]

Bei dem – man weiß nicht, wie – zu Reichtum gekommenen Kaufmann fehlt jede Verbindung zum literarischen Werk. Mehr noch: Er hat auf das Werk, als dessen Urheber er heute betrachtet wird, zu seinen Lebzeiten keinen Anspruch erhoben; ebensowenig wie irgendwer anderer. Auch ist nicht bekannt, daß er sich in irgendeiner Form darum bekümmert hätte. Wir besitzen keine einzige von seiner Hand geschriebene Zeile, und die Echtheit der sechs angeblich authentischen Unterschriften ist, wie zu zeigen sein wird, mehr als fraglich. Es gibt kein wie auch immer geartetes Dokument, das, über jeden Zweifel erhaben, Shakespeares Werk dem Leben des William Shakspere zuordnen würde. Und das, obwohl es Gegenstand der wohl größten Suchaktion der ganzen Literaturgeschichte geworden ist. Bis heute sind die Biographen nicht viel weiter als der »treffliche Steevens« (1778), den Friedrich Bodenstedt im Vorwort zu einer populären deutschen Shakespeare-Ausgabe des 19. Jahrhunderts zitiert. Sie sind im wesentlichen auf Vermutungen, Analogieschlüsse und mehr oder weniger kühne Hypothesen angewiesen, um die Leere dieses Lebens mit etwas zu füllen, was annähernd an ein Wesen aus Fleisch und Blut erinnert.

Es ist, als habe man, nachdem alles vorbei war und der Nachruhm, der ohne ein »Leben« ja nicht auskommt, in geordnete Bahnen gelenkt werden mußte, die ungleichen oder besser inkohärenten Hälften zunächst auf gut Glück zusammengefügt und danach unter Aufbietung allen Scharfsinns eine vernünftige Verbindung zwischen ihnen herzustellen versucht. Sie wird zunächst begründet durch einige Andeutungen im Vorspann der ersten Gesamtausgabe, der *Folio* von 1623, und das Grabmal in Stratford-upon-Avon, Ziel einer Pilgerfahrt, die Jahr für Jahr mehr als eine Million Menschen in gutem Glauben antreten. Beide sind postume Zeugen für einen Sachverhalt, der zu Lebzeiten des oder der Betroffenen nicht direkt nachweisbar ist.

Der breite Graben, der bei Shakespeare Leben und Werk trennt, und die schiere Unbekanntheit dieser Biographie, die sich wie keine andere der Neuzeit ihrer Erforschung widersetzt, waren von allem Anfang Quell einer Irritation, die bis heute anhält.

Seit Jahrzehnten stehen in dieser Frage zwei Auffassungen oder Gruppen von Auffassungen einander unversöhnlich gegenüber. Die einen, nach dem Geburtsort ihres Helden »Stratfordians« genannt, hegen keinen Zweifel daran, daß der 1564 geborene und 1616 verstorbene William Shakspere der Verfasser der 36 Dramen, der zwei langen Erzählgedichte und der 154 Sonette ist, die von 1593 an unter dem Namen Shakespeare oder Shake-speare publiziert wurden[2]. Sie haben eine vierhundert Jahre alte Tradition auf ihrer Seite, halten die feste Burg der Universität und beeinflussen von dort aus nachhaltig die Ansichten derjenigen, die sich für Shakespeare interessieren; und dabei muß es sich um eine große Gemeinde handeln, wenn man die Zahl der Biographien, der Aufführungen, der Editionen, der Besucher in Stratford und den Umfang an Sekundärliteratur bedenkt sowie das Ausmaß, in dem Shakespeare in Form von Zitaten und Anspielungen in das kollektive Bewußtsein der abendländischen Kultur eingewachsen ist.

Jene, die an dem Mann aus Stratford ihre Zweifel haben und sich auf die Suche nach dem wahren Autor begeben, werden unter dem Titel »Anti-Stratfordians« zusammengefaßt. Um den Zweifel im Text sichtbar zu machen, unterscheiden sie orthographisch zwischen »Shakspere«, wie er sich mehr oder weniger selber schrieb, und »Shakespeare«, dem Autor, wer immer er tatsächlich gewesen sein mag. Ich werde in der vorliegenden Erzählung diesem Usus folgen, denn – der Leser wird es erraten haben – auch ich habe mich, der Macht der Logik und Plausibilität gehorchend, auf die Seite der Zweifler geschlagen. Zu den prominenteren unter ihnen zählten im Lauf der Zeit so verschiedenartige Persönlichkeiten wie Mark Twain und Charles Chaplin, Henry James und Sigmund Freud, Walt Whitman und Ralph Waldo Emerson, Fürst Bismarck, John Galsworthy oder

Sir John Gielgud, Daphne du Maurier und Orson Welles. Aus einer mehr oder weniger fundierten Kenntnis des Werks und der Lebensumstände des Stratforders erschien es ihnen offenbar unmöglich, »to marry his fact to his verse« (Emerson). Aus diesem ersten Befund ergab sich die Vermutung, der Name Shakespeare sei das Pseudonym eines anderen, der es vorgezogen habe, sich hinter dem Handelsmann aus Stratford zu verbergen. Erwähnenswert, daß eine Ursache für die Zweifel, Shakespeares kompromißlos aristokratische Weltsicht, bei überzeugten Demokraten wie Mark Twain oder Walt Whitman nicht unbedingt aus bewußtloser Verehrung des Meisters resultierte.

Zwischen 1850, als der Streit um die Verfasserschaft erstmals eskalierte, und dem Beginn des 20. Jahrhunderts schien in der Person des Philosophen und Staatsmanns Sir Francis Bacon die plausibelste Lösung des Rätsels zu liegen. Er besaß im großen und ganzen die intellektuelle und soziale Statur, die der wahre Shakespeare aufweisen mußte. Neben anderen waren auch Christopher Marlowe und William Stanley, Graf von Derby, als Anwärter auf das *hohe Amt* im Gespräch. Alle diese Hypothesen hielten einer genaueren Untersuchung nicht stand und führten zu kaum mehr, als die Fragestellung insgesamt zu diskreditieren. Seit der 1920 erfolgten Publikation von John Thomas Looneys *»Shakespeare« Identified* ist Edward de Vere, der siebzehnte Graf von Oxford, der aussichtsreichste Kandidat für die Ehre geworden, den – wie es scheint – ewig grünen Lorbeerkranz spät, aber doch in Empfang zu nehmen. Seine Anhänger heißen demgemäß »Oxfordians«. Die Geschichte, die hier erzählt wird, ist nicht nur die einer außergewöhnlichen literarischen Detektivarbeit, es ist auch die eines Sekten- oder Religionskriegs, der mit aller Unnachgiebigkeit, List und Roheit geführt wurde und wird, die solchen Kriegen anhaftet, auch wenn sie nur auf dem Papier stattfinden.

Die Geschichte handelt von Büchern, Bücherschreibern und -lesern; der Kern des Problems ist allerdings weniger literarischer als historischer und juristischer Natur.[3] Die Beweis-

stücke in diesem Prozeß sind Wörter, vor langer Zeit aufgeschrieben und oft nur durch Zufall erhalten – während gerade
jene Wörter und Sätze, denen die Antwort auf unsere Frage
unzweideutig zu entnehmen wäre, verlorengegangen sind. Ein
erstaunlicher Aspekt des ganzen: Bei William Shakspere
ebenso wie bei Edward de Vere hat man den Eindruck, als habe
eine ordnende Hand sich mit dem großräumigen Beiseite-
schaffen von Beweismitteln auf das liebevollste abgegeben.
Unsere Geschichte enthält also nicht nur eine dostojewskische
Zahl von handelnden Personen, sondern auch eine ganze
Reihe von recht vertrackten, oft indirekten und unübersichtli-
chen Argumenten. Ich kann den geneigten Leser nur bitten,
sich nicht allzu rasch aus der Ruhe bringen zu lassen; ich hoffe
zuversichtlich, seine Geduld wird sich am Ende lohnen.

Bis heute, siebzig Jahre nach Looney, hat es niemand unter-
nommen, die Oxford-Hypothese auf wissenschaftlich korrekte
Weise und in der nötigen Ausführlichkeit zu widerlegen. Im
besten Fall wurden und werden einzelne, »schwächere« Teile
herausgepickt und ad hoc (und meist ad hominem) hinwegar-
gumentiert, womit die Sache erledigt scheint. Die Oxfordians
agieren fast ausschließlich außerhalb der Universität und befinden sich von daher in einer schlechteren Ausgangsposition.
Einen guten Einblick in die psychische Dimension des Streits
kann man gewinnen, wenn man in einer beliebigen Biographie
mit Hilfe des Registers den Grafen von Oxford ausfindig
macht: erstaunlich viel Emotion. Bei näherem Hinsehen stellt
man fest, daß in der Literatur über Shakespeare an allen Ecken
und Enden gegen eine Auffassung polemisiert wird, die offiziell gar nicht oder nur in Nebenbemerkungen existiert.

Alle Beteiligten lieben naturgemäß Shakespeare – und werfen der Gegenseite vor, ihn weniger zu lieben oder nicht auf die
rechte Weise, wie es sich für einen Religionskrieg ziemt. Einig
sind alle sich darin, daß er der Größte ist. Sonst wäre schon der
Forschungsaufwand nicht zu rechtfertigen, der den Charakter
einer eigenen kleinen Industrie angenommen hat: »Bard Biz«.
Wie es dazu kam, ob aufgrund einer perfiden konservativen

Weltverschwörung oder wegen übergroßer Genialität oder, wie Doktor Samuel Johnson es in seinem Vorwort zu Shakespeare sagt, einfach aufgrund der Tatsache, daß er die Zeit überdauert hat[4], bleibt für das Endergebnis unerheblich. Unerheblich dafür ist auch die hypothetische Frage nach der weiteren Dauerhaftigkeit dieses Œuvres. »Shakespeare is everything«[5], damit hat es sich vorderhand.

Wichtig ist hingegen, daß die Grundzüge jener von der Romantik am deutlichsten formulierten und personifizierten Genie-Gestalt nicht verlorengehen: Es ist jemand, der auf schier unerklärliche Weise über sein Milieu und seine Gegebenheiten hinauswächst zu etwas Autonomem, Überdimensionalem, Quasi-Göttlichem. Niemand eignet sich besser dafür als die Sagenfigur des William Shakespeare, der aus dem provinziellen Kleinbürgertum kam, der Hauptstadt, also der Welt, in lässiger Gebärde sein Werk hinwarf und wie gleichgültig wieder dorthin verschwand, woher er gekommen war. Diese Gestalt bleibt in den Grundzügen erhalten, auch wenn geistesgeschichtliche Moden es notwendig machen, ihr neue Kleider überzuziehen. Vermutlich hält die traditionelle Shakespeare-Sage sich auch deshalb so hartnäckig, weil es eine genuin demokratisch-kapitalistische ist: die literarhistorische Variante des Märchens *Vom Tellerwäscher zum Millionär*.

Für neuere französische Auffassungen, die im »Tod des Autors« eine religiöse Wahrheit gefunden haben, ist die Nicht-Person Shakespeare ein gefundenes Fressen. Natürlich wurde auch in der elisabethanischen und jakobäischen Zeit Literatur nicht von autonomen Individuen geschaffen. Nicht nur die *King James Bible*, in Qualität und Wirkung unserer Lutherbibel vergleichbar, ist das Werk eines Autorenkollektivs, auch ein großer Teil der dramatischen Literatur entstand im Teamwork (gerade auf dem Theater ist der endgültige, auf der Bühne reproduzierte Text immer ein »kollektiver«). Ob und in welchem Maß Shakespeare mit anderen Autoren zusammengearbeitet hat, kann bis zu einer endgültigen Klärung der biographischen Frage aber dahingestellt bleiben. Denn andererseits wird kaum jemand bestreiten, daß der Kern des Shakespearschen Œuvres – Stücke wie *Hamlet, King Lear, Othello, Richard III, Henry V, Romeo and Juliet, Macbeth* – *einem* Geist entspringt, *einen* poetischen und theatralischen Duktus hat, Zeugnis *einer* individuellen Leidenschaft ist und eines identifizierbaren und unverwechselbaren ästhetischen Zugriffs auf die Welt und daß es, von allem anderen abgesehen, zuletzt eine Frage der simplen historischen Gerechtigkeit und Akkuratesse bleibt, herauszufinden, wer das nun wohl gewesen sei – wenn es denn zweifelhaft sein sollte.

Warum beschäftigt sich die »offizielle«, das heißt die akademische Anglistik in so aufreizender Weise *nicht* mit der Verfasserfrage (bei gleichzeitig exponentiellem Wachstum der Sekundärliteratur zu Shakespeare)? Die Mühsal, eine ganze Bibliothek umzuschreiben, sollte die Forschung nicht im voraus abschrecken. Eine Fülle von Lehrstühlen, Assistenzstellen, Stipendien und Drittmitteln ließe sich schaffen und dauerhaft rechtfertigen durch die umfängliche Aufgabe, dieses zentrale Kapitel der Literatur- und Theatergeschichte neu zu fassen. Und selbst wenn, wie wir inzwischen wissen, Erkenntnis in den Wissenschaften sich weniger durch Falsifikation als biologisch, durch Generationswechsel auf den Lehrstühlen, durchsetzt, möchte man annehmen, daß in den siebzig Jahren seit Looney sich zumindest eine kräftige Fraktion gebildet haben könnte, die das neue, fruchtbare Ackerland bebaut, die Kontroverse schürt – gerade heute, wo die universitäre Shakespearologie einen ziemlich erschöpften, um nicht zu sagen: sklerotischen Eindruck macht.

Zwar sind die exzessiven Beschimpfungen der Anti-Stratfordianer als »Jack Rubys der Literaturgeschichte« (William M. Murphy vom amerikanischen Union College) und »fanatische Sektierer« (Louis B. Wright von der Folger Library) beim Verklingen; dennoch bleibt es einstweilen bei der Situation, die Charlton Ogburn in *The Mysterious William Shakespeare* so umreißt: »Die Insistenz, mit der stratfordianische Akademiker darauf bestehen, daß die Ansichten der Abweichler jeden Verdienstes und jeder Rechtfertigung entbehren und ihnen nicht die geringste Beachtung gebührt, muß bei jedem, der über die Zahl und Respektabilität der Zweifler unterrichtet ist, Verwunderung auslösen. [...] Diese Akademiker sind zum Großteil keineswegs dumm; Samuel Schoenbaum ist außergewöhnlich klug. Und doch klammern sie sich an eine Politik der totalen Denunziation des Zweifels und der Zweifler. Warum? Die einzige Antwort, die mir dazu einfällt: Sie schätzen die Risiken jeder anderen Strategie noch wesentlich höher ein. [...] Läßt man den kleinsten Zweifel zu, dann wird dieser sich von einem Element der Ungereimtheit und Unplausibilität innerhalb der Erklärungsstruktur zum nächsten fortsetzen, immer weiter anwachsen und schließlich das ganze auffressen. Nur unter dieser Voraussetzung – daß die Stratfordianer zutiefst davon überzeugt sind, ihr Glaube müsse ohne Zögern als ganzes geschluckt werden, wenn er überhaupt geschluckt werden will – kann ich mir das Maß an Beschimpfung erklären, womit jene überhäuft werden, die mit dem Verzehr zögern.«[6]

Die Anglistik nähert sich manchmal der Frage bis auf Haaresbreite, ist aber peinlich bemüht, die Demarkationslinie nicht zu überschreiten, hinter der sich das Reich des Bösen, sprich des Grafen von Oxford, erstreckt. In der Gesamtdarstellung *Die englische Literatur*, 1991 als Originalausgabe in der bewährten Qualität der dtv-Wissenschaftsreihe erschienen, wird das Problem mit keinem Wort erwähnt. Das deutsche *Shakespeare-Handbuch*, das 57 Kandidaten zählt, die um »die Ehre wetteifern«, hat zwar ein eigenes Kapitel zu dem Thema eingerichtet, vermeidet es, im Abschnitt über Edward de Vere auf Looneys Argumentation seriös oder auf die neueren Arbeiten von Ruth Loyd Miller (1975) und Charlton Ogburn (1984) überhaupt einzugehen, was notwendigerweise zu einer Evaluierung der Verfasserschaftstheorien hätte führen müssen. So bleibt der Eindruck einer Kuriositätenkammer von bestenfalls historischem Interesse. Vornehmer, als es die einschlägige Rowohlt-Monographie tut, verweist das *Handbuch* unser Thema ins Reich jener Hirngespinste, die zum Ärgernis des seriösen Forschers die kollektive Phantasie nicht aufhören zu beschäftigen und die den ordentlichen Lehrbetrieb nur stören.

Nun, »the human mind is a fallible instrument«, schrieb E. K. Chambers, einer der bedeutendsten Shakespeare-Forscher dieses Jahrhunderts. Er hat, zumindest offiziell, nie den Verdacht geäußert, daß es gute Gründe für die Annahme gibt, daß »der göttliche William der größte und erfolgreichste Betrug ist, der je an einer geduldigen Welt begangen wurde«, wie Henry James in einem Brief schrieb.[7]

ERSTER TEIL

Abschied von Stratford

Die Komödie einer Wissenschaft

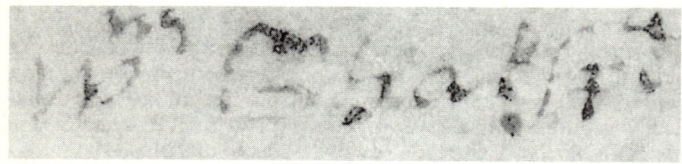

William Shaksperes Unterschriften: 1612, 1613, 11. März 1613, 1616, 1616

1 Aus dem Leben eines Phantoms

Was uns von William Shakspere überliefert wurde

William Shakspere wurde am 26. April 1564 zu Stratford-upon-Avon getauft. Am 30. November oder 1. Dezember 1582 heiratete er Ann Hathaway oder Hathwey, die vermutlich 1556 geboren war. Das erste Kind, Susanna, wurde am 26. Mai 1583 getauft, das Zwillingspaar Hamnet und Judith am 2. Februar 1585. Das ist alles, was wir über Shaksperes frühe Jahre wissen. 1592, mit 28 Jahren, ist er angeblich in London, bis über beide Ohren im Theatergeschäft, erfolgreich als Schauspieler und Autor, und zieht den Neid von Kollegen auf sich. Drei Jahre später – so heißt es – sei er einer der führenden Köpfe des besten Londoner Ensembles, der Chamberlain's Men, geworden. Wie hat er diesen Weg zurückgelegt? Da es an Dokumenten fehlt, ist Phantasie vom Biographen gefordert, um seinen Schützling von Punkt A (Sohn des Handschuhmachers in einem Provinznest) nach Punkt B (multifunktionaler Theaterstar in der Hauptstadt, allerdings weiterhin eine höchst flüchtige Erscheinung) zu transportieren.

Von Shakespeares umfassender Bildung wird noch die Rede sein; zunächst muß er daheim in Stratford mit deren damals üblichen Rudimenten ausgestattet werden. Vater John Shakspere war Analphabet; er unterschrieb mit der »Marke«, was um 1560 für einen Amtmann (bailiff) keine Schande war. Von 19 *aldermen* und *burgesses* konnten nur sechs ihren Namen schreiben. Dabei besaß ihr Städtchen in jener Zeit, als der kleine Will sie besuchte, die wahrscheinlich beste Schule der gesamten zivilisierten Welt – wenn man den Schilderungen der Stratfordianer Glauben schenkt: »One of the best of the day«, charakterisiert sie Louis Booker Wright von der Folger Library in Washington, der bedeutendsten Sammlung von Shakespeareana.[8] Es mag sein, daß Stratford die eine Ausnahme bildete unter den Schulen, über die Henry Peacham vom Cambridger Trinity College 1622 schrieb, sie seien »a general plague and complaint of the whole land; for one discreet [klug, urteilsfähig] and able teacher, you shall find twenty ignorant and careless«. Es mag sein, aber wir wissen es nicht. Auch fehlen für die entscheidenden Jahre alle Aufzeichnungen über den Schülerstand und damit direkte Evidenz für shaksperreschen Schulbesuch.

»Die Grammar School von Stratford war eine gute Schule, und der Besuch war für die Bürger der Stadt frei. Was tat er wohl im Alter von sieben bis dreizehn, wenn nicht zur Schule zu gehen?« fragen die Professoren Evans und Levin. Charlton Ogburn antwortet, nicht ganz ohne Häme: »Ich weiß nicht, was er getan hat: Vermutlich mehr oder weniger das, was andere Knaben in seinem Alter taten, nämlich nicht zur Schule zu gehen.«[9]

Schon Looney war aufgefallen, daß der Besuch der Grammar School den Bürgerkindern der Stadt zwar offenstand, aber nur dann, wenn sie bereits lesen und schreiben konnten. Wer mochte es *ihm* also beigebracht haben? J. O. Halliwell-Phillipps, einer der besten Shakespeare-Kenner des 19. Jahrhunderts, meint: »Wahrscheinlich erhielt der Dichter die erste bruchstückhafte Unterweisung von älteren Knaben.« Looney, dem alten Schulmann, leuchtet das nicht ein: »Spätere Generationen von Schülern haben spannenderen Zeitvertreib vorgezogen.«[10]

Beweise fehlen gleichermaßen für den Besuch einer der Universitäten, einer der Rechtsakademien, der Inns of Court, oder der Merchant School in London, deren Archive, wie es scheint, lückenlos sind, weswegen der Bildungsweg von Kollegen wie Ben Jonson oder Christopher Marlowe meist recht genau rekonstruierbar ist. *Seine* profunde Bildung (die man aus den Stücken erschließen kann) muß also aus der Stratford Grammar School stammen, die im Zuge einer vom Rührenden ins völlig Absurde kippenden professoralen Bemühung zu einem wahren Mekka der Bildung heranwächst (»An der Schule von Stratford lasen die Knaben viel mehr Latein als sogar die besten Studenten der Altphilologie an einem heutigen amerikanischen College«[11]), während die Universität, die ja zuvor Stratfords Schulmeister herangebildet haben muß, die wiederum für Shakespeares eminentes Wissen verantwortlich sind, im gleichen Maß einer überraschenden Verunglimpfung anheimfällt.

Dies erstaunt, wenn man bedenkt, daß es lauter Universitätsprofessoren sind, die da einhellig ihrer eigenen Daseinsgrundlage das Lebensrecht absprechen. Da schreibt man von der »Sterilität eines großen Teils der universitären Erziehung« und den »jeder Logik Hohn sprechenden theologischen Erörterungen«.[12] Mit der Sterilität jener Bildung mögen sie recht haben. Doch scheinen damals wie heute höhere Schule und Universität einen gewissen Freiraum für geistige Entwicklung bereitzustellen, die Begegnung mit klugen Leuten und ein Einklinken in Wissensräume und Wissens- und Denkgewohnheiten zu ermöglichen, auch wenn dieses Denken letztlich in Opposition zur Universität und der dort gängigen Praxis gerät.

So wäre denn eine profunde höhere Bildung nicht nur nutzlos, sondern richtiggehend schädlich gewesen – für *ihn*, dessen Werk doch gerade dem Bildungshuber solche Freude macht[13]. Den Kollegen von Marlowe bis Robert Greene, von Edmund Spenser bis Sir Philip Sidney hat sie ja offenbar nicht so geschadet. Oder doch: Wären es lauter Shakespeares geworden, wenn sie sich der einzig gültigen Universität anvertraut hätten, die es nach Meinung etwa von A. L. Rowse, dem Doyen der englischen Shakespearologie, gibt: »the university of life«?[14] Was immer Rowse sich genau darunter vorstellen mag – in Shakespeares Stücken ist ja gerade von dem sehr wenig zu merken, was »die Universität des Lebens« für jemanden mit dem Hintergrund William Shaksperes aus Stratford bereitgehalten haben mag.

Der einzige Beleg für den Aufenthalt Shaksperes in den späteren 1580er Jahren ist die Erwähnung in einem Rechtsstreit, den seine Eltern um einen Besitz in Wilmcote führten (1588)[15]. Ließen wir die Autorschaftsfrage beiseite und damit die Notwendigkeit, den Werdegang des William Shakspere irgendwie plausibel zu machen, spräche nichts gegen die Annahme, er habe die 1580er Jahre oder den Großteil davon ganz einfach zu Hause in Stratford verbracht. Wer der Schwierigkeit, aus nichts etwas zu machen, nicht mit mehr oder weniger waghalsigen Theorien begegnen möchte, verfährt dabei meist wie A. L. Rowse in seiner Biographie von 1963 und weicht auf die Meteorologie aus: »One fine day in the later 1580s he took the road to London.« Hier bietet sich dann Raum für Schilderungen des elisabethanischen Zeitalters im allgemeinen und des Londoner Theaterlebens im besonderen – die ohnehin einmal nötig werden –, um die entstehende Pause zu füllen.

Der Forschungsaufwand war maßlos und stand in keinem Verhältnis zum Ergebnis. Seit das amerikanische Forscherehepaar Wallace um 1910 etwa drei Millionen nicht katalogisierte und seit dreihundert Jahren unberührt gebliebene Dokumente im Keller des Public Record Office durchgesehen und unter anderem die Akten der Fälle *Belott vs. Mountjoy* und *Ostler vs. Heminges* gefunden hatte, ist kein einziges mit dem Meister nur entfernt zusammenhängendes Zettelchen mehr aufgetaucht. In Charlton Ogburns Worten: »Skeptiker würden sagen, daß niemals auf dem Gebiet der Biographie so viele sich so fleißig und so lang für so wenig abgemüht haben, noch dazu für so wenig von dem, was sie eigentlich suchten.«[16]

Den nicht wieder erreichbaren Gipfelpunkt dieser Entwicklung bildet vermutlich E. J. A. Honigmanns *Shakespeare: the ›lost years‹*. Professor Honigmann nimmt zwei Details, einen Satz beim Biographen Aubrey von 1680 (»he understood Latin pretty well, for he had been in his younger years a schoolmaster in the country«) und das Testament des Alexander Hoghton, Esq., aus Lea in Lancashire, der 1581 »his stock of play clothes and all his musical instruments« wahlweise seinem Bruder oder einem Sir Thomas Hesketh überläßt und diesen bittet, »to be friendly unto Fulk Gyllome and William Shakeshafte now dwelling with me«.

Daraus ergebe sich die »exciting possibility«, daß dieser Shakeshafte »eigentlich« Shakespeare hieß, Schauspieler war und mit William Shakspere aus Stratford identisch. Er war nun also Schullehrer *und* Schauspieler, zugleich oder abwechselnd, und im Dienst jener nordenglischen Adligen, und damit sei das Rätsel seiner »lost years« gelöst.[17] Nun weiß man zwar nicht, ob Shakeshafte Schulmeister oder Schauspieler oder was er sonst war. Aber da man eben gar nichts über Shakeshafte weiß, außer daß er im Testament Hoghtons erwähnt ist, ist auch nichts bekannt, was der von Honigmann auf 160 Seiten entwickelten Hypothese widersprechen könnte, da man ja auch über die »lost years« des Meisters, wie schon die Bezeichnung verrät, nicht das geringste weiß.

Andere Biographen lassen Shakspere, je nach persönlicher Neigung, im Gefolge eines Lords nach Italien reisen, um sich die Kenntnis Veronas, Venedigs und der Commedia dell'arte anzueignen, oder als Schreiber in einer Rechtsanwaltskanzlei arbeiten, damit Shakespeares profunde juristische Bildung ihre Erklärung findet. Auch für intensive Lektüre von Literatur, Philosophie, Geschichte und Naturwissenschaften muß gesorgt werden sowie für Zeit und Gelegenheit, sich Kenntnisse der Musik und bildenden Kunst anzueignen. Kein Wunder, daß auf dem Höhepunkt der positivistischen Sammelwut um 1900 die Theorie entstand, Shakespeare könne nur das Pseudonym einer ganzen Gruppe von Leuten gewesen sein, von denen jeder das Wissen aus seinem Spezialgebiet in die Texte einspeiste.

1592, heißt es, taucht unser Mann definitiv in der Hauptstadt auf. Ein Willelmus Shackspere leiht mit Bestätigung vom 22. Mai 1592 einem John Clayton sieben Pfund, die er 1600 mit gerichtlicher Hilfe wieder eintreibt. Da es sich bei diesem ersten Londoner Beleg, wie übrigens bei den meisten anderen, um eine geschäftliche Transaktion handelt, nehmen die Biographen lieber an, es habe sich bei diesem Willelmus nicht um unseren Shakspere, sondern um einen Namensvetter gehandelt.

Um so ausführlicher verharrt man dann gewöhnlich bei jenem Zitat aus dem Jahre 1592, das in keiner Lebensbeschreibung fehlen darf und, so heißt es, den geräuschvollen Auftritt Shakespeares auf der Bühne des Londoner Theaterlebens markiere. Da es für die Jahre vorher keinen Beleg für seinen Aufenthaltsort und die Lebensumstände gibt, komme *Greenes Groats-worth of Wit* allergrößte Bedeutung zu. Robert Greene, Verfasser von Dramen, Gedichten und Streitschriften, war am 3. September 1592 in Armut und Elend gestorben, und am 20. September wurde ein Werk mit dem Titel *Greenes Groats-worth of Wit bought with a Million of Repentance. Describing the folly of youth, the falsehood of makeshift flatterers, the misery of the negligent, and mischiefs of deceiving Courtesans. Written before his death and published at his dying request* in das Stationers' Register eingetragen.[18] Es beschreibt in Form einer Konfession das verpfuschte Leben des Dichters. Die notorische Passage wendet sich an »those Gentlemen his Quondam acquaintance, that spend their wits in making plays« (jene Herren aus seiner ehemaligen Bekanntschaft, die ihren Geist darauf verwenden, Stücke zu schreiben). Es ist eine wütende Attacke auf – die Schauspieler: »Base minded men all three of you, if by my misery you be not warned: for unto none of you (like me) sought those burs to cleave: those Puppets (I mean) that spake from our mouths, those Anticks garnisht in our colours. Is it not strange, that I, to whom they all have been beholding: is it not like that you, to whom they all have been beholding, shall (were ye in that case as I am now) be both at once of them forsaken? Yes trust them not: for there is an upstart Crow, beautified with our feathers, that with his *Tigers hart wrapt in a Players hide,* supposes he is as well able to bombast out a blanke verse as the best of you: and being an absolute *Iohannes fac totum,* is in his own conceit the only Shake-scene in a country. O that I might entreat your rare wits to be employed in more profitable courses: & let those Apes imitate your past excellence, and never more acquaint them with your admired inventions [. . .] Whilst you may, seek you better Masters, for it is pity men of such rare wits, should be subject to the pleasure of such rude grooms.

In this I might insert two more, that both have writ against these buckram Gentlemen: but let their own works serve to witness against their own wickedness, if they persevere to maintain any more such peasants. For other new-comers, I leave them to the mercy of these painted monsters, who (I doubt not) will drive the best minded to despise them: for the rest, it skills not though they make a ieast [jest] at them.«

Verehrte Leserin, geschätzter Leser! Verzeihen Sie mir, daß ich genötigt bin, Sie so weit in diesen philologischen Krautakker hineinzuführen. Verzagen Sie nicht ob solch verknoteter Syntax, sondern denken Sie daran, daß auch die gelehrtesten Ausleger sich bis heute nicht einig werden können, was uns Greene mit seiner letzten Verlautbarung eigentlich hat sagen wollen. Ich werde also zunächst versuchen, mit Meister Bodenstedts Hilfe (der leider nicht die gesamte Stelle übersetzt hat) etwas Deutsches daraus zu machen:

»Niedrigen Sinnes seid Ihr alle drei, wenn Ihr Euch durch mein Elend nicht warnen laßt: denn an keinem von Euch suchten (wie an mir) diese Kletten haften zu bleiben: diese Marionetten (sage ich), die aus unsren Mündern redeten, diese Possenreißer, die sich in unsre Farben kleideten. Ist es nicht seltsam, daß ich, dem sie alle verpflichtet waren – ist es nicht wahrscheinlich, daß dann auch Ihr, denen sie alle verpflichtet waren (solltet Ihr in solcher Lage sein wie ich jetzt), im Nu von ihnen im Stich gelassen werdet? Ja, traut ihnen nicht, denn da ist so ein Emporkömmling, eine Krähe, die sich mit unsren Federn schmückt, ein Mensch, der mit seinem *Tigerherzen in Schauspielerhaut gehüllt* glaubt, einen Blankvers so gut wie die Besten unter Euch ausbombasten zu können, und sich als ein absoluter Hans Dampf für den einzigen Bühnenerschütterer im Lande hält...«

Das *Shakespeare-Handbuch* erklärt diese aufgeregten Sätze so: »Die These, daß der Dramatiker zu Beginn seiner Laufbahn die Stücke anderer Autoren bearbeitete und adaptierte, wird besonders von den Forschern unterstützt, die in der Trilogie *Henry VI* und in den frühen Komödien nur eine teilweise Verfasserschaft Shakespeares vermuten. Im Gegensatz zu dieser Ende des 19. und Beginn des 20. Jahrhunderts vorherrschenden Auffassung interpretieren die meisten heutigen

Gelehrten Greenes Worte als Ausdruck des Neides über den erfolgreichen Emporkömmling ohne Universitätsstudium, der sich anmaßt, jede Art von Bühnenarbeit zu beherrschen.«[19]

Beide Auslegungen fußen darauf, daß der Ausdruck »shake-scene« und das parodierte Zitat aus *3 Henry VI* (»O tiger's heart wrapt in a woman's hide«) bedeuten, der Angegriffene müsse »Shakespeare« sein (dessen Name als der eines Autors ein Jahr später zum erstenmal belegt ist, was die Anspielung in jedem Fall zu einer eher esoterischen macht), und darauf, er sei um 1590 in London neu und die ersten aufgeführten Stücke, von denen man weiß, seien eben unter anderem die drei über Henry VI gewesen.[20]

Wenn uns die neuere Anglistik einen plausibleren, weniger unfaßbar-genialen Shakespeare zu präsentieren versucht, stößt sie damit wiederum den Stützpfeiler um, der mit so viel Mühe gerade mit Hilfe des *Groats-worth* aufgestellt wurde: die Geschichte vom Senkrechtstarter auf der Theaterszene. Hätte Shakespeare sich in den 1580ern schon berufsspezifisch in London umgetan, wären »upstart crow« und »peasant« 1592 als Invektiven kaum treffend. »Crow« ist nach Chambers ein Synonym für Schauspieler, »upstart crow« wäre also ein rasch zu Erfolg gekommener Schauspieler. Dafür gibt es nun nicht den geringsten Hinweis.

Aus dieser Konstruktion folgt die Notwendigkeit, allfällige frühere Anspielungen, die sich mit gleichem Recht oder Unrecht auf Shakespeare beziehen könnten, aus dem Kreis der relevanten Belege zu entfernen. Thomas Nashe etwa schreibt 1589: »English *Seneca* read by Candlelight yeelds many good sentences, as *Blood is a begger*, and so forth; and if you intreate him faire in a frostie morning, hee will affoord you whole *Hamlets*, I should say handfuls of Tragical speeches.«[21] (Der englische Seneca, bei Kerzenlicht gelesen, gibt viele gute Sätze her, wie »Blut ist ein Bettler«, und so weiter; und wenn du ihn an einem frostigen Morgen ernsthaft darum bittest, wird er dir ganze *Hamlets*, ich will sagen ganze Hände voll tragischer Monologe liefern.)

Wenn also ein nicht als »neu« bezeichnetes Stück namens *Hamlet* von den Admiral's und/oder den Chamberlain's Men im Juni 1594 aufgeführt wird, so muß es sich, sagt man uns, dabei um ein älteres Stück (von einem anderen, unbekannten Autor) handeln, den sogenannten *Ur-Hamlet*. Von diesem ist zwar nicht die Spur einer Spur geblieben – doch das gilt für einen großen Teil der elisabethanischen Theaterliteratur; nicht zuletzt auch für das gesamte dramatische Werk des Grafen von Oxford, »the best for comedy« bei Meres und Puttenham, nach dem zu suchen (oder es unter den anonymen Produktionen der Epoche zu identifizieren) aber niemand so rechte Lust zu haben scheint. Daß die Komödien, die der Graf geschrieben hat, bis auf die letzte Zeile verschwunden sein sollen, während seine Gedichte zum Teil in mehreren Fassungen erhalten geblieben sind, gehört zur Kategorie der begleitenden Unwahrscheinlichkeiten, mit denen der Fall Shakespeare/de Vere so reich gesegnet ist.

Und wer ist mit »English Seneca« gemeint? Da die zitierte Stelle bei Seneca nicht vorkommt, kann es sich nicht um »den ins Englische übersetzten Seneca« handeln, sondern nur um einen Dramatiker, der im zeitgenössischen England eine vergleichbare Position einnimmt. Da Shakespeare »offiziell« 1589 als Autor noch nicht existent ist, kann *er* nicht gemeint sein, der 1598 gerade mit diesem antiken Klassiker verglichen wird. Wer also sonst? Wohl jemand, der seit längerer Zeit tätig, allgemein geachtet und daher auch Opfer von Plagiatoren geworden ist – also von solchen Leuten, gegen die auch Greene polemisiert. Da die Frage aus stratfordianischer Sicht nicht beantwortbar ist, wird sie gewöhnlich nicht gestellt.

Der einzige Daseinsgrund des *Ur-Hamlet* ist die orthodoxe Shakespeare-Chronologie, und man darf nicht vergessen, daß bis vor nicht allzu langer Zeit die Annahme, *er* habe (wie alle anderen) an seinen Texten gefeilt und sie überarbeitet, als Häresie galt. (Bei der Vorsilbe *Ur* denkt man naturgemäß an Goethe; zwiefach: der *Ur-Faust* – ohne Zweifel von JWG selber geschrieben und später zum eigentlichen *Faust* veredelt; und die *Ur-Pflanze*, die er erfunden hat; sie ähnelt dem *Ur-Hamlet* insofern, als auch sie bloß die Idee von etwas so nicht Existierendem ist.)

Bei Shakespeare wie bei keinem anderen geistern im chronologischen Vorfeld lauter anonyme und verlorengegangene Stücke mit gleichen oder ähnlichen Titeln wie die darauffolgenden »richtigen« herum. Und ausgerechnet bei diesen Vorläufer-Stücken sieht man sich außerstande, ihnen einen Autor auch nur hypothetisch zuzuordnen. In Analogie zur Ur-Pflanze könnte man so zum eigentlichen Shakespeare einen zweiten Dichter, den anonymen Ur-Shakespeare, konstruieren ...

Dies entspräche zwar nun dem Bild von der Krähe, die zusammenstiehlt, was sie kann, und nicht nur laufend fremde alte Texte aufmöbelt, sondern auch noch zu faul ist, sich dazu neue Titel einfallen zu lassen. Ganz abgesehen davon, daß eine solche Darstellung sich bei näherem Hinsehen als wenig stichhaltig erweist, gibt es dafür keine Belege. Bloß die Chronologie will es so.[22]

Womit wir wieder bei Robert Greene wären. Greene also warnt seine Dramatikerkollegen vor einem Schauspieler, der sich einbildet, Blankverse »auszustopfen« (to bombast out) wie der Beste unter ihnen, was nicht unbedingt auf das Stückeschreiben im engeren Sinn hindeutet, sondern wohl eher auf jene bis heute lebendig gebliebene Eigenheit der Theaterleute, die Texte nach Belieben und bis zur Unkenntlichkeit umzumodeln, von der Hamlet in seiner Rede an die fahrende Truppe spricht: »Und die bei euch die Narren spielen, laßt sie nicht mehr sagen, als in ihrer Rolle steht.«[23]

Greene macht den Vorschlag, seine Kollegen sollten nichts mehr für diese unwürdige Zunft schreiben, die den Text ohnehin nur verhunzt und sie, die Schreiber, im Regen stehen beziehungsweise sterben lassen wird, sobald es einem von ihnen dreckig geht. Und einer sei darunter, der sei ein besonderer Sauhund. Die Suggestion ist doch die, daß die Sauhunde, die »painted monsters«, dann ohne neue Stücke dastehen würden. (Ob das die Dinge sind, die einen Sterbenden bewegen, sei dahingestellt.)

Die »offizielle« Lesart des *Groats-worth of Wit* wird, so heißt es, durch einen weiteren Text erhärtet und gestützt, der noch im selben Jahr 1592 erschien. Henry Chettle, auf dessen Verantwortung hin (»upon the peril of«) *Groats-worth* in Druck gelangt war, entschuldigt sich im Vorwort zu seinem *Kind Harts Dreame*:

»A letter written to divers play-makers, is offensively by one or two of them taken; and because on the dead they cannot be avenged, they wilfully forge in their conceites a living Author: and after tossing it to and fro, no remedy, but it must light on me. [...] With neither of them that take offence was I acquainted, and with one of them I care not if I never be: The other, whome at that time I did not so much spare, as since I wish I had, for that as I have moderated the heate of living writers, and might have used my owne discretion (especially in such a case) the Author beeing dead, that I did not, I am as sory as if the originall fault had beene my fault, because my selfe have seene his demeanor no less civill than he exelent in the qualitie he professes: Besides, divers of worship have reported his uprightnes of dealing, which argues his honesty, and his facetious grace in writting, that aprooves his Art.«[24]

(Ein an mehrere Stückeschreiber gerichteter Brief hat bei einem oder zweien von ihnen Anstoß erregt; und weil sie sich an einem Toten nicht rächen können, müssen sie sich mutwillig einen lebenden Autor zurechtzimmern: und nachdem sie es hin- und hergewälzt haben, es gibt kein Gegenmittel, es muß an mir hängen bleiben. [...] Mit keinem von denen, die Anstoß genommen haben, war ich bekannt, und bei einem von ihnen ist es mir gleichgültig, wenn es nie dazu kommt. Der andere, den ich damals nicht so geschont habe, wie ich jetzt wünschte, ich hätte es, so wie ich die Hitze lebender Schreiber gemildert habe und mein eigenes Urteilsvermögen [besonders in einem solchen Falle] hätte benützen können, da der Autor tot ist; daß ich es aber nicht tat, bedaure ich so, als sei der ursprüngliche Fehler mein eigener gewesen, denn ich selbst habe gesehen, daß sein Benehmen nicht weniger anständig ist als er hervorragend in der Tätigkeit, die er ausübt. Übrigens haben mehrere Personen von hohem Rang die Anständigkeit seines Tuns bezeugt, die seine Ehrlichkeit beweist, und die anmutige Eleganz seines Schreibens, die seine Kunst bestätigt.)

Im *Shakespeare-Handbuch* wird daraus: »Dieser [Entschuldigung] ist zu entnehmen, daß von seiten einiger Beschuldigter Protest gegen Greenes Verleumdungen erhoben wurde. In dem einen, von der Forschung auf Shakespeare bezogenen Fall bedauert Chettle die Vorwürfe besonders, da er den Betroffenen inzwischen als höchst zuvorkommenden Menschen kennengelernt habe, der auch in seinem Beruf als Schauspieler Hervorragendes leiste. Außerdem hätten sich verschiedene Standespersonen für seine Ehrenhaftigkeit verbürgt. Die Anmut seiner Verse lege jedoch das beste Zeugnis für sein Können ab.«[25]

Beleidigt war, laut Chettle, also nicht die »Krähe«, sondern ein bis zwei der angesprochenen Kollegen. Professor Schoenbaum, in Einklang mit den meisten Stratfordians, stellt zunächst fest, die ursprünglich adressierten »play-makers« seien Marlowe, Nashe und Peele gewesen; angegriffen hätten sich Marlowe, Nashe und »Shake-scene« gefühlt. Wenn der angesprochene und dann beleidigte Kollege Shakespeare war und die Krähe, vor der gewarnt worden war, ebenfalls Shakespeare, dann hätte also Greene den Schreiber Shakespeare vor dem Schauspieler Shakespeare gewarnt. Irgend etwas stimmt da nicht; irgendwer drückt sich nicht recht klar aus.

Gentle reader! Es ist leider unumgänglich, diesen Grundstein der Shakespeare-Biographie einer genaueren Inspektion zu unterziehen. Diese ergibt, daß in Greenes *Groats-worth* und Chettles *Kind Harts Dreame* nicht eindeutig von Shakespeare als Autor die Rede ist, und ebensowenig wird klar, daß *er* der Angegriffene, die Krähe, sein soll. Als erster hat das Frederick G. Fleay 1890 festgestellt. Nur hat niemand auf ihn gehört.[26] Es gäbe eine eigene kleine Humoreske ab, im einzelnen zu zeigen, wie sich jeder Biograph auf seine Weise, mit selektivem Zitieren und unhaltbaren Schlüssen, durch diesen besonders tiefen Boden kämpft. Mir scheint auch nicht einsichtig, daß bei Chettle »the qualitie he professes«, auf einen Autor bezogen, heißen soll, daß er »in seinem Beruf als Schauspieler Hervorragendes leistet«.[27] Von den Schauspielern, den »painted monsters«, deren »Shake-scene« eines sei, ist ja an sich hier, in Phase zwei des Unternehmens, keine Rede mehr.

Es kommt noch besser. Was offenbar schon 1592 vermutet wurde und wogegen sich Chettle in seinem Vorwort so vehement zur Wehr setzt (um dann die Schuld auf sich zu nehmen, »as if the originall fault had beene my fault«), erhärtete 1969 Professor Warren B. Austin durch eine computergestützte Wortschatzanalyse mehrerer Werke von Greene und Chettle: *Groats-worth* stammt höchstwahrscheinlich von Chettle selbst.[28] Die Shakespeare-Autorität unserer Tage, Samuel Schoenbaum, erwähnt Austins Befund in seinem *Documentary Life* nur, um das Textkorpus (100 000 Wörter bei Greene, 43 000 bei Chettle) als »not statistically overwhelming« abzutun, Austins »hypothesis« vor Gericht zu stellen und umgehend das Urteil zu fällen: »Austin has not proved his case.«[29]

Daß der »case« doch einer sein könnte, zeigt (die geäußerten Bedenken verstärkend) ein vergleichender Blick auf Greenes anderen »letzten Text«, *Repentence*. In krassem Gegensatz zu dem ausschweifenden, allegorischen, im wahrsten (oder schlechtesten) Sinne literarischen Stil des *Groats-worth* finden wir hier eine unmißverständliche, bittere Abrechnung mit dem eigenen Leben: »Cursed be the day wherein I was born, and hapless the breasts that gave me suck.«[30] (Verflucht sei der Tag, an dem ich geboren ward, und glücklos die Brüste, die mich säugten.)

Einer der in die Kontroverse Verwickelten schweigt dazu: William Shakespeare. War der Emporkömmling schon unmittelbar nach seinem Eintreffen auf der Szene so über jeden Tagesstreit erhaben, daß er es sich gestattete, sich aus so niedrigem Gezänk herauszuhalten? Wir erfahren nur: »He took offence.« Er war verärgert. Die Eilfertigkeit von Chettles Entschuldigung klingt, als sei dieser, damals recht neu in der Zunft, da in eine andere Kategorie von Fettnäpfchen getreten, als die Querelen der Literaturszene sonst bereithielten – die wie zu allen Zeiten und an allen Orten natürlich *auch* ein Schlangennest war.[31]

Laßt uns vermuten. Die Spur, die wir hier aufnehmen, ist nicht die des William Shakspere, sondern jenes Mannes, der sich hinter »William Shakespeare« verbarg. Nehmen wir an, die Attacke sei tatsächlich gegen den Grafen von Oxford gerichtet gewesen, wäre auch verständlicher, daß »divers of worship« für ihn intervenierten – da er selber ein »worship« war. Wir wollen hier aber nicht klüger sein als alle Vorgänger, sondern betonen: Gleichgültig wie man die zwei Texte liest, sie bleiben mangels genauerer Nachrichten über die Begleitumstände dunkel. Ein Befund ist allerdings von solchen Schlußfolgerungen recht unabhängig: Als »Beweis« für den Eintritt Shaksperes in das Londoner literarische Leben taugen sie, gerade wenn andere Beweise fehlen, wenig.

1593 erschien *Venus und Adonis*, mit einer Widmung an Henry Wriothesley, 3rd Earl of Southampton, worin das Werk als »first heir of my invention« bezeichnet wird; 1594 *The Rape of Lucrece*, das zweite der langen Erzählgedichte, mit denen ein Autor namens William Shakespeare erstmals im Druck erschien. Auch *Lucrece* trug eine Widmung an Southampton, im Ton persönlicher als die erste, woraus auf eine wachsende Freundschaft zwischen dem Dichter und seinem Gönner geschlossen wurde. Daß diese Vermutung jeder dokumentarischen Untermauerung entbehrt, versteht sich fast von selbst. Das Phantom will und will sich nicht materialisieren.

Zwischen 1594 und 1598 wurden in London sechs Stücke ohne Angabe eines Verfassernamens gedruckt, und zwar *Henry VI*, Teile 2 und 3, *Richard III*, *Titus Andronicus*, *Romeo and Juliet* und *Richard II*. Zweifelsohne waren sie bereits aufgeführt worden, wie auch eine Anzahl von weiteren, vorläufig ungedruckt gebliebenen.

Nun zum Schauspieler und Teilhaber an den Chamberlain's Men. »Die erste offizielle Bestätigung von Shakespeares Theatertätigkeit stammt aus dem März des Jahres 1595. Zusammen mit William Kempe und Richard Burbage erscheint sein Name in den Rechnungsbüchern des königlichen Schatzmeisters, wo die Bezahlung für zwei im Dezember gegebene Hofvorstellungen an die Chamberlain's Men vermerkt ist. Shakespeare scheint also schon früh eine prominente Stellung in dieser angesehenen Truppe eingenommen zu haben.« So das *Handbuch*.[32] Es ist dies aber nicht nur die erste, sondern außerdem die einzige »offizielle Bestätigung« von Shakespeares Theatertätigkeit während des ganzen letzten Lebensjahrzehnts von Elizabeth I.

War *er* wirklich eine so wichtige Figur bei den Chamberlain's Men, muß vielmehr erstaunen, daß er sonst als Schauspieler nirgends erwähnt wird – ganz im Gegensatz zu den tatsächlich prominenten Kollegen wie Alleyn, Burbage oder Kempe. Nach allem, was wir wissen, war also »Shakespeare« zumindest kein herausragender Schauspieler. Zeitgenössische Berichte über etwaige Glanzrollen – oder überhaupt Rollen – fehlen ja auch völlig.[33]

Der für die Orthodoxie peinlichste Aspekt jenes Zahlungsbelegs über £ 20 an »Will Kempe Will Shakespeare & Richard Burbage servants to the Lord Chamblain [...] for two several comedies or interludes shewed by them before her Maj [...] upon St. Stephens day & Innocents day« ist aber, daß es sich dabei ziemlich sicher um einen nachträglich aus finanztechnischen Nöten heraus verfertigten handelt. Am »Innocent's day«, dem 28. Dezember 1594, spielten nämlich die Admiral's Men vor der Königin, während die Chamberlain's im Gray's Inn ihren Auftritt hatten – mit *A Comedy of Errors*. Der Verantwortliche für diese Zahlungen, Sir Thomas Heneage, starb im Oktober 1595, und die Witwe, Mary Countess of Southampton, mußte zu ihrem Schreck feststellen, daß Zahlungsbelege bis zum September 1592 zurück fehlten. Die Königin selbst, kleinlich wie sie in Gelddingen war, schrieb der Gräfin: »Beim Ableben Ihres seligen Gatten, Sir Thomas Heneage, hatte dieser £ 1314, 15 s, 4 d als Schatzkanzler (Treasurer of the Chamber). [...]

Sie, als Testamentsvollstreckerin, haben £ 401, 6 s, 10 d und £ 394, 9 s, 11 d an die Wachen und andere bezahlt [...] Wir begehren umgehende Zahlung des Restbetrags von £ 528, 18 s, 7 d an die Schatzkanzlei (Treasury of the Chamber).«[34]

Unter solch drängenden Begleitumständen kam der dokumentarische Kronzeuge für Shakespeares Status in den 1590er Jahren zustande. Alle anderen Zahlungen über das Jahrzehnt der Chamberlain's Men gingen an John Heminges. Dies ist ein schmales Fundament, um darauf die Geschichte vom erfolgreichen Schauspieler zu bauen, und eine andere Frage stellt sich flugs: Wie kam Will Shakspere, ohne Vermögen *oder* schauspielerischen Erfolg, überhaupt dazu, Teilhaber der Truppe zu werden? Geld hatte er, zunächst jedenfalls, ja keines. Gerald Eades Bentley, in seinem profunden Zweiteiler über das Theater 1590 bis 1642, sagt es deutlich: »So war für die Teilhaber unerläßlich, sich sowohl mit Kapital *als auch* schauspielerischer Fähigkeit an jenen Theatertruppen zu beteiligen, die die Londoner Untertanen von Elizabeth, James und Charles unterhielten.«[35]

Shakespeare wäre, wie so oft, die einzige Ausnahme. Zukünftiger Ruhm als Schriftsteller scheidet als Grund für Teilhaberschaft aus. Es existiert kein Beleg für irgendeine Zahlung an einen Autor »Shakespeare«, sei es von einem Drucker oder Verleger oder von einer Truppe beziehungsweise deren Agenten, wie Philip Henslowe einer war – der auch einige Shakespeare-Stücke respektive »Vorläufer« derselben im Programm hatte. Die Annahme, er habe mit seinen Stücken aus dem Stand so viel verdient und sich in die Chamberlain's Men ein- und dann ab 1597 seine diversen Immobilien zusammengekauft, kann sich auf nichts stützen, wenn man Bentleys eigener Darstellung folgt (aus der weitere Schlüsse zu ziehen er selbst unterläßt).

Für die Aufführungsrechte an einem Stück bekamen Autoren etwa sechs bis zehn Pfund; mit der Inflation stieg der Tarif nach 1600 bis gegen das Doppelte an. George Chapman erhielt 1602/03 für *The Old Joiner of Aldgate* £ 13, 6 s, 8 d.[36] Ben Jonson behauptete, in seinem ganzen Leben vielleicht zweihundert Pfund mit dem Theater verdient zu haben. Vom Verleger waren für ein Manuskript im besten Fall zwei Pfund zu bekommen. Wie Bentley feststellt, sind die Klagen der Autoren über ihre Armut zum Teil übertrieben; man konnte es als Stückeschreiber im Lauf eines Lebens zu einem gewissen Wohlstand bringen.

Bei Ben Jonson stammte dieser aber eher aus den Taschen adeliger Gönner und der lukrativen Arbeit an Maskenspielen für den Hof von James I., die ab 1604 in Mode kamen. Shakespeare verschmähte aus unbekannten Gründen diese einträgliche Betätigung, soll aber 1613 ein »impreso«, einen Wappenspruch, für den Earl of Rutland verfertigt haben – was weder für einen erfolgreichen, wenn auch pensionierten Dramatiker noch für einen wohlhabenden Geschäftsmann irgendwie plausibel erscheint.[37] Reich wurden eher Leute wie Edward Alleyn, einer der wirklichen Bühnenstars der Epoche, oder Philip Henslowe, Manager, Agent, Geldverleiher.[38]

Es fehlen Dokumente über den Kauf und allfälligen Verkauf der shakspereschen Anteile an Globe und Blackfriars. In Shakspere Testament, das fast so viele Fallgruben aufweist wie Wörter, werden die Anteile an diesen beiden Theatern nicht erwähnt. Chambers nimmt an, sie seien unter »leases« (Pachtzinsen) miteinbegriffen. Es ist aber unwahrscheinlich, daß, bei der Ausführlichkeit des Schriftstücks, ein so bedeutender Posten, zirka £ 200 im Jahr, also der Hypothek auf ein sehr teures Haus entsprechend, so pauschal abgehandelt würde. Auch in den Hinterlassenschaften von Shakspere Nachkommen tauchen die Anteile nicht mehr auf.

Für den Bürger Shakspere gab es keine Gründe, seine Autorschaft an den Stücken noch seine Theaterarbeit geheimzuhalten; der Graf hingegen hatte mehr als gute Gründe dazu. Wenn wir also annehmen, daß sich hinter der Maske des W. S. jener schattenhafte Graf von Oxford verbirgt, dann gibt nicht nur die Abrechnung der Gräfin von Southampton mehr Sinn als bisher. Sie kannte »Shakespeare« persönlich und wußte, daß er die treibende Kraft hinter jenem Ensemble war, das Shakespeares Dramen etwa von dieser Zeit an exklusiv zu spielen begann, zum Erfolg führte und das im Zentrum jeder Geschichte des elisabethanischen Theaters steht, den Chamberlain's Men. Und sie wußte, daß dieser Umstand nicht ausgesprochen werden durfte. Wenn sie in ihrer Not, die fehlenden Summen irgendwie zu belegen, auf »Shakespeare« als Empfänger verfiel, so vielleicht, um durch diesen Hinweis auf ihre Mitwisserschaft die Kontrollorgane milde zu stimmen. Auch hier gilt das oben Gesagte: Wir wollen nicht so tun, als wäre uns und nur uns der geschilderte Zusammenhang sonnenklar; doch selbst wenn man diesem Beleg entnimmt, Shakspere sei tatsächlich Schauspieler gewesen, ist damit über dessen mögliche literarische Aktivitäten noch immer nichts gesagt.

Weiter im Leben des William Shakspere.

1596 vermerken die Controlment Rolls des Court of the Queen's Bench, daß ein William Wayte beim Sheriff von Surrey »surety of the peace« begehrt, das heißt eine schriftliche Gewähr für »Einhaltung des Landfriedens« und Hinterlegung einer Kaution, um diese zu gewährleisten; er fühlt sich von Francis Langley, »William Shakspare«, Dorothy Soer und Anne Lee in seiner Sicherheit bedroht.[39]

Ebenfalls 1596 stellte Shakspere Vater John einen Antrag auf ein Wappen. Das Motto auf dem Dokument lautet: »Non Sanz Droict« (Nicht ohne Recht). Dies wurde Shaksperes – ziemlich defensiver – Wappenspruch.[40] In Ben Jonsons Komödie *Every Man Out of His Humour* (1599) tritt Sogliardo auf, ein ländlicher Gesell, der sich sein Wappen und den »Gentleman« eine Stange Geld hat kosten lassen.

> *Sogliardo.* Yfaith, I thanke God I can write my selfe Gentleman now, here's my Pattent, it cost me thirtie pound by this breath.
> *Puntarvolo.* A very faire Coat, well charg'd and full of Armorie.
> *Sog.* [...] how like you the crest, Sir?
> *Punt.* I understand not well, what is't?
> *Sog.* Marry, Sir, it is your Bore without a head Rampant.
> *Punt.* A Bore without a head, that's very rare.

(*Sogliardo*: Gott sei's gedankt, ich kann mich jetzt Gentleman schreiben, hier ist mein Patent, es hat mich dreißig
Pfund gekostet, bei meinem Leben.

Puntarvolo: Ein sehr schöner Wappenschild, gut bestückt
mit Heraldik.

Sogliardo: Wie gefällt Euch der Helmschmuck, Herr?

Puntarvolo: Den versteh ich nicht recht, was stellt er dar?

Sogliardo: Bei der Heiligen Jungfrau, Herr, es ist ein auf-
gerichteter Eber ohne Kopf.

Puntarvolo: Ein Eber ohne Kopf, das ist was Seltenes.)

Abgesehen vom Wortspiel boar/bore (Eber/Langweiler) und
dem Verweis auf die mit Shakespeareschen Assoziationen
behaftete Schenke Boar's Head finden wir den Eber – diesmal
mit Kopf – ausgerechnet als Wappentier des Grafen von Oxford
wieder. Als Wappenspruch für Sogliardo schlägt Puntarvolo
dann vor: »Let the word be, Not Without Mustard.« (Laß den
Spruch sein: Nicht ohne Senf.)[41]

Der Verdacht scheint nicht ganz unbegründet, daß der Spott
hier einem gilt, der etwas sein möchte, was er nicht ist, daß Ben
Jonson, so deutlich es die Verhältnisse erlauben, sich über die
Idee, *dieser* Mensch sei *der* Verfasser, lustig macht.

Am 4. Mai 1597 kauft William Shakspere New Place, ein
Haus in Stratford an der Ecke Chapel Street/Chapel Lane, um
£ 60. Höchstwahrscheinlich war das Haus teurer; auch damals stimmten in Verträge eingesetzte Summen nicht unbedingt mit den wirklich bezahlten überein. New Place war das
zweitgrößte Haus in Stratford; es wurde später abgerissen und
an seiner Stelle jenes errichtet, das man heute als Shakespeares
Haus besichtigen darf. Im Jahr darauf, 1598, zahlt die Stadt
Stratford einem »Mr. Shakxspere« zehn Pence für eine Ladung
Steine.

Ebenfalls 1598 veröffentlicht Francis Meres, Master of Arts
der Universitäten Oxford und Cambridge, *Palladis Tamia*,
einen Band mit Anekdoten, Redensarten, Vergleichen und
Anspielungen. In einer Passage über antike und englische

Autoren schreibt er: »Wie Plautus und Seneca unter den Lateinern als die besten für Komödie und Tragödie angesehen werden, so ist Shakespeare bei den Engländern der hervorragendste für beide Gattungen von Bühnenstücken.«

Um das Werturteil über den bisher als Dramatiker nicht öffentlich in Erscheinung Getretenen zu untermauern, nennt er »for Comedy, witnes his *Gentlemen of Verona*, his *Errors*, his *Loue labors lost*, his *Loue labours wonne*, his *Midsummers night dreame*, & his *Merchant of Venice*: for Tragedy his *Richard the 2. Richard the 3. Henry the 4. King Iohn, Titus Andronicus* and his *Romeo and Iuliet*«. Zur Lyrik sagt Meres: »Ovids liebliche und geistreiche Seele lebt weiter in Shakespeare; davon zeugen sein *Venus und Adonis*, seine *Lukrezia* und die süßen Sonette, die in seinem Freundeskreis kursieren.«[42]

1598 werden *Love's Labour's Lost* und *1 Henry IV* gedruckt, der *Merchant of Venice* ins Stationers' Register eingetragen. Im selben Jahr wird ein »Wm Shackespere of Chapple Street Ward, Stratford« aktenkundig, weil er in Zeiten akuter Getreideknappheit achtzig Scheffel der Ware hortet, obwohl die Obrigkeit Besitzer solcher Vorräte dazu aufgefordert hatte, diese zu verkaufen. Die Jahre 1594 bis 1598 hatten nach fünf aufeinanderfolgenden Mißernten eine Hungersnot gebracht, und man versuchte, so der Spekulation Herr zu werden.[43] Im selben Jahr wird er in London zum zweitenmal auf die Liste jener Personen gesetzt, die ihre Steuern nicht bezahlen und nicht auffindbar sind, im Oktober 1599 ein drittes Mal. 1600 werden die Steuerschulden zur Eintreibung in den Stadtteil The Clinke, der zum Bistum von Winchester gehörte, übertragen und dort auf eine nicht bekannte Weise beglichen.[44]

Im einzigen an Shakspere gerichteten, vermutlich aber nicht abgeschickten Brief, der erhalten ist, geht es – um Geld. Richard Quiney, der zukünftige Schwiegervater von Shakspere Tochter Judith, bittet am 25. Oktober 1598 »my Loveinge good ffrend & contreymann M^r W$^{m.}$ Shackespere«, ihm £ 30 zu leihen. »Yowe shall ffrende me muche in helpeinge me out of all the debettes I owe in London.«[45]

Als im Zusammenhang mit dem »Putschversuch« des Earl of Essex, 1601, die Chamberlain's Men dazu angestiftet wurden, *Richard II* zu spielen, wurde der Schauspieler Augustine Phillips zu der Sache verhört – nicht der Autor. »He managed to keep his head down«, vermutet ein Biograph. Wie ihm das gelang, bleibt unklar. Anderen Autoren war die Aufmerksamkeit der Obrigkeit sicher, wenn sie sich in der Wahl und Behandlung ihrer Themen aus dem Bereich des Erlaubten hinaus begaben.

1597 wurde das Stück *The Isle of Dogs* aufgeführt, und da es »slanderous and seditious matter« enthielt, vernichtete man alle Exemplare des Textes, der Ko-Autor Thomas Nashe wurde ins Gefängnis gesteckt und das Theater geschlossen. 1604 wurden Jonson, Marston und Jonson verhaftet, weil man befunden hatte, eine oder zwei Stellen in dem Stück *Eastward Ho* beleidigten die Schotten (James Stuart war inzwischen englischer König geworden).[46]

John Stow schreibt in seinen *Annales*, offenbar für das Jahr 1601: »Am letzten Tag des Juni wurde ein June Atkinson aus Hull in Cheape an den Pranger gestellt, und mit ihm wurden drei andere, nämlich Wilkinson, Alson und Cowley, zu Pferde hergebracht, verkehrt aufs Pferd gesetzt mit Papiermützen auf den Köpfen. Sie wurden am Pranger ausgepeitscht und verloren ihre Ohren, nach einem Urteil des Star Chamber, wegen lästerlicher Worte, die sie gesprochen und geschrieben wider den Lord Treasurer und andere im Staatsrat.«[47]

Im Mai 1602 bezahlt William Shakspere für 107 Acres Land nördlich von Stratford £ 320. Im Juli wird die erste *Hamlet*-Version ins Stationers' Register eingetragen. Im September kauft »Sha[c]kespere« ein Häuschen (»unum cotagium«) an der »Walkers Street alias Dead Lane« gegenüber seinem Haus New Place.

Im Mai 1603 erneuert König James die Theaterlizenz für »these our Servants lawrence ffletcher Willm Shakespeare Richard Burbage Augustyne Phillippes Iohn hemynges henrie Condell Willm Sly Robt Armyn Richard Cowly and the rest«.

Im darauffolgenden März wurde denselben Mitgliedern der nun King's Men genannten Truppe je vier Yards von rotem Tuch für den Zug der Majestät durch London bewilligt.

1604/05 wird die zweite, vollständigere *Hamlet*-Fassung gedruckt. Im Juli 1604 strengt »Willielmus Shexpere« ein Verfahren gegen Philip Rogers, Apotheker in Stratford, an, um den Betrag von £ 1, 15 s, 10 d für im März geliefertes Malz einzutreiben.

1605 erwirbt »William Shakespear« die Hälfte der Steuereinkünfte aus Getreide und Heu von drei Dörfern der Umgebung, Old Stratford, Welcombe und Bishopton, um £ 440. Diese »tithes« (Zehnten) waren unter Heinrich VIII. aus dem Besitz der aufgelassenen Klöster an den Staat übergegangen und wurden an Private weiterverpachtet, die das Geld eintrieben.

The booke of Troilus and Cresseda war 1603 ins Stationers' Register eingetragen worden: »to print when he hath gotten sufficient aucthority for yt« (zu drucken, wenn er genügende Ermächtigung dazu erhalten hat).[48] Es wurde aber erst 1609, nach neuerlicher Eintragung ins Register als Quarto gedruckt; von dieser Ausgabe existieren zwei Varianten. Der zweiten (nach Ogburn[49] ist es die erste) ist eine Vorrede beigegeben – die einzige, die es bei einer zeitgenössischen Shakespeare-Ausgabe gibt; sie stammt aber offensichtlich nicht vom Autor selbst. Im Gegensatz zur Eintragung von 1603 (»as yt is acted by my lord Chamberlens men«) und der alternativen Titelseite von 1609 (»As it was acted by the Kings Maiesties servants at the Globe«) erfährt der Leser nun folgendes: »Ewiger Leser, Du hast hier ein neues Stück, noch nicht von der Bühne abgenutzt, noch nie geprügelt von den Händen des Pöbels ... « Nach dieser nicht gerade freundlichen Charakterisierung des Theaterpublikums folgt höchstes Lob für den Autor, ohne dessen Namen zu nennen (der aber die Titelseite ziert); er wird mit Plautus und Terenz verglichen; und am Ende kommt das: »And believe this, that when he is gone, and his comedies out of sale, you will scramble for them, and set up a new English inquisition. Take this for a warning, and at the peril of your pleasure's loss, and judgements, refuse not, nor like this the less, for not being sullied with the smoky breath of the multitude, but thank fortune for the ›scape it hath made amongst you; since by the grand possessors‹ wills I believe you should have prayed for them rather than been prayed. And so I leave all such to be prayed for (for the states of their wits' healths) that will not praise it. Vale.«[50] (Und glaube mir, wenn er gegangen ist und seine Komödien vergriffen, wirst Du Dich um sie reißen und eine neue englische Inquisition einrichten. Nimm das zur Warnung, und auf die Gefahr hin, daß Du Deines Vergnügens und Deines Urteilsvermögens verlustig gehst, lehne dies nicht ab und schätze es nicht weniger, nur weil es noch nicht vom rauchigen Atem der Menge beschmutzt worden, sondern danke dem Schicksal dafür, daß es die Flucht an die Öffentlichkeit geschafft hat; denn ginge es nach dem Willen der hohen Besitzer, so glaube ich, Du hättest um sie bitten müssen eher als Dich bitten lassen. Und so überlasse ich all jene den Fürbitten [für den Zustand ihres Geistes], die es nicht loben wollen. Lebwohl.) Starke Worte; auch »sullied with the smoky breath of the multitude« fügt sich nicht gut in das Bild vom volksverbundenen Selfmademan, der nach Bedarf und in Einklang mit dem Publikumsgeschmack arbeitet.

Und wer sind die »grand possessors«, denen der Text sozusagen abgeluchst werden mußte und die, so die Implikation, auf den weiteren unveröffentlichten Werken des Meisters sitzen und sie nicht herausrücken? Der Kommentar meint trokken: die King's (vormals Chamberlain's) Men; doch die Behauptung, der Besitz an den Texten habe sich auf die Druckerlaubnis erstreckt und die Theatertruppen seien demgemäß in der Lage gewesen, die Drucklegung zu verhindern (aus welchen Gründen immer), läßt sich nicht aufrechterhalten. Die Vokabel »grand« weist in der sozialen Hierarchie eindeutig nach oben, zum hohen Adel.

Tatsächlich erscheinen – von den zwanzig noch ungedruckten – bis 1622 keine neuen Stücke mehr, bis *Othello*, knapp vor der *Folio*, das Schweigen bricht. Die »grand possessors« verhinderten also offenbar sehr effizient die Drucklegung weiterer

Stücke. Der Autor tritt auch hier niemals als handelnde Person in Erscheinung, sei er nun tatsächlich »gone« oder nicht. »When he is gone«, könnte zwar bedeuten, er sei noch am Leben, es wäre dann aber zumindest eine in Schmeichelei gekleidete grobe Unhöflichkeit. Schon 1607 schrieb ein William Barksted, auf Shakespeare Bezug nehmend: »His song *was* worthy merit.«[51]

Der Vorrede geht eine Anrede voraus: »A never writer to an ever reader. News.« Der Kommentar kommentiert dies nicht, obgleich es doch recht kryptisch klingt: »Ein Schriftsteller, der nie war, an den Leser, der immer sein wird.« Es wird, denke ich, weniger geheimnisvoll, wenn wir den Namen des Grafen als zweite Bedeutungsebene in Anschlag bringen. »An ever writer to an E.Ver reader« (Ein immerwährender Schriftsteller an den E[dward].Ver-Leser). Mit den Wörtern »ever« und »never«, in denen sein Name enthalten ist, hat de Vere in seiner Lyrik des öfteren jongliert, und auch bei Shakespeare lassen sich einige rätselhafte Stellen so erhellen. Denken wir an das Sonett 76: »Why write I still all one, ever the same,/And keep invention in a noted weed,/That every word doth almost tell my name,/Showing their birth and where they did proceed?« Der Dichter schreibt sich »ever the same« und stellt fest: Fast jedes Wort nennt meinen Namen, beziehungsweise: Das Wort »every« nennt meinen Namen – fast. Das Ausmaß und die Verschrobenheit der Wortspiele, deren sich die schreibenden Zeitgenossen Elizabeths befleißigten, gehört ohne Zweifel zu jenen Aspekten unserer Geschichte, die einem heutigen Leser weit hergeholt erscheinen und wenig einleuchten. Die Manie jener Epoche für Kodierungen aller Art läßt allerdings auch die nicht weniger manische Dekodierungssucht der Nachgeborenen verständlicher erscheinen.[52] »Moderne Einwände gegen die zahlreichen ›puns‹ gehen an der Tatsache vorbei, daß dieses Ausdrucksmittel erst im 17. Jahrhundert seiner ursprünglichen Würde entkleidet wurde, früher jedoch einem spekulativ-etymologischen Analogiedenken durchaus gemäß war«, stellt das *Handbuch* fest.[53] Einigkeit besteht darüber, daß Shakespeare in einer auf

»punning« ohnehin versessenen Epoche sich dieses Stilmittels besonders obsessiv bedient hat. Darüber hinaus sollte man nicht vergessen, daß jede Art von Literaturkritik, Literaturgeschichte, Lektüre im weitesten Sinn eine Arbeit der Dekodierung ist. Der Streit geht darum, wer die Berechtigung zum Dekodieren beziehungsweise den richtigen Schlüssel besitzt. Bei Francis Bacon findet sich ein ganzes Kapitel über »Ciphers«, also Textverschlüsselung. Ein Gedicht aus der Anthologie *A Hundreth Sundrie Flowres* von 1576 ist überschrieben: *The absent lover (in ciphers) disciphering his name, doth crave some spedie relief as followeth.* Edward de Vere verwendete in den 1570er Jahren das naheliegende Pseudonym »Ever or Never«. Es spielt wieder mit dem Namen Edward Ver or Ned Ver und Oxfords Wappenspruch »Vero Nihil Verius«, »Nichts wahrer als wahr« beziehungsweise »Nichts wahrer als Vere«. Begreiflicherweise erscheint diese Lesart den Stratfordianern allzuweit hergeholt; statt allerdings eine plausiblere anzubieten, werden die Anrede an den Leser und die »grand possessors« in ihren Zitaten meist einfach fortgelassen.[54]

»Reklame zeigt selten Respekt für die Wahrheit«, sagt *The New Penguin Shakespeare*, um sich der zentrifugalen Kräfte, die die *Troilus*-Vorrede entfaltet, zu erwehren, und damit hat es sich.[55] Ebenso wie beim *Folio*-Vorspann und etlichen anderen der hier verhandelten alten Texte stellt sich natürlich die Frage, welchen der darin getroffenen Aussagen man glauben kann und welchen nicht, wenn sich auf engstem Raum offenkundige Widersprüche beisammen finden.

Ein wahres Interprationsfeuerwerk entfacht regelmäßig die schlichte Widmung zur Erstausgabe der Sonette von 1609.

TO.THE.ONLIE.BEGETTER.OF.
THESE.INSVING.SONNETS.
Mr.W.H. ALL.HAPPINESSE.
AND.THAT.ETERNITIE.
PROMISED.
BY.

OVR.EVER-LIVING.POET.
WISHETH.
THE.WELL-WISHING.
ADVENTVRER.IN.
SETTING.
FORTH.
T.T.

Herausgefunden hat man, daß es sich bei T. T. um den Drucker
Thomas Thorpe handelt. Wer aber ist Mr. W. H.? Und was heißt
dann »the onlie begetter«? Ist es die Muse des Dichters, also
der junge Mann, an den ein Großteil der Sonette adressiert ist,
etwa William Herbert, Graf von Pembroke, oder (die Initialen
also einfach vertauscht) Henry Wriothesley, Graf von Southampton – die beide eine Zeitlang als Schwiegersöhne Edward
de Veres vorgesehen waren? (Wer anderer als ein prospektiver
Schwiegervater wäre denn zu den Gefühlen fähig, denen in den
ersten siebzehn Sonetten Ausdruck verliehen wird, wo der
schöne junge Mann in immer neuen Variationen dazu aufgefordert wird, sich fortzupflanzen?) Oder ist W. H. schlicht und einfach jener Herr W. H.ALL., der das Manuskript »besorgt« hat
und bei dem der Drucker sich dafür so apart bedankt? Wir wollen in das endlose Gezänk, das um diese zwei Buchstaben tobt,
nicht eingreifen, wir wissen ja auch nicht, wer sich dahinter verbirgt, sondern auf zwei andere, weniger beachtete Aspekte dieser Edition hinweisen.[56]

Der Titel lautet *Shake-speares Sonnets*; wie der namhafte
Stratfordian Sir Sidney Lee zu Anfang dieses Jahrhunderts feststellte, war diese Wendung bei verstorbenen Autoren üblich;
sonst stünde da eher *Sonnets by W. S.*[57] Die Widmung spricht
von »unserem unsterblichen Dichter«, eine Formulierung, die
ebenfalls nahelegt, daß der Dichter zu diesem Zeitpunkt nicht
mehr lebte.[58]

Der »Unsterbliche« hatte mit der Veröffentlichung der
Sonette nichts zu tun und reagierte auch in keiner Weise darauf.
Zumindest wissen wir davon nichts. Bei dem da noch munter

vor sich hin prozessierenden Shakspere würde beides verwundern; bei dem 1604 verstorbenen de Vere entspricht es dem Sachverhalt. Die Lyrik, die Meres 1598 als »im privaten Freundeskreis« kursierend erwähnt, hätte, veröffentlicht, dem Bürger Shakspere keine Schande gemacht und ein wenig Geld eingebracht, auf das er bekanntlich höchsten Wert legte, auch wenn es nur in kleinen Mengen in Aussicht stand. Die Formulierung von Francis Meres verweist auf den Usus der adligen Dichter, die ihre Produkte nicht dem »smoky breath of the multitude« aussetzen wollten oder durften. In *The Arte of English Poesie* war 1589 zu lesen: »And in her Maiesties time that now is are sprung up an other Crew of Courtly makers Noblemen and Gentlemen of her Maiesties owne servauntes, who have written excellently well as it would appear if their doings could be found out and made publicke with the rest, of which number is first that noble Gentleman Edward Earl of Oxford.« (Und in der Zeit unserer jetzigen Majestät ist eine andere Gruppe von höfischen Dichtern hervorgetreten, Noblemen und Gentlemen unter den Dienern ihrer Majestät, die hervorragend schreiben, wie sich zeigen würde, wenn ihre Erzeugnisse so wie die der anderen veröffentlicht werden könnten, aus welcher Zahl der erste jener Edelmann, Edward Earl of Oxford, ist.)[59]

Zu jener Zeit, zwischen Dezember 1608 und Juni 1609, prozessiert »Willielmus Shackspe[a]re« gegen John Addenbrooke, den er auch verhaften läßt, wegen sechs Pfund, die Addenbrooke ihm schuldet, plus £ 1, 5 s Spesen. Addenbrooke findet einen Stratforder, der für ihn bürgt, und macht sich aus dem Staub.

Am 11. Mai 1612 macht »William Shakespeare of Stratford upon Aven in the Countye of Warwicke Gentleman of the age of xlviii yeres or thereabouts« (von ungefähr 48 Jahren) seine Aussage im Prozeß *Belott vs. Mountjoy*. Daraus geht hervor, daß er um 1604 im Haus des Kopfputzmachers Christopher Mountjoy gelebt hat. Er sagt aus, »daß er die Familie etwa zehn Jahre gekannt habe und die Hochzeit des Gesellen Belott mit der Tochter Mary im November 1604 auf Betreiben von Mrs.

Mountjoy hin vermittelt habe. Er bescheinigte den ehrbaren Charakter des jungen Mannes, bedauerte aber, sich an die Höhe der Mitgiftsumme und der versprochenen Hinterlassenschaft (den eigentlichen Streitpunkt des Verfahrens) nicht mehr erinnern zu können.«[60] Der Biograph Samuel Schoenbaum vermerkt, dies sei das einzige Dokument, das uns Shakespeare »amidst the raw materials for domestic comedy« lebend zeige. Wie er an das Rohmaterial zur höfischen Komödie gelangt sein könnte, bleibt weiterhin ungewiß, es sei denn, wir halten uns an den Hinweis des *Handbuchs*, daß Mountjoy »sogar Königin Anne zu seinen Kundinnen zählte«.

Wie dem auch sei, Shakspere lebt wieder ständig in Stratford und widmet sich seinen Geschäften und Obstbäumen. Nicht einmal als 1613 das Globe Theatre, Schauplatz seiner größten Triumphe, abbrennt, bringt ihn das soweit, sein Schweigen zu brechen. Schoenbaum meint hierzu, daß der Applaus ihm eine vergängliche Belohnung gewesen sei, im Gegensatz zu einem über Generationen vererbten Anwesen, das »permanence« verkörpere. Hierin ist Schoenbaum gewiß mit Shakspere von Stratford einer Meinung, schwerlich allerdings mit dem Dichter von Sonett 81: »Mein Freundesvers wird sein dein Monument,/Daß dich noch ungeborne Augen lesen/Und kommender Geschlechter Mund dich nennt,/Wenn alle Atmer dieser Welt verwesen.«[61]

Während der Geschäftsmann recht bockig in Stratford verbleibt und hier seine Spuren hinterläßt (die nur der Rest von Zeugnissen einer kontinuierlicheren ökonomischen Tätigkeit sein dürften), arbeitet der Meister in London als – man läuft Gefahr, das aus den Augen zu verlieren – Schauspieler, Manager und Schriftsteller, je nach Darstellung bis 1604, 1609 oder 1613.

Auf dem Bild oder vielmehr dem Film, der so entsteht, sehen wir ein ziemlich hektisches Hin- und Hersausen zwischen den zwei Städten, und nur die Langsamkeit der damaligen Verkehrsmittel hindert uns, allzusehr an Buster Keaton zu denken, der wieder einmal eine ganz offenkundig unlösbare Aufgabe übertragen bekommen hat.

Ein Dokument von 1615 weist darauf hin, daß von den zwei »Shakespeares« einer, und zwar der Londoner Theatermensch, zu diesem Zeitpunkt bereits verstorben sein mußte. In diesem Jahr strengte Thomasina Ostler, Tochter des Chamberlain's-Teilhabers John Heminges, einen Prozeß gegen ihren Vater an, um in den Besitz von Anteilen am Globe Theatre zu kommen, die ihr Gatte William Ostler, Schauspieler dortselbst, ihr vermacht hatte und die der Vater offenbar nicht herausrücken wollte. Im Antrag an das Gericht ist die Rede von der Verpachtung des Globe-Grundstücks im Jahr 1599 an »Cuthberto Burbadge & Ricardo Burbadge de Londonia generosis, prefato Willelmo Shakespeare & Augustino Phillips & Thome Pope de Londonia generosis defunctis«[62]. Von den ursprünglichen Pächtern werden also drei, Shakespeare, Phillips und Pope, als verstorbene Gentlemen aus London bezeichnet. Nun war Pope vor 1604 gestorben und Phillips 1605. Der erst 1607 oder 1608 verstorbene Schauspieler Will Kempe wird in dem Dokument als »nuper [...] defuncto«, das heißt kürzlich verstorben, bezeichnet. Doch Will Shakspere war ohne Zweifel noch am Leben und taucht überdies in anderen Dokumenten als »of Stratford-upon-Avon« auf, beispielsweise in dem Kaufvertrag über ein Haus in Blackfriars, London, den er 1613 abgeschlossen hatte. Thomasina Ostler konnte nichts dadurch gewinnen, einen für die Sache irrelevanten Tatbestand falsch darzustellen. Wir können also annehmen, daß sie den üblichen Decknamen »Shakespeare« für Oxford einsetzte, der zu diesem Zeitpunkt tatsächlich schon gestorben war.

Während einige von Shakespeares Zeitgenossen ihn als den bisher größten englischen Dichter preisen, scheinen andere, sobald der Herr persönlich auftritt, nicht das geringste davon zu bemerken. Alle anderen sind in den Zeugnissen der Zeitgenossen so anwesend, wie man es üblicherweise ist: »Ben Jonson, the poet, now lives upon one Townshend and scornes the world«, schreibt John Manningham im Februar 1602 in sein Tagebuch.[63]

Die Person des Dichters erweist sich als ziemlich flüchtig, um es vorsichtig auszudrücken. Sie fehlt in zeitgenössischen

Berichten und auf Abbildungen. Zumindest von einigen Schauspielern und Autoren der Zeit gibt es Porträts. Man möchte meinen, daß irgendwelche Briefe oder Manuskripte überlebt hätten – aber nein. Ausgerechnet bei Shakespeare hat jener flächig angreifende Zufall, der, wenn man es recht bedenkt, jede Vorstellungskraft übersteigt, dafür gesorgt, daß nichts, aber auch gar nichts dergleichen auf uns gekommen ist.

English Literary Autographs, 1550–1650, von Walter W. Greg herausgegeben, enthält Faksimiles der Originalhandschriften von 35 Dramatikern der Epoche (darunter Rowley, Chettle, Drayton, Dekker, Munday, Chapman, Massinger, Kyd, Peele, Lyly, Marston, Lodge, Nashe, Daniel, Heywood, de Vere und Jonson), von 36 Prosaschriftstellern und 42 Lyrikern.[64] *Er* fehlt. *Er,* dessen Stücke unausgesetzt aufgeführt wurden, der zwanzig Jahre lang dasselbe Haus sein eigen nannte, wohlhabend war und dessen Nachkommen jahrzehntelang in eben diesem Hause wohnen blieben. Also nicht gerade der Fall des von seinem Genie, seiner Zimmerwirtin und seinen Gläubigern gehetzten Poeten, der schließlich unter dubiosen Umständen ein allzu frühes Ende findet …

Was wir von *ihm* haben, sind sechs Unterschriften. Daß der Name dort jedesmal anders geschrieben ist, wäre nicht das schlimmste. Wie der geneigte Leser den Originalzitaten entnehmen konnte, hatten die Elisabethaner zur Orthographie noch ein gelösteres Verhältnis, auch bei der Schreibung von Namen. Christopher Marlowe schrieb sich oder wurde geschrieben: Merling, Merlin, Marlin, Marley, Morley, Marlowe.[65]

Das liebenswürdige Orthographie-Chaos der Epoche darf nicht darüber hinwegtäuschen, daß bei der Drucklegung und in den Handschriften der kultivierteren Zeitgenossen natürlich eine gewisse Regelhaftigkeit herrscht und auch die Schreibung der Namen einigermaßen konstant ist. Auf den Titelseiten seiner Werke heißt unser Held größtenteils Shake-speare oder Shakespeare (mit manchmal einem -e- auf oder ab), und ausgerechnet diese Schreibung hat, bei aller Variationsbreite, William Shakspere selbst nie gewählt.

Der Dichter Shake-speare wurde zunächst häufig mit diesem Bindestrich geschrieben, was darauf hindeutet, daß der Name als sprechendes Pseudonym intendiert war und auch so verstanden wurde. (Die für das Theater – und den Krieg – zuständige Göttin Pallas Athene wird gerne beschrieben und abgebildet, wie sie ihren Speer schwingt.)

Der Bindestrich erscheint unter anderem auf 19 von 49 Ausgaben, die vor 1623 herauskamen. Das einigermaßen dreiste Argument des Stratfordianischen Gurus und Mitherausgebers des *Oxford Shakespeare*, Gary Taylor, der Bindestrich entspringe den Zwängen, denen die edle Setzerkunst unterliegt[66], überzeugt kaum, wenn man etwa die Ausgabe der Sonette von 1609 betrachtet. Dort zeigt sich, daß der Trennstrich weder auf der Titelseite, der Widmungsseite noch in den 32 Kopfzeilen eine wie immer geartete »typographische« Funktion haben kann. Die bekommt er erst in einer Ausgabe von 1977 (!), auf deren Titelseite man den Schriftzug Shake-speare so groß gesetzt hat, daß er eben getrennt werden mußte.

Außer bei literarischen, also erfundenen Figuren kommt diese Art der Namensschreibung im Englischen nicht vor.[67] Dagegen wurde der Name des Mannes aus Stratford von ihm selbst beziehungsweise den Schreibern bei Gericht oder im Pfarrhaus Shaxpere, Shakspere, Shaxbere, Shagspere, Shakspeyr, Shakspe oder ähnlich geschrieben. Die einheitliche Phonologie hinter diesen Schreibungen deutet auf ein kurzes /a/ in der ersten Silbe hin sowie darauf, daß der Name nicht unbedingt als sprechender verstanden wurde.

Wie schrieb Shakspere sich selber? Nie »Shakespeare«; aber immerhin mehr oder weniger so, pendelt die Schreibung doch zwischen *Shak(s?)per* (1612) und *Shakspear(e)* (1616) – die Lesart der zweiten Silbe hängt stark vom guten Willen des Lesenden ab und von der Frage, ob es sich bei dem p mit Querstrich um die Kontraktion handelt, wie sie bei Berufsschreibern üblich war. Die wichtigere Frage, ohne Zweifel: Sind diese sechs nun von *seiner* Hand oder nicht? Wie zu erwarten, gehen die Meinungen auch dazu sehr weit auseinander.

Joseph M. English, Dokumentensachverständiger des Forensic Science Laboratory in Washington, D.C., analysierte 1977 die Unterschriften und kam zu dem Ergebnis, sie müßten von jemandem stammen, der es nicht gewohnt war, seinen Namen zu schreiben und der vor allem mit der Schreibweise von dessen zweiter Hälfte nicht sehr vertraut war, die er, in den zwei leserlichen Unterschriften (von drei) unter dem Testament, eher zu erraten suchte.

Dr. Wilson R. Harrison, einer der Schriftsachverständigen von Scotland Yard, kam 1979 zu dem Schluß, Shakespeare seien offenbar ab 1612 (also unmittelbar nach Fertigstellung des *Sturm*) die »geistigen und physischen Kräfte« abhanden gekommen. Es handle sich um die Schrift eines Schwerkranken. Beim Testament müsse er demnach zuerst das letzte Blatt signiert haben und dann (also praktisch in Sekundenschnelle) verfallen sein: »Man kann sich ziemlich leicht vorstellen, daß der Unterzeichner genügend Kraft aufbrachte, um ›William‹ auf zufriedenstellende Weise zu schreiben und dann die Mühe zu groß fand, die viel schwierigere Aufgabe zu meistern, den Familiennamen zu schreiben. Nachdem er dies schlecht und recht zuwege gebracht hatte, kann man sich gut vorstellen, wie der kranke Mann erneut seine schwindenden Kräfte sammelte, um noch zwei weitere Seiten zu unterschreiben und das Testament zur Zufriedenheit seines Rechtsbeistandes zu vollenden.«

Wieso ist nun der Familienname um so vieles schlechter geschrieben als der Vorname (»by me William«)? »Wenn Shakespeare ab 1612 (als er offenbar die literarische Arbeit aufgab) an etwas litt, was die Kontrolle der Fingernerven beeinträchtigte, würde das erklären, wieso er es um soviel leichter fand, den einen Namen zu schreiben als den anderen.«[68]

Der so Verfallene war in den Jahren nach 1612 durchaus geschäftsfähig im bürgerlichen Sinn, weswegen die fraglichen Dokumente überhaupt existieren. Darüber, ob die Einleitungsfloskel des Testaments »in perfect health« unabhängig vom Gesundheitszustand verwendet wurde oder nicht, sind die

Meinungen, wenig überraschend, wieder einmal geteilt. Jedenfalls gibt es zahlreiche Testamente aus der Zeit, die mit der Klage beginnen, daß die Kräfte im Nachlassen seien, man bald vor den Schöpfer treten müsse und bereits so schwach sei, daß man das Testament nicht mehr selbst unterzeichnen könne.[69]

Die in unseren Tagen in Stratford im Heiligtum selbst erhältliche Broschüre *Shakespeare in the Public Records*, eine angesichts der sonst üblichen Aufgeregtheit in angenehm kühlem Ton gehaltene Publikation, zieht generell in Zweifel, ob *er* diese Schriftstücke selbst signiert habe: »Es ist auf den ersten Blick klar, daß diese Unterschriften, mit der Ausnahme der letzten zwei, nicht von demselben Menschen stammen. Fast jeder Buchstabe ist in jeder von ihnen anders geformt. Die Schreibkundigen im 16. und 17. Jahrhundert entwickelten individuelle Unterschriften, ungefähr wie man es heute tut, und es ist undenkbar, daß Shakespeare eine Ausnahme machte. Man kann nur raten, welche der hier reproduzierten Unterschriften die authentische ist. Einige Gelehrte, vielleicht vertrauter mit der Literatur der Zeit als mit deren Kalligraphie, haben das Problem nicht erkannt; Tannenbaum sah eine ›auffallende Ähnlichkeit‹ zwischen der letzten Unterschrift auf dem Testament und jener auf der Guildhall-Urkunde [Kauf eines Hauses in Blackfriars, London, 10. März 1613]. Die Anti-Stratfordianer hingegen haben eingewandt, daß Shakespeare die Dokumente nicht selber unterschrieb, weil er illiterat war, oder daß er sie unterschrieb, doch weil er das Schreiben nicht gewohnt war, das Aussehen und die Schreibung der Unterschrift jedesmal anders ausfielen. Ein 1922 veröffentlichter Aufsatz von Sir Hilary Jenkinson gibt einen Hinweis, wo die Lösung liegen könnte. Nach seiner Meinung ›unterschrieben‹ die Sekretäre, die Zeugenaussagen niederschrieben, oft selber mit dem Namen des Zeugen, wobei sie eine Handschrift verwendeten, die sich von der zuvor im Text verwendeten unterschied, um ihr einen ›Hauch von Wahrscheinlichkeit‹ zu verleihen. [...] Wenn an den «equity courts» [«Billigkeits- oder Gewissensgerichte» für die ärmeren Bevölkerungsschichten] diese Praxis herrschte, warum sollte sie nicht auch von den Rechtsanwaltskanzleien geübt worden sein, wenn Übertragungsurkunden aufgesetzt wurden? Möglicherweise war Shakespeare nicht einmal in London, um die Pfandverschreibung und den Kaufvertrag für das Haus in Blackfriars zu unterschreiben. Die Testamentsunterschriften gelten im großen und ganzen als sakrosankt, aber im Licht von Sir Hilary Jenkinsons Beobachtung und der Praxis am erzbischöflichen Gericht von Canterbury muß selbst deren Authentizität in Frage gestellt werden. Es ist durchaus möglich, daß das sogenannte Original eine Faksimile-Kopie ist, die entweder vom Gericht oder von Collins' Schreiber angefertigt wurde. [...] Eine andere Möglichkeit ist, daß der Schreiber Shakespeares Unterschriften ›fälschte‹.«[70]

Das mag alles seine Richtigkeit haben; doch spricht wenig für die Annahme, in einer Zeit, wo das Schreiben eine elitäre Kunst war, habe einer, der es konnte, darauf verzichtet und den Notar schreiben lassen, der sich, um die Stimmung auf dem Sterbebett adäquat wiederzugeben, einer besonders zittrigen und patzigen Schrift befleißigt. Das eigentliche Problem besteht hier wohl darin, von ohnehin wenigen Reliquien nicht durch fahrlässige Handhabung die entscheidenden einzubüßen.

Zusätzliche Fragen wirft der ausgebesserte Schlußsatz auf: »I have hereunto put my Seale«; »Seale« ist durchgestrichen und darüber eingefügt: »hand«. Der Notar (oder wer es denn war) hätte also das Testament aufgesetzt und wie üblich das Siegel zur Beglaubigung vorgesehen, doch – als es zum Siegeln kam, winkte der Sterbende mit schwacher Hand: Nein, er wolle zu guter Letzt doch selber unterschreiben, oder aber der Notar solle für ihn etwas hinmalen, was jener Unterschrift ähnlich sehe, die er sonst vermieden habe zu schreiben... So ungefähr die Gedankengänge, eher als laientheologische denn als wissenschaftliche zu bezeichnen, mit denen versucht wird, die Widersprüche aufzulösen, die diesem Dokument innewohnen.

Die starke Namensverkürzung auf den Blackfriars-Urkunden von 1613 wird darauf zurückgeführt, daß auf dem Siegelstreifen so wenig Platz war. Mit den »einengenden Rändern« rechtfertigt Schoenbaum die Kurzangebundenheit seines Schützlings.[71] Dabei hätte dieser die Schreibfeder bloß etwas weiter links ansetzen, besser noch kleiner oder in zwei Zeilen schreiben müssen, dann hätte der ganze »Shakspere« wohl Platz gefunden. Sir Thompson erklärt sich diese dem Laien einfach als ungeschickt erscheinende Vorgangsweise damit, daß Shakespeare eine abergläubische Scheu vor der linken Seite gehabt habe. Man gewinnt nicht gerade den Eindruck, die wissenschaftliche Grundregel, nach der man möglichst wenige, einfache und widerspruchsfreie Erklärungen für die beobachteten Phänomene zu geben habe, sei hier im Übermaß beachtet worden.

Im juristischen Sinn handelte es sich bei den Namen auf diesen Siegelstreifen nicht um Unterschriften. Am Ende einer Urkunde stand regelmäßig eine Schlußformel (Corroboratio), die besagte, in welcher Form der Unterzeichner sein Einverständnis mit dem Vertragsinhalt bekundet: durch eigenhändige Unterschrift, durch Siegel, durch beides oder durch eine »Marke« (meist ein Kreuz). In den Blackfriars-Urkunden ist nur davon die Rede, daß die Käufer, Shakespeare, Jackson und Johnson, ihr Siegel anbrachten.

Jackson und Johnson unterschrieben beide selber auf dem Siegelstreifen. Ihre Unterschriften sind im Gegensatz zu der Shakspheres identisch mit denen, die von ihnen auf anderen Dokumenten gefunden wurden, also individuell in unserem Sinne. Shakspheres Siegel ist nicht sein eigenes, sondern das des Notars. Als 1617 das Haus in Blackfriars verkauft wurde, wurde die Urkunde mit Siegel *und* Unterschrift beglaubigt, von Jackson, Johnson und – John Heminges als Verkäufer. Ein Shakspere-Erbe scheint nirgends auf.

Die Unterschrift mußte auf der Urkunde selbst stehen, um gültig zu sein. Eine Unterschrift hatte größere Geltung als ein Siegel, das sich im Lauf der Zeit lösen konnte, was die Beweiskraft der Urkunde einschränkte. Es ist also unsinnig anzunehmen, der Pergamentstreifen sei der übliche Platz für eine Unterschrift gewesen. Hingegen war üblich, daß der Schreiber der Urkunde die Namen derer, die ihr Siegel angebracht hatten, auf die entsprechenden Streifen schrieb, so daß man später wissen konnte, zu wem welches Siegel gehörte.[72] Dazu paßt, daß die Abkürzung der zweiten Namenssilbe »per(e)« durch »p« sowie das Darüberschreiben des zusätzlichen Buchstabens »a« (was »pear[e]« ergibt) der Konvention der englischen Berufsschreiber seit dem Mittelalter entspricht. Abgesehen von der verständlichen Sehnsucht nach Autographen gibt es also keinen Grund anzunehmen, daß die zwei Blackfriars-Unterschriften von *ihm* stammen.[73] Ulrich Küntzel, in dem 1991 erschienenen Buch *Nervus Rerum – Die Geschäfte großer Männer*, stellt treffend fest: »Kurz, wie Shakespeares Dramen glänzen Shaksperes Unterschriften durch *Vielseitigkeit... Diese* [Sir Thompsons] Deutung erfordert einen starken *Glauben.*«

Küntzel verweilt in seiner Darstellung recht genüßlich auf – den Klecksen: »In jener ältesten erhaltenen Unterschrift [1612] passierte Master Shakspere auf dem k ein Tintenklecks, und Thompson meint: um einen zweiten zu vermeiden, habe Shakspere so rasch als möglich weitergeschrieben und das s in der Eile fortgelassen, Ergebnis: ›Shakper‹. In der Unterschrift vom 10. März 1613 ist das W des Vornamens durch einen Klecks verunziert und der obere Balken des gotischen S so dick, als sei schon wieder zu viel Tinte im Gänsekiel gewesen.«[74] Damit wären wir, im Sinne eines gründlichen Dekonstruktivismus, in der Zahl der »authentischen« Unterschriften bei Null angelangt.

Der nicht abgeschickte Brief von Richard Quiney an Shakspere spräche immerhin dafür, daß eine gewisse Lesefähigkeit gegeben war, und der mühsam hingekrakelte Schriftzug unter dem Testament würde dann eben von jemandem stammen, der nie sehr viel geschrieben hat.

Für die Frage eines funktionellen Analphabetismus ist von Belang, wie es Shaksperes Sprößlinge mit dieser edlen Kunst hielten. Auch sie konnten weder lesen noch schreiben. Das erstaunt – wenn man den Dichter (und seine selbstbewußten und gebildeten Frauengestalten) vor Augen hat und nicht den Getreidehändler. War es vielleicht nur das Ergebnis einer seiner desperaten Phasen, seiner nihilistischen Anfälle –

And all our yesterdays have lighted fools
The way to dusty death. Out, out, brief candle!
Life's but a walking shadow; a poor player,
That struts and frets his hour upon the stage,
And then is heard no more: it is a tale
Told by an idiot, full of sound and fury,
Signifying nothing.[75]

(Und alle unsre Gestern führten Narrn
Den Pfad des stäub'gen Tods. – Aus! kleines Licht! –
Leben ist nur ein wandelnd Schattenbild:
Ein armer Komödiant, der spreizt und knirscht
Sein Stündchen auf der Bühn und dann nicht mehr
Vernommen wird. Ein Märchen ists, erzählt
Von einem Dummkopf, voller Schall und Wahn,
Das nichts bedeutet.)

–, daß *er* es unterließ, die eigenen Kinder zur Schule zu schik-
ken? Was ganz zuallerletzt in Shaksperes Leben – und Sterben –
zählte, das war, laut Testament »that Capitall Messuage or tene-
mente [...] called the newe place wherein I nowe Dwell & two
messuages [...] lyeing & being in Henley Streete [...] And all my
barnes, stables, Orchardes, gardens, landes, ten[emen]tes &
hereditam[en]ts whatsoever [...] And alsoe All that [...] being in
the blackfriers in London nere the Wardrobe & all other my landes ten[emen]tes & hereditam[en]tes whatsoever.« (Das vor-
treffliche Anwesen oder Besitztum [...] genannt der New Place
worin ich jetzt wohne und zwei Anwesen [...] welche in der
Henley Street sich befinden [...] Und alle meine Scheunen,
Ställe, Obstgärten, Gärten, Grundstücke, Besitztümer und Erbgüter jeder Art [...] Und ebenso alles was sich in dem Blackfriars in London nahe der Wardrobe befindet und alle meine
anderen Grundstücke Besitztümer und Erbgüter jeder Art.)
Dies alles bekam Susanna, bei der am ehesten Hoffnung auf
gedeihliche Nachkommenschaft zu bestehen schien.

Tochter Judith konnte überhaupt nicht schreiben; A. L.
Rowse erklärt sich dies damit, daß »sie offensichtlich nach

ihrer Mutter geriet«, als sei die Fähigkeit zum Schrifterwerb eine Frage des Erbguts wie abstehende Ohren. Susanna konnte nur ihren Namen schreiben; das hatte ihr der Ehemann beigebracht. Mehr wohl nicht: Als 1642 der Chirurg James Cooke in ihr Haus kam, um Dr. Halls Nachlaß zu begutachten, bestritt sie, daß das »case-book« von seiner Hand war. Sie mußte von Dr. Cooke, der Halls Handschrift kannte, davon überzeugt werden. Von allfälligen Papieren ihres Vaters war keine Rede. Ebensowenig war in Shaksperes Testament von Büchern oder Manuskripten die Rede; zumindest an den unveröffentlichten Werken hätte er Rechte besessen, die einen gewissen Wert repräsentierten. Der Fellow Heminges hinterließ einige Bücher, ebenso wie später dessen Witwe oder Dr. Hall selbst.

Verharren wir noch einen Augenblick beim Testament. Was wir kennen, ist die Revision einer ursprünglichen, im Januar 1616 geschriebenen Fassung, in der wohl Judith mehr bekommen sollte. Sie hatte am 10. Februar 1616 Thomas Quiney, den Sohn des Brieffreundes von 1598, ohne Einhaltung der Aufgebotsfrist und ohne die dafür erforderliche bischöfliche Erlaubnis geheiratet, worauf sie beide exkommuniziert wurden. Am 25. März 1616 bekannte Quiney vor einem kirchlichen Gericht, mit einer Margaret Wheeler »carnal intercourse« gepflogen zu haben. »Margaret Wheeler and her child« waren am 15. März gestorben. Am 25. März änderte William Shakspere sein Testament. Dessen erste Seite wurde offenbar neu geschrieben, die zweite und dritte erfuhren entsprechende Veränderungen. Dort finden sich zwei nachträgliche Einfügungen, die mit Judith und Thomas Quiney nichts zu tun haben.

Die erste ist wichtig, weil sie den Konnex zu den Kollegen vom Theater zwar herstellt, aber auf eine Weise, die dem Usus widerspricht: dem ungeschriebenen Gesetz der Zunft folgend, vermacht er »to my ffellowes John Hemynges, Richard Burbage & Henry Cundell XXVIs VIIId A peece to buy them Ringes«. Faktisch waren die drei zu diesem Zeitpunkt keine »fellows« Shaksperes, da er keine Anteile (mehr?) besaß, der Begriff wird aber im Sprachgebrauch der Zeit ausschließlich dann gebraucht, wenn der Gemeinte zum Zeitpunkt der Abfassung (etwa eines Testaments) noch Teilhaber ist, sonst lautete die Anrede nur »friend« oder ähnlich.

Schrieb oder diktierte also Shakspere selbst das Testament, dann würde dies bedeuten, daß ihn das Theater und alle seine Freunde von ehedem nicht mehr scherten; der angeblich enge Freund Jonson geht darin leer aus wie auch alle anderen literarischen Freunde oder adligen Gönner aus London. Warum gedachte er dann im letzten Moment ausgerechnet dieser drei ehemaligen »fellows«?

Wir schlagen zwei andere Lesarten vor: Entweder erinnerte Shakspere sich im letzten Augenblick, daß er gewisse Verpflichtungen eingegangen war, die wir in Kapitel 9 näher beleuchten wollen, und trachtete sich ihrer auf diese hastige, unvollkommene Weise zu entledigen. Oder es nahm jemand, dem an der Untermauerung der Stratford-Geschichte durch Indizien gelegen war, nach Shaksperes Tod die Einfügung vor, um die sinngemäße Entsprechung zur *Folio*-Vorrede zu liefern, wo Heminges und Condell ihrerseits Shakespeare als Fellow bezeichnen.

Schließlich war, ein weiterer nachträglicher Einfall, zwischen den Zeilen Platz, der Gattin Anne »my second best bed with the furniture« zu vermachen – und sonst nichts. Dies ist der einzige verbürgte Satz, der Licht auf das Shakspersche Eheleben wirft; es ist kein sehr anheimelndes Licht. Wenige Sätze des eigentlichen Shakespeare-Werks haben die Exegeten zu solchen denksportlichen Höchstleistungen angeregt wie dieser eine kleine aus dem Testament. Zwar läßt sich bei Shakespeare ein Hang nicht nur zu guten, sondern auch zu schlechten und rundheraus blöden Witzen ausmachen, und vielleicht war der dumpfe, geizige Gesell, der seiner Frau womöglich immer noch nachtrug, daß er, als er 18 war, sie hatte heiraten *müssen*[76], vielleicht war dieser pfennigfuchsende und gemütsarme Frühkapitalist nur die letzte – und zukunftsweisende – in der langen Reihe der Masken, die er im Lauf seines Lebens aufgesetzt hatte?

Aus diesen kargen Dokumenten spricht, wenn überhaupt, ein ziemlich unerfreulicher und eindimensionaler Charakter.

Wann immer man sich in einen *seiner* Texte begibt, ist bekanntlich das Gegenteil der Fall.

Fassen wir zusammen. Es gibt drei Gruppen von Dokumenten: Jene über einen William Shaksper, Shakspeare, Shakespear, Shakespere, Shexpere, Shackspere und ähnlich aus Stratford-upon-Avon, woraus sich keine wie immer gearteten literarischen oder theatralischen Verbindungen ablesen lassen; hiebei ist zu beachten: Möglicherweise haben in London zur selben Zeit auch andere Leute dieses Namens gelebt (von den Shakeshaftes zu schweigen), so daß man nicht immer sicher sein kann, ob alle diese Schriftstücke sich auf ein und dieselbe Person beziehen. Dies ist für die Verfasserschaftsfrage aber unerheblich.

Dokumente über Anteile an den Theatern, die sich auf einen Schauspieler und Teilhaber des Namens Shakespeare beziehen. Dazu kommt die Liste der Schauspieler in der Shakespeare-*Folio*, die ausschließlich Leute umfaßt, die irgendwann Teilhaber waren. In der *Folio*-Ausgabe der Werke Jonsons (1616) wird bei *Every Man in His Humour* (1598, wahrscheinlich eine öffentliche Aufführung) ein »Will. Shakespeare« und bei *Sejanus* (1603, »private« Aufführung am Hof) ein »Will. Shake-Speare« als Schauspieler angeführt. Weder der Kaufmann aus Stratford noch der Theater-Teilhaber sind zu Shakspeares Lebzeiten in irgendeiner Weise als Schriftsteller identifizierbar.

Anspielungen auf und Äußerungen über den Dichter und Dramatiker William Shakespeare oder Shake-speare und seine Werke, die über die Person kaum etwas sagen, und aus denen keine Verbindung mit Stratford-upon-Avon hervorgeht.

2 Die Kunst, aus nichts etwas zu machen
Erste Versuche, das Phantom auszustopfen; sowie ein
Aufenthalt im Bermuda-Dreieck der Interpretation

Shaksperes erster Biograph war sein Schwiegersohn, oder vielmehr, er hätte es sein können. Dr. John Hall, der Susanna Shakspere am 5. Juni 1607 geheiratet hatte, besaß gute Latein- und
einige Französischkenntnisse, war als Arzt geachtet und führte
ein »case-book«, worin er nicht nur seine – uns heute skurril bis
gruselig anmutenden – Heilmethoden beschreibt, sondern
auch die Patienten. Reverend Quiney etwa, Kurat in Stratford,
war »geistreich, in den Sprachen gewandt und sehr gelehrt«,
John Trap, ein anderer Pfarrer, zeichnete sich aus durch »sein
Verständnis und seine Bildung, worin er keinem nachsteht«.
Auch der Dichter und Dramatiker Michael Drayton, der sich
häufig im nahen Clifford Chambers aufhielt, hat seinen Auftritt: »Mr. Drayton, ein exzellenter Dichter. Ich heilte ihn mit
Veilchensirup von einem gewissen Fieber.«[77]

Als im April 1616 sein Schwiegervater starb, fiel ihm nicht
mehr zu schreiben ein als: »My father-in-law died on Thurs-
day.«

Diese dürre Notiz ist alles, was sich in Halls Aufzeichnungen über Shakspere findet. Und nicht einmal das ist sicher.
Jenen lakonischen Satz kennt die Fachliteratur, wenn überhaupt, nur vom Hörensagen, so merkwürdig das klingen mag.
Angeblich hat ein Reporter des *Boston Globe* ihn 1972 [!] zu
Gesicht bekommen, und obwohl es kaum eine für diese Biographie aufschlußreichere Quelle gäbe, scheint es sonst niemand
für wert befunden zu haben, nochmals genauer in Doktor Halls
»case-book« nachzusehen. Sicher ist: Die Publikation der *Folios*
von 1623 und 1632 entlockten dem Doktor nicht ein Wort über
seinen schon seit 1609 vom Verleger der Sonette als »unsterb-
lich« apostrophierten Schwiegervater.

Hatte die Tatsache, daß dessen Theaterstücke seit mindestens 25 Jahren nicht nur auf Londons Bühnen, sondern im

ganzen Land gespielt, gelesen und hochgeschätzt wurden und seine Verserzählungen immer neue Auflagen erlebten, sich nicht bis Stratford herumgesprochen? Hatte der Schwiegervater nach seiner Rückkehr in die Heimat so ganz und gar sein früheres Leben vergessen, daß er mit niemandem mehr darüber reden wollte? Sprach er nur ausweichend über den Theaterbetrieb der Hauptstadt als Ursprung seines Reichtums?

Schämte er sich etwa der immateriellen Früchte seines Fleißes, von deren Dauerhaftigkeit der Autor Shakespeare doch mindestens so überzeugt war wie je ein Verehrer späterer Jahrhunderte? »In wie entfernter Zeit/Wird man dies hohe Schauspiel wiederholen,/In neuen Zungen und mit fremdem Pomp!«[78] So steht es in fremder, späterer Zunge, in bestem Schlegel-Tiecksch, im dritten Aufzug des *Julius Cäsar,* und dieser Cäsar wird in wieder späteren Zeiten, mit fremderem Pomp, in immer neuen Zungen immer wieder ermordet werden, bis auf den heutigen Tag, sei es in Hollywoods Filmstudios oder in der Felsenreitschule der Salzburger Festspiele.

Und wenn schon Shakspere selbst nichts mehr davon wissen wollte, so wären da andere gewesen, deren Interesse am Theater, dieser Glorie des elisabethanischen Zeitalters, überliefert ist oder als gewiß angenommen werden kann. Stratford lag ja nicht auf dem Mond, sondern war durch die Straße (jetzt A 34 und M 40) via Oxford mit London verbunden. Im September 1611 wurden 71 Bürger von Stratford aufgelistet, die Geld »towardes the charge of prosecutyng the Bill in parliament for the better Repayre of the highe waies« (für die Kosten des Antrags im Parlament, betreffend die Verbesserung des Zustands der Landstraßen) gegeben hatten; darunter »Mr William Shackspere«.[79]

Es gab auch hier auf dem Lande gebildete Leute wie den Grafen und die Gräfin von Northampton, die vierzig Meilen von Stratford auf Ludlow Castle saßen und sich von Dr. Hall behandeln ließen. Es gab Schauspieltruppen aus London, die auf ihren sommerlichen Tourneen auch hier haltmachten, wie die der Grafen von Oxford, Essex und Worcester in der Saison

1583/84 oder die Queen's Men 1592 unter der Leitung des Grafen von Oxford. Es gab frischgebackene Hauptstädter wie Richard Field, der aus Stratford stammte, in London Drucker geworden war und 1593 Shakespeares erstes Buch herausbrachte.[80] Shaksperes Cousin Thomas Greene hatte, gleich einer Reihe anderer Gentlemen aus Warwickshire, am Middle Temple, einem der vier Inns of Court, studiert und wurde 1629 dort zum Schatzmeister gewählt. Wie wir gleich sehen werden, spielte er auch in Stratford eine Rolle. Bei seiner Zulassung zum Middle Temple, 1595, war ein Dichter, John Marston, einer seiner Bürgen gewesen.[81]

Dort wurde in jener Zeit, ebenso wie an den anderen Inns of Court, viel und gerne Theater gespielt. Der Rechtsanwalt John Manningham erwähnt in seinem Tagebuch unter dem 2. Februar 1602 eine Aufführung von »›Twelue Night, or What You Will‹, much like the Commedy of Errores, or Menechmi in Plautus, but most like and near to that in Italian called *Inganni*«.[82] Den Namen Shakespeare erwähnt Manningham nicht hier, jedoch unter dem 13. März desselben Jahres: »Zu einer Zeit, als Burbage Richard III. spielte, gab es eine Bürgerin, die sich so in ihn verliebte, daß sie ihm nach der Aufführung das Versprechen abnahm, sie noch diese Nacht zu besuchen und sich an der Tür als Richard III. zu melden. Shakespeare hatte dies mitangehört, kam früher, ward unterhalten und war bei der Sache, noch ehe Burbage eintraf. Als gemeldet wurde, Richard III. sei an der Tür, ließ Shakespeare bestellen, Wilhelm der Eroberer sei vor Richard III. gewesen. Shakespeares Name William.«[83]

Interessant an dieser Anekdote sind zwei Punkte: zu einer Zeit, da Shakespeares Stücke bereits höchst erfolgreich waren, mußte Manningham, damit ihm die Pointe nicht abhanden kam, sich selber daran erinnern, wie dessen Vorname lautete. Daß Burbage, der berühmte Schauspieler, Richard hieß, bedurfte keiner solchen Erklärung. Zweitens kann man daraus und aus der Eintragung über *Was ihr wollt* schließen, daß auch Theaterfans die Stücke sahen, ohne sie mit einem Verfasser zu assoziieren[84], und daß der Name des Dramatikers bestenfalls jener Minderheit bekannt war, die sich für die Druckfassungen der Stücke interessierte. Dort prangte seit 1598 *sein* Name auf den Titelseiten, zunehmend auch bei Stücken, die gar nicht von ihm waren. Sein Name war also gut fürs Geschäft – und der Autor hatte offenbar keine Möglichkeit, auf solche Praktiken der Verleger Einfluß zu nehmen. In dieser Lage befanden sich ausschließlich Adlige, denen es ihr Stand verbot, Geld zu nehmen für etwas, was nach Arbeit ausgesehen hätte[85] oder sich öffentlich zu so gering geschätztem Tun, zu so niedrigem Gelderwerb, zu bekennen; freilich kursierten ihre Manuskripte im Freundeskreis, und diese ihre Rolle wurde wenigstens fallweise von anderen Autoren erwähnt.

Niemand in Stratford scheint die Verbindung zwischen dem Autor von *Venus und Adonis* (zehn oder elf Auflagen vor 1620[86]) und *Lukrezias Schändung* (fünf Auflagen) und Will Shakspere hergestellt zu haben, der sich im Herbst 1614 zur Einzäunung von Gemeindeland, nach einer Aufzeichnung des Cousins Greene, wie folgt äußert: »At my Cosen Shakspeare commyng yesterday to towne I went to see him howe he did he told me that they assured him they ment to inclose noe further then to gospell bushe & so vpp straight (leavyng out part of the dyngles to the ffield) to the gate in Clopton hedge & take in Salisburyes peece: and that they meane in Aprill to servey the Land & then to gyve satisfaccion & not before & he & Mr Hall say they think there will be nothyng done at all.« (Da mein Cousin Shakspeare gestern in die Stadt kam, ging ich zu ihm, um ihn zu fragen, wie es ihm gehe. Er erzählte mir, daß man ihm versichert hatte, es bestehe keine Absicht, weiter als bis Gospel Bush und von dort gerade hinauf bis zum Tor in der Clopton Hedge (unter Auslassung eines Teils der Gräben zum Feld) einzufrieden und Salisbury's Peace dazuzunehmen. Und daß sie im April das Land vermessen wollen und dann die Ablöse zahlen und nicht vorher und er und Mr. Hall sagen, sie glauben, daß gar nichts geschehen wird.)

Im September 1615 überliefert uns Thomas Greene: »W Shakspeares tellyng J Greene that J was not able to beare the encloseinge of Welcombe.« (W Shakspeare teilt J Greene mit, daß J nicht in der Lage war, die Einhegung von Welcombe zu dulden/gestatten.) Das sind »Shakespeares« einzige mündliche Äußerungen, die, zu seinen Lebzeiten aufgeschrieben, auf uns gekommen sind.[87]

William Shakspere war, weithin unbemerkt, 1616 verstorben. 1623 erschien die erste *Folio*, die Gesamtausgabe von *Mr. William Shakespeares Comedies Histories & Tragedies*, ein Prachtband mit einem Porträt, einer Widmung an die Brüder William Earl of Pembroke und Philip Earl of Montgomery (die vermutlich die Kosten des Unternehmens getragen hatten[88]), einer Vorrede und vier Lobgedichten auf den Autor, über dessen Lebensumstände diesem Vorspann allerdings nichts zu entnehmen ist. Die Unterzeichner der Vorrede, die Theaterleute Heminges und Condell, bezeichnen ihn als »so worthy a friend & fellow«, was darauf verweisen würde, er sei wie sie Schauspieler und Teilhaber an den zwei Theatern Globe und Blackfriars gewesen. Dies stimmt mit der Liste der »Principal Actors in these Plays« überein. Hier steht Shakespeare an der Spitze, was bis heute als wichtigster Beleg für seinen führenden Status als Schauspieler gilt. Wie alle diese Belege ist er zumindest nicht ganz zeitgenössisch und stammt nicht von einem unbeteiligten Dritten. Aus der Reihenfolge der Nennung kann nicht zwingend auf die Bedeutung als Schauspieler geschlossen werden. John Heminges etwa, der stotterte, wird schwerlich große Rollen gespielt haben. Leonard Digges bezieht sich in seiner poetischen Anrede auf »thy *Stratford* Moniment«. Zusammen mit Ben Jonsons vorhergehender Gedichtzeile »Sweet Swan of Avon!« konnte ein Leser sich zusammenreimen, daß der Betreffende aus dem Ort Stratford in der Grafschaft Warwickshire stammen mußte. Dazu wiederum paßte Jonsons Zeile »though thou hadst small Latin and less Greek«. Las man nicht allzu genau, wies auch das auf den Mann, der aus der Provinz gekommen war, mit bescheidener Bildung und wenig Voraussetzungen, und sich am Theater hochgearbeitet hatte.

Dr. John Ward, der neben der Theologie auch Medizin studiert hatte, wurde 1662 Pfarrer in Stratford. In seinem Tagebuch ermahnt er sich selbst, »Shakespeares Stücke durchzulesen und sich mit ihnen vertraut zu machen, auf daß ich in dieser Sache nicht unwissend sei«. Lady Elizabeth Barnard, Shaksperes Enkelin, war da noch am Leben, was Ward ebenfalls vermerkt. Trotz der unbezahlbaren Gelegenheit, mehr über den Verehrten zu erfahren, ließ Ward das Thema wie eine heiße – oder restlos ausgekühlte – Kartoffel fallen. Es finden sich insgesamt nur noch zwei weitere auf *ihn* bezogene Anmerkungen in den sechzehn Bänden des Tagebuchs, die bis heute erhalten sind. Sie lauten wie folgt: »Ich habe gehört, Mr. Shakespeare habe Mutterwitz besessen, aber nicht die geringste Kunstfertigkeit; er besuchte die Theater seine ganze Jugend lang, verbrachte aber seinen Lebensabend in Stratford: und versorgte die Bühne mit zwei Stücken pro Jahr, und bekam dafür eine so hohe jährliche Zuwendung, daß er an die tausend Pfund im Jahr ausgeben konnte.« – Und die zweite: »Shakespeare, Drayton und Ben Jonson hatten eine frohe Zusammenkunft, und es scheint, daß sie zu tüchtig soffen, denn Shakespeare starb an einem Fieber, das er sich dort geholt hatte.«[89]

Auch hier, so scheint uns, werden zwei disparate Biographien auf dem Wege der Sagenbildung vermischt. »Natural wit« billigt man Will Shakspere aus Stratford an einigen Stellen zu, »without any art at all«: Dies kann man unserem Autor nun wirklich nicht nachsagen.[90] Daß Shakspere seine Jugend im Theater verbracht und später für die Aufführungen seiner Stücke einen Zuschuß von 1000 Pfund im Jahr erhalten habe (und von wem?), ist andererseits unwahrscheinlich. Auf Edward de Vere treffen beide Feststellungen zu. Die Geschichte vom Trinkgelage mit tödlichem Ausgang ist insofern von Interesse, als wiederum Michael Drayton und Ben Jonson als *dramatis personae* auftreten. Wir werden Jonson in unserer Erzählung noch mehrfach begegnen.

Das Interesse an der Person des Autors scheint im ersten Jahrhundert nach seinem Tode insgesamt gering gewesen zu sein. Samuel Pepys etwa erwähnt in dem berühmten Tagebuch, das er zwischen 1660 und 1669 führte, den Besuch von 38 Aufführungen von Shakespeare-Stücken; dessen Namen nennt er nur ein Mal.

Der erste Stratford-Tourist, von dem wir wissen, war der Antiquar und Biograph John Aubrey, der um 1680 (nun bereits 65 Jahre nach Shaksperes Tod) Informationen für den Band *Athenae Oxonienses* sammelte, in dem ein Anthony Wood Lebensbeschreibungen von in Oxford ausgebildeten Bischöfen und Autoren zusammenstellte. Was Aubrey in Stratford erfragte, war folgendes: »Mr. William Shakespear. Wurde in Stratford-upon-Avon in der Grafschaft Warwickshire geboren; sein Vater war Metzger, & einige Nachbarn haben mir seinerzeit erzählt, daß er als Knabe den Beruf des Vaters ausgeübt habe, doch wenn er ein Kalb schlachtete, so tat er es *stilvoll*, & hielt dazu eine Rede. [...] Dieser Wm. neigte von Natur aus zum Dichten und Theaterspielen, kam mit 18, schätze ich, nach London und war Schauspieler an einem der Theater und spielte außergewöhnlich gut. [...] Er begann früh mit Versuchen in der dramatischen Dichtung, deren Niveau zu jener Zeit sehr niedrig war; und seine Stücke kamen gut an: Er war ein schmucker ansehnlicher Mann: sehr guter Gesellschafter, mit Witz und rascher Auffassungsgabe. [...] Er pflegte einmal im Jahr in die heimatliche Grafschaft zu kommen. Ich glaube, man hat mir erzählt, daß er dort einer Schwester 2 oder 300 £ im Jahr hinterlassen habe.«

Der Schauspieler William Beeston, Sohn eines der Chamberlain's Men, erzählte ihm: »The more to be admired q[uia] he was not a company keeper/lived in Shoreditch, wouldnt be debauched, & if invited to writ; he was in paine.«[91] (Um so mehr war er zu bewundern, weil er wenig in Gesellschaft ging; er lebte in Shoreditch, wollte von Besäufnissen nichts wissen, und wenn man ihn einlud zu schreiben, war er in Not.)

Daß Shakespeare die Aufforderung, zu schreiben (vielleicht die Rolle aus einem Stück abzuschreiben, wie dies für Schauspieler üblich war), Schmerzen oder Unwohlsein bereitet haben soll, irritiert bis heute die Forschung. Samuel Schoenbaum, der den »Aubrey scrap« in seinem *Compact Documentary Life* reproduziert, transkribiert ihn so: »and if invited to, writ: he was in pain.«[92] Das würde dann bedeuten, daß auf die Einladung zu einem, sagen wir, Umtrunk in der Boar's Head Tavern, der Gute eine schriftliche Entschuldigung abgab und sich, in der besten Schülermanier, mit einem vorgeschützten Leiden wie Bauchweh aus der Affäre zu ziehen suchte.

Sodann zitiert Aubrey den Theaterleiter und Dramatiker Sir William Davenant (geboren 1606). Der hat ihm entdeckt, daß Shakespeare auf dem Weg nach Warwickshire im Gasthaus der Davenants in Oxford zu übernachten pflegte; Sir William bilde sich etwas darauf ein, für *seinen* Sohn gehalten zu werden. In Klammern setzt er hinzu: »In which way his mother had a very light report, whereby she was called a whore.« (Wodurch seine Mutter zu einem schlechten Ruf kam, wurde sie doch als Hure bezeichnet.) Dies wurde von Wood als Tratsch abgelehnt.[93]

Daß Aubreys Auskünfte, doch ziemlich lange post festum eingeholt, dennoch so gerne zitiert und immer neu und phantasievoll ausgelegt werden, liegt wiederum am Urgrund des Übels, der allzu kargen Quellenlage zu Stratford. Aubrey war ein allesverschlingender Sammler mit großem Gusto für farbige, um nicht zu sagen knallbunte Anekdoten, aber nicht gerade ein Fanatiker der historischen Genauigkeit. Über unseren Grafen etwa weiß er in seinen *Brief Lives* die schöne Geschichte: »This Earle of Oxford, making of his low obeisance to Queen Elizabeth, happened to let a Fart, at which he was so abashed and ashamed that he went to Travell, 7 yeares. On his returne the Queen welcomed him home, and sayd, My Lord, I had forgott the Fart.«[94] (Dieser Graf von Oxford, indem er sich vor der Königin Elizabeth tief verbeugte, ließ einen Furz, worauf er so beschämt war, daß er sieben Jahre lang auf Reisen ging. Bei seiner Rückkehr begrüßte die Königin ihn zu Hause und sagte, Mein Lord, der Furz ist vergessen.)

Jene, die wie E. K. Chambers oder Samuel Schoenbaum sich in unserem Jahrhundert erdenkliche Mühe gaben, den

Kern aus dem gewaltig gewucherten »Shakespeare-Mythos« zu schälen, schlagen sich unverdrossen mit Geschichtchen von zweifelhafter Herkunft herum, die man überall sonst getrost den Verfassern romanhaft ausgeschmückter Biographien zur alleinigen Verwendung überlassen hätte. Die Erklärung dafür ist simpel. Würde man alles eher Zweifelhafte verwerfen, dann bliebe für ein *Documentary Life* buchstäblich kaum mehr übrig als die fünfeinhalb Zeilen des »trefflichen Steevens«, die Bodenstedt zitiert: »Alles, was wir mit einiger Bestimmtheit über Shakespeare wissen, ist dieses: er ward geboren in Stratford am Avon – heirathete dort und hatte Kinder – ging nach London, wo er Schauspieler wurde und Gedichte und Dramen schrieb – kehrte nach Stratford zurück, machte sein Testament, starb und wurde begraben.«

Den Romanciers (mit Ausnahme von Anthony Burgess) war die Suppe, die sich daraus hätte kochen lassen, offenbar immer schon zu dünn: Shakespeare gibt keine Romanfigur ab, auch keine Filmfigur, wie der Molière Ariane Mnouchkines – oder Shakespeares eigene Helden, König Harry oder Benedick. Was es gibt, ist Henry James' Erzählung *The Birthplace*, die auf einer wahren Begebenheit des späten 19. Jahrhunderts beruht. Ein armer Poet und Verehrer Shakespeares bekommt durch die Vermittlung seiner Förderer die Stelle eines Hausmeisters im Birthplace, also jenem Haus in Stratford, in dem der Meister geboren worden sein soll, und ist nach wenigen Monaten so angeekelt von dem Treiben daselbst und der Rolle als Märchenerzähler, zu der man ihn zwingt, daß er die Stelle wieder kündigt.

Als Beispiel für jene Geschichten, die aus mündlicher Überlieferung irgendwann spät den Eingang in den Legendenkranz um Shakespeare gefunden haben, möchte ich nur eine, die vom »Wilddiebstahl«, erzählen. 1709 publizierte der Dramatiker Nicholas Rowe eine Shakespeare-Gesamtausgabe, die den ersten ernsthaften Versuch zu einer Biographie enthält. Er beruft sich dabei auf den Schauspieler Thomas Betterton, der extra nach Warwickshire gefahren sei, um vor Ort so viel wie möglich über *sein* Leben herauszufinden. Da war nun in Erfahrung zu bringen gewesen: »Er war, wie es jungen Leuten oft genug ergeht, in schlechte Gesellschaft geraten; und darunter waren einige, die öfter Wild stahlen und ihn dazu anstifteten, mit ihnen mehr als einmal einen Park zu berauben, der dem Sir Thomas Lucy von Charlecote gehörte, in der Nähe von Stratford. Dafür wurde er von jenem Herrn bestraft, nach seiner Meinung zu hart; und um sich dafür zu rächen, machte er eine Ballade auf ihn. Und obwohl diese, vermutlich die erste Probe seiner Dichtung, verloren ist, sagt man doch, sie sei so scharf ausgefallen, daß er danach derart verfolgt wurde, daß er gezwungen war, Geschäft und Familie in Warwickshire zu verlassen und für eine Zeitlang Zuflucht in London zu suchen.«[95]

Pünktlich mit dem Beginn einer biographischen oder im engeren Sinne wissenschaftlichen Forschung setzt eine bis heute ungebremste Entwicklung ein: Die Unmöglichkeit, über ausgerechnet diese Person mehr und Konkreteres in Erfahrung zu bringen, führt zum Wuchern von Legenden, worin sich allfällige Körnchen an historischer Wahrheit immer schwerer isolieren lassen. Was an dokumentarischer Evidenz gefunden wird, paßt weder so recht zusammen, noch paßt es zum Werk – oder nicht in der Weise, wie dies sonst geschieht. Dem »Shakespeare-Mythos« haftet dementsprechend etwas Unbefriedigendes an: Auch auf dem Wege der Legendenbildung ist dieser Figur kaum Farbe abzugewinnen.

Das hat Shakespeare zum Kronzeugen einer Literaturauffassung gemacht, die den Konnex zwischen Leben und Werk für irrelevant erklärt, was eigentlich nur einen Schönheits-, nämlich Denkfehler enthält – bei *ihm* fehlt ja die Biographie, aller Mühe zum Trotz, tatsächlich, und daher entfällt ausnahmsweise die Möglichkeit, die Probe aufs Exempel zu machen.

Im 18. Jahrhundert wuchs mit immer neuen Werkausgaben auch das Interesse an Shakespeares Leben, im 19. nahm es, im Rahmen eines gigantischen Geniekults, hektische und im 20. Jahrhundert definitiv absurde Formen an. Die Fakten, die die frenetische Wühlarbeit ganzer Legionen von Forschern während zweier Jahrhunderte zutage gefördert hat, lassen sich auf einem Dutzend Seiten bequem zusammenfassen.[96] Da ihnen nicht das geringste über das literarische Leben des Dramatikers zu entnehmen ist, wird selbst in ausführlichen Biographien meist nur ein Teil davon erwähnt. Dies auch deshalb, weil der Versuch, die allenthalben aus dem Gewebe heraushängenden losen Enden zu einer kohärenten Biographie zu verknüpfen, zu geistigen Verrenkungen zwingt oder dazu, das eine oder andere wegzulassen oder aber, wie es E. K. Chambers im Dokumentationsband seines Standardwerks *William Shakespeare. A Study of Facts and Problems* mit dem bereits erwähnten Fall *Ostler vs. Heminges* macht, als lateinisches Original unkommentiert und unübersetzt sozusagen zu verstekken. Dies läßt gerade bei einem so bekannt skrupulösen Forscher wie Chambers auf eine gewisse seelische Belastung schließen.

Schon vor zweihundert Jahren hatte man damit begonnen, der schmerzlichen Dokumentenknappheit aufzuhelfen, die wachsamen und wohl auch neidischen Kollegen aber haben viele Fälschungen schließlich aufgedeckt. Ein Zweifels- und Streitfall sind die *Revels Accounts* geblieben, jene zwei Abrechnungen über Aufführungen bei Hofe, eine über die Saison 1604/05 und eine über die Saison 1611/12. »Interessant daran [...] ist der Anhang mit einer Liste von Stücken, in der die Titel und die Namen der Autoren angeführt sind, darunter ›Shaxberd‹. Dies ist die einzige unzweifelhafte zeitgenössische Bezugnahme auf *Othello* und *Measure for Measure*. Als solche ist sie ein Hauptbeweisstück für Datierung und Verfasserschaft [!] dieser Stücke, doch leider ist ihr Ruf befleckt.«[97]

Als die Leere schließlich allzu quälend wurde, fand man *The Book of Sir Thomas More*. Das anonyme Stück dieses Titels wurde, nach einem zeitgenössischen Manuskript, 1844 erstmals gedruckt.[98] Es war offenbar in den 1590er Jahren vom zuständigen Zensor, Sir Edmund Tilney, wegen politischer Unverträglichkeit zurückgewiesen und nach vergeblichen Korrekturversuchen als unaufführbar verworfen worden.

Das *More*-Manuskript enthält Zusätze in vier verschiedenen Handschriften[99], und »Hand D« wurde als *seine* erkannt. Im Lichte des oben Ausgeführten nimmt sich die Deduktion des Paläographen Sir Edmund Maunde Thompson doch etwas verstörend aus: »Thompsons interessantester Fund ist das ungewöhnliche gespornte *a*, das man in einer der Unterschriften findet, und das jenem in dem Wort *that* in Zeile 105 aufs höchste ähnelt. In beiden a's ›schwingt die Feder, die von dem darüberliegenden Bogen in einer steilen Kurve herabzieht, nach links in den horizontalen Sporn und dann *horizontal* nach rechts, bis sie wieder ansteigt, um den zweiten Abstrich zu formen.‹«[100]

Der Schreiber der »Hand D« wäre also, wenn nicht Shakespeare, dann immerhin jener »Shakespeare«, der 1613 den Blackfriars-Kaufvertrag unterschrieben hatte. Tags darauf bei der Weiterverpachtung war die Unterschrift schon wieder weniger flüssig und dem *a* jene annähernd lateinische Form gegeben, die es bis 1616 beibehalten sollte, nennen wir es »Shakspeers finales *a*«. Auch das *h* machte in der Nacht vom 10. auf den 11. März 1613 eine dramatische Wandlung durch. Nun ist das *a* von 1612 aber ein wieder anderes, liegt also zeitlich zwischen dem *More-a* und dem ersten Blackfriars-*a*, wollen wir es also das »intermediäre« nennen ... Sie sehen, was ich meine.

Sir Thompson hatte das *More*-Manuskript jahrzehntelang in seiner Obhut gehabt, als Keeper of Manuscripts und später Principal Librarian, bevor er Hand D Shakespeare zuschrieb. Darüber, wie diese Entdeckung oder vielleicht besser Erfindung vor sich gegangen sei, gibt es zwei Versionen. Die erste stammt von A. W. Pollard (1923): »Nach eingehender Prüfung des Manuskripts gelangte er zur Überzeugung, daß er hier in Wahrheit mit einem eigenhändigen literarischen Manuskript unseres größten englischen Dichters konfrontiert war.«[101]

Die zweite stammt von J. D. Wilson (1956), der berichtet, daß Thompson die *More*-Handschrift aus dem Regal genommen, auf den Hand-D-Seiten aufgeschlagen, die Hände (beide? und wo blieb dabei das Manuskript?) in die Höhe geworfen und ausgerufen habe: »Shakespeare!« Wilson erinnert sich, die Geschichte ausgerechnet von Pollard erfahren zu haben.

Das ganze bekommt erst richtig Schwung, wenn man die Ansicht einiger Gelehrter mitbedenkt, daß Hand C und D in Wirklichkeit vom selben Schreiber stammen.[102] Scott McMillin, in seinem Buch über *Sir Thomas More*, erheitert diese Möglichkeit kolossal. Ich teile diese Heiterkeit. Der von Hand D geschriebene Teil des Textes sei flüssig, poetisch, so wie er eben von Shakespeare stammen könnte, Hand C hingegen die eines braven Ausbesserers und Kopisten. In einem Anfall von Common sense bemerkt McMillin, daß die Handschrift ein und desselben Menschen, insbesondere wenn Jahre dazwischen liegen, gewisse Veränderungen erfahren könne und daß die Unterteilung in Genius (Hand D) und Beamtentyp (Hand C) eine willkürliche und dem literarischen Wunschdenken entsprungene sein könnte. Bevor er soweit kommt, aus dem Szenario irgendwelche Schlüsse zu ziehen, begibt McMillin sich unter dem Hinweis auf »Geister« in sein gemütliches spätstrukturalistisches Kämmerchen, in dem »Autoren«, »Identitäten« keine Rolle mehr spielen.

Aus stilistischen Gründen (über die sich aber nicht nur die Professoren niemals einigen können) war schon angenommen worden, der ganze *More* sei von Shakespeare[103]. Eben ein recht frühes, von Kollegen verhunztes und unfertig liegen gebliebenes Werk. Man kennt aber den, von dessen Hand das ursprüngliche Manuskript stammt. Es ist Anthony Munday, zeitweise »retainer«, also Gefolgsmann des Grafen von Oxford, Verfasser von achtzehn zum Teil sehr erfolgreichen Stücken, »unser bester Exposéschreiber« (our best plotter; Meres) und wie Christopher Marlowe Teilzeitspion am englischen katholischen Seminar in Reims für Elizabeths Geheimdienstchef, Sir Francis Walsingham.

Ein englischer Shakespeare- und Computerfreak, Mr. Merriam, hat 1981 errechnet, (auf der Basis von »41 non-positional tests« zusammen mit »an adaptation of Dr. Eliot Slater's rareword-link method«), daß *More* mit hoher Wahrscheinlichkeit von Shakespeare sei.[104] Munday, nehmen wir also an, hat einen Shakespeare ins Reine geschrieben, oder Shakespeare hatte, schreibfaul wie eh und je, den ersten Entwurf seinem Sekretär in die Feder diktiert – doch halt! ruft da die Anglistik erschrocken. Das darf nicht sein. Denn Munday war Sekretär des Grafen von Oxford, und zwar gerade in jenen 1580er Jahren, als der *More* entstanden sein könnte.[105]

In der Publikationsgeschichte der Dramen finden sich deutliche Hinweise darauf, daß das Jahr 1604 eine Zäsur darstellt, die mit der Behauptung, der Autor habe sich etwa von diesem Jahr an ganz oder teilweise nach Stratford zurückgezogen, nur unvollständig erklärt werden können.

Die 1598 begonnene Veröffentlichung »guter« Texte, bei der der Drucker James Roberts eine zentrale Rolle zu spielen scheint, bricht um 1604 wieder ab.[106] Die Titelseite der zweiten, gegenüber der ersten wesentlich erweiterten Ausgabe von *Hamlet* (1604) sagt, der Text entspreche der »true and perfect copy«, eine Formulierung, die sich bei postumen Ausgaben findet, nicht zuletzt bei der *Folio* von 1623. War der Autor noch am Leben und legte die überarbeitete Fassung eines Werkes vor, so hieß das »augmented«, »amended«, »newly corrected« oder ähnlich.

Die Datierung der angeblich zwischen 1604 und 1612 geschriebenen »späten« Stücke ist genauso unsicher wie die der früheren (von *Hamlet* war die Rede); selbst bei flüchtiger Betrachtung der Materie kann man sich des Eindrucks nicht erwehren, man habe schlecht und recht die Werke, die chronologisch kaum festzumachen sind, auf jene Jahre verteilt, die der Hinweise auf theatralische Umtriebe des Meisters weitgehend entbehren.

Über die Entstehungsdaten von Shakespeares Stücken ist nichts bekannt. Erstdrucke und Hinweise auf Aufführungen sagen nicht unbedingt etwas über das Alter aus, das das Stück zu diesem Zeitpunkt bereits gehabt haben kann; Aufführungsdaten sagen nichts über den Überarbeitungsstand. Die traditionellen Datierungsversuche lassen das außer acht. Sie gehen immer von der Mühle des Tagesschreibers aus, der (und zwar allerfrühestens seit 1588 oder 1590) seine zwei bis drei Stücke pro Jahr (dazu dient die Tagebucheintragung von Dr. Ward als »theoretische Grundlage«) produzierte und danach nie mehr eines Blickes würdigte. Daß bei jedem Versuch, so eine chronologische Ordnung zu erstellen, völlig verschiedene Ergebnisse erzielt werden, die nicht selten dem Gefühl für literarische Entwicklung widersprechen, stört ebensowenig wie die offensichtliche Überfüllung der Jahre kurz vor und nach 1600.

Wir sind hier wieder bei der Methode des Zirkelschlusses, der zunächst von der hypothetischen Vita »Shakespeares« ausgeht, um nach vollendeter Umdrehung diese Vita durch hypothetische Datierungen abzustützen.

Seine bis zirka 1604 stilistisch einigermaßen nachvollziehbare Entwicklung zerläuft danach in so disparate Erzeugnisse wie *Antonius und Cleopatra* (1606/07), *Perikles* (1608), *Troilus und Cressida* (1609), *Cymbelin* (1609/10), *Das Wintermärchen* (1610). Drei Stücke (*Timon von Athen, Coriolanus* und *Ende gut, alles gut*) tauchen überhaupt zum erstenmal in der *Folio* auf.[107] In jedem Fall läßt die Produktionsdichte des Erfolgsschriftstellers, die in den 1590er Jahren beängstigend war, hier merklich nach – bereitete der Meister sich innerlich schon auf die Pensionärsrolle vor? Hatte er, wie man so schön sagt, sein Pulver verschossen? Wie dem auch sei, es bestand und besteht eine unabweisbare strategische Notwendigkeit für die Stratfordians, ein Stück zu haben, das ohne allen Zweifel erst nach de Veres Tod 1604 entstanden ist.

Dieses Stück ist der angeblich nach 1610 entstandene *Sturm*, und der Fels, auf dem diese Argumentation errichtet wurde, ist die Erwähnung der »Bermoothes«. Im *Sturm* sagt Ariel[108]: »Safely in harbour/Is the king's ship; in the deep nook, where once/Thou call'dst me up at midnight to fetch dew/From the still-vex'd Bermoothes, there she's hid.« (Still liegt im Hafen/Des Königs Schiff in tiefer Bucht, allwo/Du einst um Mitternacht mich aufriefst, Tau/Zu holen von den stürmischen Bermudas.)

Dies, so wird uns erzählt, beziehe sich auf einen Bericht von William Strachey an das London Council of Virginia von 1610, wo über einen Schiffbruch im Jahr 1609 bei den Bermuda-Inseln berichtet wird (gedruckt erst 1625; so daß Shakespeare wieder einmal »das Manuskript gesehen haben muß«[109]) – und damit sei der Graf von Oxford als »Shakespeare« endgültig aus dem Felde geschlagen, da er ja kaum 1611 noch einmal von den Toten auferstanden sein wird, bloß um den *Sturm* zu schreiben.

Nun wird man sich zunächst erinnern, daß die Insel im *Sturm* eine ziemlich allgemein gehaltene ist. Die Bermudas waren um 1500 entdeckt worden und bereits im 16. Jahrhundert als Gefahrenquelle bei den Seeleuten gefürchtet. Sir Walter Ralegh berichtete 1591 vom Verlust der Revenge in einem Sturm bei den Bermudas, wobei über siebzig Leute ums Leben kamen.[110] Auch existiert ein Bericht über die Landung eines Bartholomew Gosnold auf Cuttyhunk im heutigen Massachusetts von 1602. Der darin beschriebene Landstrich weist in Vegetation und Topographie auffällige Parallelen zur *Sturm*-Insel auf. In einem vermutlich zwischen 1601 und 1612 entstandenen Gedicht Fulke Grevilles werden »Bermudas« metaphorisch verwendet, es bedurfte also auch schon um 1600 gewiß keines wie immer gearteten »Berichts«, um sie mit »Schiffbruch« und »Gefährdung« zu assoziieren.

Im übrigen wird aus dem *Tempest* wohl deutlich, daß die Handlung im Mittelmeer angesiedelt ist, soweit man das bei einem Feenmärchen sinnvollerweise sagen kann. Die Reise geht von Tunis nach Neapel, und »The sky, it seems, would pour down stinking pitch/But that the sea, mounting to the welkin's cheek/Dashes the fire out.« (Der Himmel, scheint es, würde Schwefel regnen,/Wenn nicht die See, zur Stirn der Feste steigend,/Das Feuer löschte.)[111] Am Wege liegen die Liparischen Inseln, seit der Antike als Hort widriger Winde bekannt – und mit tätigen Vulkanen gesegnet. Wir begegnen hier wie in anderen Stücken der Shakespeareschen Eigenart, Teile einer für sich genommen präzisen Geographie letztlich sehr frei, nach Laune oder ästhetischer Notwendigkeit zu kombinieren – so wie er den römischen Bürgern in *Julius Cäsar* Pelzkappen aufsetzt. Unser Begriff von historischer Treue ist eine neuere Erfindung. Shakespeare, wie so viele seiner Vorläufer und Nachfolger, kümmert sie herzlich wenig.[112] Interessant auch, daß sein geliebter *englischer* Ovid sich aus heutiger Sicht weniger wie eine Übersetzung des Originals denn eine aktualisierende Neudichtung in der Art von Christoph Ransmayrs *Letzter Welt* ausnimmt.[113]

Das Maul dieses interpretatorischen Bermuda-Dreiecks bleibt weiter geöffnet. Was steht denn eigentlich da? Ariel ist einmal um Mitternacht aufgebrochen (von der Bucht aus, wo jetzt des Königs Schiff liegt), um für Prospero »Tau« von den »still-vexed Bermoothes« zu holen. Die Bermoothes sind also ohnehin nicht hier, am Ort der Handlung, sondern anderswo. Und was will Prospero mit »Tau« von den »Bermudas«? Die einleuchtende Erklärung entnimmt man dem *Shakespeare Newsletter* vom Herbst/Winter 1989: »In jenen Tagen waren die Bermoothes ein Londoner Bezirk, wo man nicht verhaftet werden konnte, bestehend aus einer Anzahl von Gassen und Durchgängen, die auf die Drury Lane in der Nähe von Covent Garden hinausgingen. Die Bermoothes waren ein Zufluchtsort für Zwielichtige und Missetäter aller Art. ›Still-vex'd‹? Der Bindestrich ist bedeutungsvoll: ›vexed by stills‹, von Destilliertem geplagt, dem Destillierten, aus dem man dew/Tau macht. Bei Partridge[114] gibt es nur eine Bedeutung für ›dew‹: Whisky. [...] Prospero sandte Ariel um Mitternacht nach London, um Whisky zu holen.«[115] So war das.

Parallelen existieren zwischen dem *Sturm* und dem Stück *Die schöne Sidea* eines deutschen Dramatikers, Jacob Ayrer aus Nürnberg, der 1605 gestorben ist. Da selbst bei einer Datierung um 1600 ein Einfluß von Shakespeare auf Ayrer etwas überstürzt zum Entstehen des deutschen Stückes geführt haben müßte, der *Sturm* (oder eine frühere Fassung davon) also deutlich früher anzusetzen wäre, weicht Chambers in seiner Erklärung auf die bewährte Goethesche Urpflanze aus: »Die Benützung einer gemeinsamen Quelle ist eine plausiblere Erklärung [...] Allerdings ist keine solche gefunden worden.«[116]

Für uns steht nichts der Vermutung im Wege, daß es sich bei der gemeinsamen Quelle um eine frühe Fassung des *Sturm* gehandelt hat, die in den 1590ern mit englischen Schauspielern ihren Weg auf den Kontinent fand, zusammen mit dem Ur-*Hamlet*, aus dem im Deutschen *Der bestrafte Brudermord* wurde. Soviel zu dem Hindernis chronologischer Natur, das als gewichtigstes Argument gegen eine Verfasserschaft de Veres ins Feld geführt wird.

3 »A Personal Poet« – oder – »a Hypocrite«?
Forschungsstand, Menschenverstand, literarischer
Verstand

Die Forschung, die nichts (außer vielleicht das Wesentliche)
ausläßt, hat inzwischen jedes Wort des Dichters hundertmal
umgedreht, und man kann nachlesen, wenn man will, welche
umfassende Bildung, Kenntnis toter und lebender Sprachen,
ebensolcher Schriftsteller und Philosophen von Plato bis Montaigne, der Musik und bildenden Kunst, fremder Länder (insbesondere Frankreichs und Italiens), der Seefahrt, Botanik,
Medizin, Juristerei und ihrer Fachbegriffe und diverser Sportarten (die, wie das Kegeln und die Falkenjagd, den Adligen vorbehalten waren) der Autor besessen haben muß, der nicht nur
über einen immensen Wortschatz verfügt und das Vokabular
des Englischen wesentlich erweitert hat – um gelehrte, latinisie-
rende Neubildungen ebenso wie um archaisches Wortgut, das
wiederbelebt wird, um ganze Reihen von Komposita ebenso
wie um bis dahin nicht gebräuchliche figurative Verwendun-
gen: »Macbeth does murder sleep.« Was fehlt, sind dialektale
Eigenheiten des »heimatlichen Warwickshire«.[117]
    Shakespeares Wortschatz ist ausgezählt worden: Man kam
auf 17 677 Wörter, das vier- bis fünffache dessen, was ein durch-
schnittlich gebildeter Mensch verwendet, und doppelt soviel,
wie man bei Milton gefunden hat. *Seine* Vielseitigkeit im
Sprachgebrauch zeigt sich daran, daß 7 200 Wörter nur ein einziges Mal auftauchen, das ist mehr als der gesamte Wortschatz
der klassischen englischen Bibelübersetzung, der King James
Bible. Das *Oxford English Dictionary* vermerkt, daß etwa 3 200
Wörter erstmals bei Shakespeare auftauchen.[118]
    Allein was die lateinische Klassik anbetrifft, so stellt der Alt-
philologe John Churton Collins in seinen *Studies of Shakespeare* (1904) dessen offenkundige Vertrautheit mit folgenden
Autoren fest: Ovid (*Metamorphosen, Fasti, Heroides, Tristia*),
Plautus (*Menaechmi, Amphitruo, Mostellaria, Trinummus*),

Vergil (*Aeneis, Georgika, Eklogen*), Terenz (die Komödien), Cäsar, Sallust, Cicero und Livius, Horaz (die Oden), Seneca, Lukrez und Juvenal. Collins hat den Eindruck, daß »Shakespeare nicht mit irgendeiner direkten, bewußten Imitationsabsicht oder gar mit dem Original vor sich schrieb, sondern mit Reminiszenzen davon, die ihm frisch im Gedächtnis geblieben waren«.[119] Vergleichbares läßt sich für die Kenntnis der griechischen Antike anführen.

Viel Mühe hat die Forschung aufgewendet, um herauszufinden, daß zwei Zeilen aus *1 Henry VI*, »Thy promises are like Adonis' garden/That one day bloom'd and fruitful were the next«, auf eine Passage aus Platos *Phaidros* anspielen, der damals nur im Original vorlag. Das Entscheidende daran hat Mr. Collins schon formuliert. Shakespeare protzt nicht mit seiner Bildung, sondern spielt damit, bedient sich souverän aus einem großen Reservoir, das Leichte und zugleich Überzeugende der Bilder und Vergleiche stammt daher, daß sie nicht krampfhaft gesucht sind, sondern daß die Fragmente an juristischem, medizinischem, historischem und anderem Wissen an unerwarteten Stellen auftauchen.[120] Was man dabei nicht vergessen darf: »Nur ein Bruchteil von dem, was ein Autor liest, hinterläßt eine identifizierbare Spur in dem, was er schreibt.«[121]

Dies alles charakterisiert nicht den sozialen Aufsteiger, der sich seine Bildung sauer genug erworben hat und unter ständigem Druck steht, sie unter Beweis zu stellen, sondern erinnert eher an Marcel Prousts Zitierweise, der sich stets zu gut war, nach *Stellen* zu suchen; statt dessen zitierte er souverän – und falsch – aus dem Gedächtnis. Wie der »ungebildete Schauspieler« Zeit und Gelegenheit fand, sich all dies anzueignen, darauf bleiben unsere Biographen eine überzeugende Antwort schuldig.[122]

Wer bei der Lektüre auf die soziale Perspektive achtet, wird feststellen, daß der Autor die Gesellschaft nicht nur als hierarchische Ordnung sieht, an der nicht gerüttelt werden darf, mit dem König von Gottes Gnaden an der Spitze, sondern daß auch Emphase und Einfühlung durchwegs jenen am oberen

Ende dieser Hierarchie gelten. Auch wenn man annimmt, daß dies ganz generell für die Literatur jener Epoche zutrifft, so zeigt doch ein Vergleich mit den Zeitgenossen klare Unterschiede. Das Motiv der Unantastbarkeit des gesalbten Königs findet sich bei Shakespeare fünfzehnmal, bei Spenser, Marlowe oder Jonson überhaupt nicht. Gleiches gilt für andere Auffassungen, die eindeutig dem feudalen Weltbild zuzuordnen sind und die bürgerlichen Literaten der Zeit, wenn überhaupt, dann marginal beschäftigten. Das Thema der rechtmäßigen Thronfolge kehrt mit obsessiver Regelmäßigkeit wieder, und nicht weniger die Aussagen, manchmal ganze Monologe, die die Gefahr beschwören, die von einem Zusammenbruch der überkommenen Hierarchie herrührt:

> The heavens themselves, the planets, and this centre
> Observe degree, priority, and place,
> Insisture, course, proportion, season, form,
> Office, and custom, in all line of order.
> [...] But when the planets
> In evil mixture to disorder wander,
> What plagues and what portents, what mutiny,
> What raging of the sea, shaking of earth,
> Commotion in the winds, frights, changes, horrors,
> Divert and crack, rend and deracinate
> The unity and married calm of states
> Quite from their fixture! O, when degree is shaked,
> Which is the ladder to all high designs,
> The enterprise is sick. [...]
> Take but degree away, untune that string,
> And hark what discord follows![123]

> (Der Himmel selbst, Planeten und dies Zentrum,
> Reihn sich nach Abstand, Rang und und Würdigkeit,
> Beziehung, Jahrszeit, Form, Verhältnis, Raum,
> Amt und Gewohnheit in der Ordnung Folge.
> [...] Doch wenn die Planeten
> In schlimmer Mischung irren ohne Regel,

Welch Schrecknis! Welche Plag und Meuterei!
Welch Stürmen auf der See! Wie bebt die Erde!
Wie rast der Wind! Furcht, Umsturz, Graun und
    Zwiespalt
Reißt nieder, wühlt, zerschmettert und entwurzelt
Die Eintracht und vermählte Ruh der Staaten
Ganz aus den Fugen! O, wird Abstufung,
Die Leiter aller hohen Plan', erschüttert,
So krankt die Ausführung. [...]
Tilg Abstufung, verstimme diese Saite,
Und höre dann den Mißklang!)

Fast über zwei Druckseiten donnert hier Ulysses (in *Troilus and Cressida*) über ein Thema: »degree« – und was uns blüht, wenn wir die gottgewollte Ordnung stören.

Das »einfache« Volk dient zum Erzeugen von Heiterkeit, es wird mit sprechenden Namen bedacht, Mistress Quickly und Justice Shallow; beim typischen bürgerlichen Autor der Epoche, Ben Jonson, finden wir das Gegenteil: die Bürger sind genau beobachtet, erfühlt, »natürliche« Charaktere, die Adligen hingegen Karikaturen. Sie tragen jene Sorte von Namen, die Shakespeare in der Regel für das gemeine Volk reserviert hat: Sir Paul Eitherside, Sir Amorous La-Foole, Sir Epicure Mammon, Sir Diaphanous Silkworm.

In historischen Krisen ist ein unberechenbarer, namenloser und übelriechender Mob leichte Beute der Demagogen. »Bid them wash their faces/And keep their teeth clean« lautet des Coriolanus Empfehlung in bezug auf die Bürger, die ihn zum Konsul wählen sollen und die er gerne als »rabble« (Pöbel) bezeichnet. Dabei ist *Coriolanus* das einzige von Shakespeares Stücken, wo den Untertanen überhaupt konzediert wird, sie könnten legitime Gründe für ihr Aufbegehren haben. »Was immer seine eigenen sozialen Umstände gewesen sein mögen, in seiner Weltanschauung war Shakespeare ein Aristokrat [...] Könige mögen wegen Nichtigkeiten Kriege beginnen, Nationen mögen der Ritterehre geopfert werden, doch die Pflicht des Volkes ist es, zu bewundern und zu gehorchen«, schreibt Hugh Trevor-Roper.[124] Schoenbaum und andere wissen, wie das kommt. Er war ein »geborener Gentleman, obwohl nicht von vornehmer Geburt«.[125] Charmant in diesem Zusammenhang die Anmerkung des Herausgebers Hans Matter in der Diogenes-Ausgabe (zu *Coriolanus*): »In den Kämpfen zwischen Aristokratie und Volk steht Shakespeare auf der Seite der Aristokraten. Die Plebejer sind für ihn verächtliches Gesindel, die Volkstribunen schmeichlerische Schwätzer. Da nichts davon bei Plutarch steht, ist anzunehmen, daß es sich um Shakespeares persönliche Gesinnung handelt. Das Stück wird seines antidemokratischen Charakters wegen selten aufgeführt.«[126] 1993 wurde das Stück bei den Salzburger Festspielen unter der Oberhoheit von Peter Stein von Deborah Warner inszeniert, und den Kritiker Rolf Michaelis beeindruckten – »die Wurzeln der Demokratie zerbeißende Sätze«.[127]

Was hingegen *seine* Zeitgenossen bewegte, die Frage nach der wahren Religion, scheint Shakespeare kaum zu interessieren. Abgesehen von einer eher nostalgischen Sympathie für den Katholizismus und seine Institutionen finden sich in seinem Werk keine Anhaltspunkte dafür, welchem Glauben er anhing.

Spott ergießt sich über solche, meist Domestiken, die nicht lesen können, wie der Bediente in *Romeo und Julia*, der die fatale Einladung überbringen soll: »Die Leute soll ich suchen, wovon die Namen hier geschrieben stehen? [...] und ich kann doch gar nicht ausfindig machen, was für Namen der Schreiber hier aufgeschrieben hat.«[128]

Den zwei Berufsgruppen, denen William Shakspere nachweislich angehörte, kommt in Shakespeares Stücken keine tragende Rolle zu, sie werden aber ab und an als Vergleichsgröße herangezogen, und das nicht in schmeichelhafter Weise. Die Schauspieler: »Stolzierend wie ein Bühnenheld, des Geist/Im Kniebeug wohnt und dens erhaben dünkt,/Der Bretter Schall und hölzern Echo hören,/Wenn er mit steifem Fuß den Boden stampft,/So jämmerlich verdreht und übertrieben /Verzerrt er deine Hoheit.«[129] Die Kaufleute: »Zeigt wie ein Krämer erst die schlechteste Ware,/Vielleicht bringt ihr sie an...«[130]

Die Diskrepanz zwischen der aus den Dokumenten ersichtlichen Haltung Shaksperes zu Geld(erwerb) und Kaufmannsberuf und jener, die aus dem *Kaufmann von Venedig* spricht, löste in J. T. Looney die ersten Zweifel an Shaksperes Autorschaft aus. Looney stellte auch bereits fest, daß die unteren Klassen bei Shakespeare stets als Karikatur und Lachvorlage auftauchen, die Oberschicht hingegen als Träger der Handlung und Identifikationshorizont – und daß jene Klasse, der der historische Shakspere angehörte, die merkantile Mittelschicht, im Personal der Dramen fast völlig fehlt. Shakespeare wäre die eine Ausnahme von der Regel, die besagt, daß Autoren dort überzeugen, wo sie sich am genauesten an das eigene Milieu halten.

Von den Sportarten, die als Erfahrungshintergrund und Vergleichsebene ständig parat sind, fallen zwei besonders auf: die Jagd, insbesondere die Falkenjagd, und das Reiten unter besonderer Berücksichtigung edler Turniervergnügungen; beide Bereiche kommen dem Autor in den verschiedensten Zusammenhängen in den Sinn, und nicht so, als habe er sich eine Fachsprache angelesen, um damit zu protzen. Der »haggard«, der noch ungezähmte Falke, als Bild für die Frau aus der Sicht des Mannes, taucht mit großer Beständigkeit bei drei elisabethanischen Autoren auf, oft in identischen Bildern: bei Edward de Vere, bei John Lyly – und bei Shakespeare.

Der Theaterkritiker Alfred Kerr hat den Kern des Unbehagens über die Autorschaft deftig so formuliert: »Ich meine, daß man (trotz allem, trotz allem) wieder verzweifelt, ob ein Landlümmel aus dem Drecknest Stratford so was allein gemacht hat.«[131] Das ist, für sich genommen, kein Argument. Mit einiger Phantasie – und die Biographen haben jede Menge davon aufgewendet – läßt sich freilich vorstellen und ausmalen, daß der *Landlümmel* einerseits ein ungewöhnlich, ja ungeheuerlich heller Kopf war, der in Windeseile – auf der »Universität des Lebens« – all das aufgefaßt und aufgeschnappt hat, wofür seine

Kollegen Jahre hinter den Büchern saßen (und es weniger weit damit brachten); und daß andererseits dieser Lümmel sich nichts selber ausgedacht hat, sondern der diebischen Elster gleich ältere Stücke ausgeschlachtet und umgeschrieben hat, wie es die Aktualität eben verlangte.

Warum er sich in der Hetze des theatralischen Tagesgeschäfts die Mühe machte, meist nicht nur eine, sondern mehrere Quellen heranzuziehen, diese zu kreuzen und zu verschmelzen und den Text mit gelehrten und mythologischen Anspielungen zu spicken, die an das Parkett im Globe ohnehin verschwendet waren, scheint dem nachdenklichen Betrachter ebenso schwer begreifbar wie der Umstand, daß offenbar gut die Hälfte der Stücke zu seiner Zeit *nicht* am öffentlichen Theater aufgeführt und auch nicht gedruckt worden ist, sondern erstmals in der *Folio*-Ausgabe von 1623 auftaucht – und daß zumindest *Hamlet* in der Fassung von 1604 nicht ausschließlich für das Theater geschrieben sein kann, da es die damals übliche Spieldauer von etwa zwei Stunden um mehr als das doppelte überschreitet.

Charlie Chaplin (zu dieser Zeit schon Sir Charles), der sich bei Fragen des sozialen Aufstiegs ausgekannt haben dürfte, schrieb in seiner Autobiographie: »Es ist einfach, sich vorzustellen, wie ein Bauernbub nach London geht und dort ein erfolgreicher Schauspieler und Theaterbesitzer wird; aber ich kann mir nicht vorstellen, wie er der große Dichter und Dramatiker wurde und solch intime Kenntnis fremder Höfe, Kardinäle und Könige haben konnte. Mir ist gleichgültig, wer Shakespeares Werke geschrieben hat, [...] aber ich denke mir, es kann kaum der Junge aus Stratford gewesen sein. Wer immer sie schrieb, hatte die Weltsicht eines Aristokraten.«[132]

Otto von Bismarck kam, aus der eigenen Anschauung der Staatsgeschäfte, zu folgendem Ergebnis: »Ich war außerstande zu verstehen, wie ein Mann, mit wie genialer Eingebung er immer gesegnet war, das schreiben konnte, was Shakespeare zugeschrieben wird, ohne sich je mit großen Staatsaffären befaßt, hinter die Kulissen des politischen Lebens geschaut zu haben, und vertraut gewesen zu sein mit jenen gesellschaftlichen Umgangsformen und der Verfeinerung des Denkens, denen man in Shakespeares Zeit nur in den höchsten Kreisen begegnen konnte.«[133]

Gleich wie mit der Bildung verfährt Shakespeare mit der englischen Sprache. Er bedient sich ihrer souverän und verletzt ihre Regeln ebenso souverän, wo es seinen Zwecken dient. Das Hochkomprimierte seiner Diktion, erscheint es nicht als das Äußerste, was aus dieser Sprache herauszuholen ist? – von einem, der ihrer von jungen Jahren an sicher ist und der, das Vorbild der gemeißelten Lateiner und der italienischen Renaissance vor Augen, sein Leben daran gesetzt hat, an dieser Sprache zu feilen und sie mit Sinn aufzuladen: nicht mit »mere poetry«. Ein Vergleich mit seinen Zeitgenossen bestätigt diesen Eindruck.

Für jeden, der sich mit Literatur beschäftigt, und nicht nur in der gleichmütigen Art eines Rasenmähers, müßte dies einsichtig sein, ebenso wie die Vermutung, daß auch das größte Genie Zeit braucht, um sich zu entwickeln, Gesellenstücke abliefert, verwirft, umarbeitet, daß eine Tradition zuerst aufgenommen werden muß, um sie transzendieren zu können. Für all das ist in dem herkömmlichen Shakespeare-Bild kein Platz – und wenig Zeit. Shakspere beginnt ja gleich nach seiner Ankunft in London wie auf Kommando zu produzieren, von Anfang an auf der Höhe seines Könnens.

Kommen wir zur Frage des ominösen Ruhestandes, in den der Dichter sich ab 1604, spätestens aber 1612, also mit 48 Jahren, begeben haben soll, nachdem er noch geschwind den *Sturm* aufs Papier geworfen hatte. Das Bild des Erfolgsautors, der sich auf der Höhe seines Ruhms und seiner Schaffenskraft aus dem intellektuellen Brennpunkt des Landes kommentarlos zurückzieht und von da an bis zu seinem Tod anscheinend keinen Pieps mehr von sich gibt, keinen Brief mehr schreibt, kein Gedicht, kein Buch mehr liest, sondern sich damit begnügt, »seine Tudor-Rosen zu gießen und die reifenden Formen der Anne, geborene Hathaway zu bewundern« (Francis Edwards), läuft der literarischen Erfahrung doch ziemlich stark zuwider. Henry James sah sich außerstande, dieses Verhalten des frühen Kollegen zu begreifen: »Wie nur konnte dieses strahlende Tun seinen göttlichen Flug so vollständig unterbrechen? Durch welchen unbegreiflichen Vorgang wurde dieser Flamme das Löschhütchen aufgesetzt und, einmal da, blieb es bis zum Ende auf seinem Platz?«[134]

Das alles sind keine Argumente, die etwas *beweisen* würden im Sinne der juristischen Prozedur, die wir zu Beginn für das Problem vorgeschlagen haben; doch als Urteile von Sachverständigen sind sie durchaus nicht ohne Gewicht. Sie haben keine Geltung, wenn man in Shakespeare nicht das sieht, was seit drei Jahrhunderten, naturgemäß mit wechselnden Schwerpunkten, in ihm erkannt und empfunden worden ist: daß er, in den Worten von Henry James, »a personal poet« war, einer, der, so distanziert er streckenweise den Unsinn des Menschseins dar- und auf die Bühne stellt, doch mit seinem Herzblut nicht geizt. Oder aber er wäre, um es mit Looney zu sagen, »a hypocrite«, ein Heuchler, der alles, was sein eigenes Leben ausgemacht haben muß, für das Schreiben völlig außer acht ließ, dessen Aufgeschriebenes in jeder Hinsicht dem zuwiderläuft, was wir von der historischen Figur wissen; einer, »who took the money and ran« (Anthony Burgess), den sein eigenes, allen Widerständen abgerungenes Werk nicht länger interessierte, dessen Publikation nicht und der Nachruhm nicht – und der doch gerade von einer Sache besessen war: vom Überdauern seines Werks. »Not marble, nor the gilded monument/Of princes, shall outlive this powerful rhyme;/But you shall shine more bright in these contents/Than unswept stone, besmear'd with sluttish time.« (Nicht marmor lebt und nicht vergoldet mal/Solang als diese mächtigen melodien ./Nicht scheint so hell als dieser reihen zahl/Der schmutzige stein von ekler zeit bespien.)[135]

Vielleicht hat die Natur eben *einmal* einen Sprung getan, und der Mann aus Stratford lebte tatsächlich diese einzigartige elisabethanische Erfolgsgeschichte. Wir müßten die Unwahr-

scheinlichkeit glauben, wäre sie so belegt wie andere Lebens-
und-Werkgeschichten, nämlich irgendwie. Doch das ist sie
nicht, wie sehr auch zahllose Biographen die Kunst verfeinert
haben, aus Konjunktiven Indikative zu machen; und jedes Jahr
erscheinen neue Titel, der Wein, der da umgefüllt wird, muß
längst im finalen Essigstadium angelangt sein.

William Shakspere aus Stratford war in bezug auf seinen
Charakter, seine Erziehung (oder den Mangel daran) und die
Lebenserfahrung, die er unter den gegebenen Bedingungen
hätte sammeln können, so ziemlich das genaue Gegenteil von
dem, was wir uns unter dem Autor von Shakespeares Werken
vorstellen können. Er wurde in seinem ganzen Leben nie als
deren Verfasser oder überhaupt als Autor angesehen, und insbesondere in Stratford wurden ihm für Generationen nach
seinem Tode an Dichtungen bestenfalls die famose Verwün-
schung auf seinem Grabstein und ein dummer Vierzeiler zugeschrieben, der in der Gegend kursierte. Der einzige Punkt, in
dem er für seine Mitbürger von irgendwelchem Interesse
schien, war sein Reichtum. Er zeigte offenkundig nicht die
geringste Anteilnahme an den unter dem Namen Shakespeare
gespielten und veröffentlichten Werken.

Dank einer ehrfurchtgebietenden kollektiven Anstrengung
wissen wir gut Bescheid über die Epoche, über alle *seine* Zeitgenossen und das elisabethanische und jakobäische Theater. Leslie Hotson etwa fand die Gerichtsakten zum Mord an Christopher Marlowe; William Ingram verfaßte eine Biographie über
den Theaterunternehmer Francis Langley, der zunächst Hot-
sons Interesse geweckt hatte, weil er einer der vier wegen
»Sicherung des Landfriedens« 1596 in Surrey Vorgeladenen
war; Charlotte Carmichael Stopes forschte über die Beziehung
zwischen Shakespeare und Henry Wriothesley, 3rd Earl of Southampton. Es kam nichts über Shakespeare dabei heraus, allerdings eine umfangreiche Biographie über den Grafen von Southampton; Charlotte Stopes war zuletzt der Meinung, ihr Leben
sei umsonst gewesen.

Das Ehepaar Charles William und Hulda Alfreda Wallace fand unter drei Millionen Schriftstücken nichts als ein paar belanglose Gerichtsakten. Wegen des Ersten Weltkriegs kehrten die beiden 1915 in die USA zurück; dort zeigte Mr. Wallace, daß es kein Mangel an Spürsinn gewesen war, der das Forschungsunternehmen hatte scheitern lassen. Er wandte sich dem Erdölgeschäft zu, bohrte in einer Gegend, vor der die Fachleute ihn gewarnt hatten, und fand eines der ertragreichsten Ölfelder in ganz Amerika.[136]

Was die Forschung zutage gefördert hat – ganze Menschenleben sind darauf verwandt worden und endeten in Resignation –, ist also ein Mangel. An der Stelle, wo sich bei jedem irgendwie erinnernswerten Menschen der Neuzeit die Biographie befindet, haben wir bei Shakespeare ein weites Netz von Vermutungen, aufgespannt an wenigen dünnen Pfählen von Evidenz. Diese Pfähle schwanken bedenklich, kaum daß man an sie rührt. Wir finden bei näherem Besehen eine Reihe von Belegen, die den durchschnittlichen Detektiv in einem mäßigen Chandler-Derivat dazu bringen würden, aufzuhorchen, sich einen Bourbon einzuschenken und zu sagen: »An der Sache ist was faul.«

An der Stelle, wo der Held auftreten sollte, der »Kaiser der Literatur«, ist jedesmal – nichts. Das Publikum starrt, wartet und erlebt dann eine Improvisation, die nur bei anhaltender Unaufmerksamkeit überzeugen kann. Was Charlton Ogburn die »wenig beneidenswerte Aufgabe« der Biographen nennt, uns eine Person vorzuführen, die auf der Bühne ihrer Zeit nicht ein einziges Mal in jener Rolle auftritt, für die sie berühmt geworden ist, macht zwar einen unverzichtbaren Bestandteil des Shakespeare-Mythos aus, verhindert aber doch im Anwendungsfall – und es gibt fast jedes Jahr eine neue Biographie –, daß die Figur plastisch, zumindest ansatzweise plausibel gemacht wird. Bei anderen Figuren, nicht nur aus dieser Zeit, scheint dies mühelos zu gelingen. »Die Angelegenheiten, in die er verwickelt war und die Leute, mit denen zusammen er darin verwickelt war [. . .] waren das reale Gegenstück zu den Charakteren und Handlungen, die Marlowe in *The Jew of Malta* und *The Massacre at Paris* darstellte.«[137] Selbst wenn solche Leute nur erwähnungsweise auftauchen, gewinnen sie eine Lebendigkeit, die bei Shakespeare bis dato unerreichbar gewesen ist. Folgerichtig hat *er* etwa in einer neuen Ralegh-Biographie ein einzigen kleinen Auftritt (er habe 1601 die *Richard II*-Aufführung organisiert, was nicht verbürgt ist), während aus der Fülle der anderen Zeitgenossen, unter ihnen nicht zuletzt Edward de Vere, sich das Panorama der Epoche fügt, das der Autor uns nahebringen möchte.

Die Methode, bei der literarhistorischen Beschreibung Werk und Leben aufeinander zu beziehen, geht bei *ihm* ganz offenbar ins Leere. Auch Einsicht in diese Problematik hat die einzelnen Autoren nie daran gehindert, nach Herzenslust zu konstruieren und zu fabulieren. Und da dem Leben beim besten Willen keine Erklärungskraft für das Werk abzugewinnen war, schloß man eben umgekehrt vom Werk auf das Leben – eine Vorgehensweise, die, mit Geschmack und Einfühlungsvermögen gehandhabt, zwar legitim ist, aber nur zu funktionieren scheint, wenn man über das Leben genügend weiß. Sonst führt sie, wie bei *ihm*, an zahllosen Stellen im Interpretationsgewebe zu völliger Beliebigkeit, die nicht mit dem Wandel der geistesgeschichtlichen Moden und Geschmäcker zu verwechseln ist, oder zum Nebeneinander von sich widersprechenden Feststellungen, von denen die eine aus dem Leben, die andere aus dem Text abgeleitet ist.

Ich bin keineswegs der Ansicht, daß das Werk sich auf eine Art verdeckter Autobiographie reduzieren lasse, indem man es sozusagen rückwärts liest. Die Erfahrung zeigt jedoch, daß sich der Text einerseits durch eine gewisse biographische und allgemein historische Kenntnis anreichert, »besser lesen« läßt, »schöner wird«, und daß es andererseits keiner Methode des Herangehens gelingt, von den Entstehungsbedingungen von Texten im weitesten Sinne und damit von der Biographie tatsächlich abzusehen, da hilft keine noch so ausgepichte Argumentation, kein Ruf »der Autor ist tot«. Er ist eben nicht tot, und es war vielleicht nur eine französische Mode, das zu sagen, und hat nichts weiter bedeutet. Der Autor, unser Autor, ist »ever-living«.

Bei keinem anderen Schriftsteller steht die Verfasserschaft des *gesamten* Oeuvres in solcher Form und Schärfe, und das seit mindestens hundertfünfzig Jahren, zur Debatte. Daß die Lösung dieses so singulären literarhistorischen Preisrätsels Konsequenzen für die tägliche Praxis des Literaturbetriebs hätte, zeigt nicht nur die tägliche Premierenbesprechung, die uns aus Hamburg (*Lear*), München (*Lear*), Wien (*Othello*), Berlin (*Titus Andronicus*), München (*Romeo und Julia*), Salzburg (*Coriolanus* und *Julius Caesar*), Stratford (*Julius Caesar*) sowie Burg Krottenstein (*Sommernachtstraum*) erreicht oder der halbjährliche Shakespeare-Schwerpunkt im *Times Literary Supplement*, sondern auch die kleine Pressemeldung, die während der Abfassung des vorliegenden Büchleins erschien: »Shakespeare-Experten widersprechen einer Veröffentlichung in ›Newsweek‹, es sei ein weiteres Stück des britischen Klassikers aufgetaucht [...] ›Cardenio‹, so hatte der Handschriftenexperte Charles Hamilton erklärt, sei zwar unsigniert, aber aufgrund der Schriftanalyse könnte es von Shakespeare sein. ›Was da entdeckt wurde, ist nicht von Shakespeare‹, hält nun Martin Wiggins vom Shakespeare-Institut der Universität Birmingham Hamilton entgegen.«[138]

Umgekehrt proportional zum spärlichen Ergebnis der archivarischen Suchaktionen wuchs die Shakespeare-Industrie, mit dem touristischen Epizentrum Stratford-upon-Avon, zu ihrem jetzigen erstaunlichen Umfang heran. »There's No Biz Like Bard Biz« titelt Schoenbaum eine Rezension über die Arbeit eines Kollegen.[139]

Die Shakespeare Memorial Library in Birmingham umfaßte 1959 37 000 Titel; unter den Zehntausenden Bänden in der Folger Shakespeare Library in Washington befinden sich 1 300 Gesamtausgaben, 800 verschiedene *Hamlet*- und 500 *Macbeth*-Editionen. 1963 existierten Übersetzungen in 68 Sprachen, allein im Jahr 1979, um ein Beispiel zu nennen, wurden von der Folger Library 2 859 Publikationen aus 25 Nationen zum Thema Shakespeare registriert.[140] Stratford ist nach London die größte einzelne Touristenattraktion in ganz England geworden. Bereits 1969 besuchten 400 000 Menschen das Bethlehem dieser Literaturkirche und ließen £ 3 500 000 an Devisen dort zurück, wie der *Daily Mirror* stolz berichtete. 1975 waren es an die 1,5 Millionen Touristen, ihre Ausgaben in Stratford wurden auf £ 10 000 000 geschätzt.[141]

Es könnte also von dem akademischen Streit, über den ich hier berichte, eine konkrete Bedrohung für diese Industrie ausgehen: »Wenn durch irgendeinen furchtbaren Zufall diese Theorie bewiesen würde, wären der Birthplace, Anne Hathaway's Cottage und New Place, wo Shakespeare 1616 starb, diskreditiert; das Theater würde pleite gehen und zu der Marmeladefabrik werden, der es jetzt schon ähnelt; große und kleine Hotels würden verschwinden, und die hübsche, graue Kirche mit dem Grabmal des Betrügers würde über Birminghams stillster Schlafstadt aufragen.«[142] Stratford, mit allem, was dazugehört, ist zementiert, eingebunkert; eine Maginot-Linie der Geistesgeschichte. »Es müßte schon ein tapferer Mann oder eine tapfere Frau sein, die versuchten, zu diesem späten Zeitpunkt Stratford zu schließen.«[143]

Die anglistische Sub-Wissenschaft Shakespearologie fühlt sich wie Stratford: zum Ruin verdammt, wenn die »terrible chance« eines definitiven Autorschafts-Beweises den Mann aus Stratford in die literarhistorische Rumpelkammer verbannen sollte. Vielleicht sollten die Oxfordianer im Sinne einer wohlverstandenen mediävalen Ritterlichkeit den Stratfordianern freies Geleit unter Mitnahme ihrer jeweiligen Hauptwerke zusichern, oder, in der Sprache des Reclam-Kommentars zu *Hamlet*: »Der Dramatiker erspart seinem Helden in dieser Phase des Unterliegens so weit als möglich die schmachvollen Begleiterscheinungen.«[144]

4 Dotty Lady Visitors & Lunatic Rubbish
Von Ungläubigen, Fälschern und Irren

In dem Maß, wie im 18. Jahrhundert die Neugier auf des Meisters Lebensumstände zu wachsen anfing, wuchsen auch die Zweifel an der Autorschaft des Getreidehändlers aus Stratford, der solche Mühe mit seiner Unterschrift hatte. Diese Zweifel erwiesen sich als hartnäckig, obgleich sie an der Oberfläche der offiziellen Shakespeare-Literatur kaum eine Rolle spielen. Dabei *weiß* heute doch fast jedermann, und sei es in der kabarettistischen Kurzfassung, daß Shakespeares Stücke nicht von ihm, sondern von jemand anders gleichen Namens stammen. Die mit *ihm* befaßten Autoren, und zwar »populäre« ebenso wie »wissenschaftliche«, werden erfahrungsgemäß von heftigen Konvulsionen gebeutelt, sobald die bewußte Frage angeschnitten wird. »Entgegengesetzte Theorien beruhen zu verschiedenen Maßen auf Snobismus, geistiger Verwirrung und jener Entzifferungsmanie, die so oft mit einem Anflug von Größenwahn einhergeht. Da ich glaube, daß dies die lautere Wahrheit ist, hoffe ich, es ohne Kränkung sagen zu können. Die Bacon-Theorie wurde von einer verdrehten Dame auf der Durchreise [dotty lady visitor] und einem einfältigen Pfarrer von Barton-on-the-Heath zusammenphantasiert«, schreibt der englische Schriftsteller Peter Levi in seiner 1988 erschienenen Biographie[145]. Samuel Schoenbaum, der etwa 100 Seiten von *Shakespeare's Lives* dem widmet, was er »Deviations« nennt, nimmt auch da kein Blatt vor den Mund. »Der Historiker mag die Notwendigkeit beklagen, sich durch Tausende von Seiten von Schund hindurcharbeiten zu müssen, einiges davon geistesgestörter Schund.«[146] Er muß sich über den »lunatic rubbish« so sehr aufregen, daß er Charlton Ogburn (Jr.) mit dessen Vater verwechselt, eine Kleinigkeit, gewiß, für Freunde von Doktor Freuds *Psychopathologie des Alltagslebens* immerhin eine bezeichnende. An einer anderen Stelle ist die Rede von »all dem Groll, den der verwirrte Amateur wider den erfolgreichen Profi hegt«.[147]

Die Literaturgeschichte der »successful professionals« zeichnet uns, unter wechselnden Beleuchtungen, mit wechselnden Schwerpunkten, das Bild eines Menschen, der Unwahrscheinlichkeiten magnetisch anzieht, der, wann immer wir eine Regel aufstellen, die Ausnahme dazu macht. Er kommt aus dem Nichts, ohne Schulbildung oder Theaterpraxis, ohne Geld oder Beziehungen in die Hauptstadt, wirft innerhalb kürzester Zeit, in höchster Eile und ohne im weiteren ihrer zu achten, seine Meisterwerke aufs Papier, die nicht den geringsten Bezug auf sein sonstiges Leben nehmen, während er noch rasch das gesamte Wissen seiner Zeit im Schnellverfahren in sich aufsaugt, sich mühelos in adeligen Kreisen heimisch macht, Busenfreund des dritten Grafen von Southampton wird, zugleich täglich auf der Bühne steht, alle zwei Tage in einem neuen Stück spielt, was unter Umständen zwei bis drei neue Rollen bedeutet; dazu wird er bald Mitbesitzer und Manager des Theaters, mit dem er im Sommer durch England tourt. Ihm macht die Justiz keine Schwierigkeiten, obwohl er es als einziger wagt, etwa den allgewaltigen Lord Burghley auf die Bühne zu stellen und dortselbst dem Gelächter preiszugeben.

Gleichzeitig wird er reich und reicher und geht in London und Stratford seinen Handelsgeschäften nach; bloß um die Publikation der Stücke scheint er sich gar nicht gekümmert zu haben – was angesichts seiner sonstigen Geschäftstüchtigkeit verwundert. Nicht nur besaß er keine Exemplare seiner eigenen Arbeiten, weder Manuskripte noch gedruckte Fassungen, sondern auch nicht einmal jene paar Bände, die seine hauptsächlichen Quellenwerke waren, wie die Geneva und die Bishops' Bible oder Holinsheds Chroniken oder die Ovid-Übersetzung von William Golding oder Norths englischen Plutarch. Bei seinen materiellen Verhältnissen hätte er sich diese ja mühelos leisten können – die Forschung (hier vorübergehend das Bild vom armen Poeten vor dem inneren Auge) rätselt derweil, bei welchem seiner adeligen Gönner er die entsprechenden Bände wohl eingesehen beziehungsweise entliehen haben könnte. Das größte Kunststück, das Shakespeare in seinem

Leben gelungen ist, war ohne Zweifel, seine Kometenbahn zu durchlaufen, ohne irgendwelche Spuren zu hinterlassen.

Und nachdem er, in der Art, wie man ein staubiges Kleidungsstück ausschüttelt, der Welt seine Perlen geschenkt hat, geht er, wie er gekommen ist, nur jetzt begütert, ein Gentleman mit Wappen, zurück ins Nichts, ins Schweigen, nach Stratford in die Pension, zu seinen Rosen, Hecken und seinem Maulbeerbaum. Was bleibt, ist sein Ruhm, der immer weiter wächst, und jener Zweifel an der Person unseres Autors, zu dessen Genese wir zunächst zwei frühe Belege zitieren wollen.

Der Band *Wits Recreation* aus dem Jahr 1640 enthält das Epigramm eines anonymen Schreibers:

> *To Mr William Shake-spear*
> Shake-spear, we must be silent in thy praise,
> 'Cause our encomions will but blast thy bays
> Which envy could not, that thou didst so well;
> Let thine own histories prove thy Chronicle.
>
> (Shake-spear, wir dürfen dich nicht rühmen,
> Denn unsre Hymnen würden deinen Lorbeer nur
>   verblasen,
> Was dem Neid mißlang, daß du so Großes tatest;
> Laß deine eigenen Geschichten deine Chronik weisen.)

Ein Vierteljahrhundert nach des Meisters Hinscheiden rät hier jemand, sich bei Lobgesängen zurückzuhalten und den Text für sich sprechen zu lassen. Die Gründe hiefür will oder kann er dem Papier nicht anvertrauen. Insgesamt hielt das Echo sich zunächst in Grenzen, und in den 104 Belegen, die für die Zeit bis 1623 gefunden wurden, wird Shakespeares Name nur in 26 ausdrücklich genannt. Eine dieser Nennungen erfolgt in dem 1610 geschriebenen Gedicht von John Davies of Hereford:

> *To our English Terence, Mr. Will. Shake-speare.*
> Some say (good *Will*) which I, in sport, do sing,
> Had'st thou not plaid some Kingly parts in sport,
> Thou hadst bin a companion for a *King*;

And, beene a King among the meaner sort.
Some others raile; but, raile as they thinke fit,
Thou hast no rayling, but, a raigning Wit:
And honesty thou sow'st, which they do reape;
So, to increase their Stocke which they do keepe.[148]

(Einige sagen, lieber Will, den ich zum Spaß besinge,
Hättst du nicht zum Vergnügen Könige gespielt,
Wärst du Gefährte einem Könige gewesen;
Und warst ein König den Geringern du;
So lästern andre, laß sie lästern, wie sie meinen,
Du hast kein Lästern, sondern souveränen Geist,
Du sätest Ehrlichkeit, die sie nun ernten,
Um ihren eignen Vorrat aufzufüllen.)

Was will uns der Dichter damit sagen? hieß es einst in der Schule. Chambers meint: »Die Passage über ›companion for a king‹ ist kryptisch.« Sehr kryptisch sogar, wenn wir versuchen, sie mit William Shaksperes Lebensumständen in Einklang zu bringen.

Die Schwierigkeiten mit der Phantom-Biographie haben früh begonnen. Dr. James Wilmot, geboren 1726, Fellow des Trinity College, Oxford, mit Samuel Johnson und Laurence Sterne befreundet, ging 1781 in seine Heimat Warwickshire zurück und wurde »rector« in Barton-on-the-Heath, einem Dorf in der Nähe von Stratford. Er scheint gehofft zu haben, an Ort und Stelle mehr über Shakespeare herauszufinden, als bis dahin bekannt gewesen war – denken wir an die früher zitierte Fünf-Zeilen-Biographie des »trefflichen Steevens«. Das Ergebnis von Wilmots Forschungen ist der Welt niemals bekannt geworden, denn er ordnete an, daß nach seinem Tode alle Papiere »on the platform before the house« verbrannt werden sollten, was auch geschah.[149]

Wir wüßten nichts von Wilmot, hätte ihn nicht 1805 James Corton Cowell, ein Mitglied der Ipswich Philosophical Society, besucht, der einen Vortrag über Shakespeares Leben für eine Sitzung jener ehrenwerten Gesellschaft vorbereitete. Cowell teilte dem Auditorium mit, daß ihm Scheußliches widerfahren sei. Er habe sich zu einem »Pervert, nay a Renegade to the Faith« gewandelt. Starke Worte (solch religiös angereicherte Terminologie hält sich bis heute, wenn etwa Schoenbaum in seinen *Shakespeare's Lives* das betreffende Kapitel »The First Unbelievers« überschreibt). Was war geschehen? Cowell hatte weder in Büchern noch durch persönliche Nachforschung brauchbare Informationen über Shakespeares Leben sammeln können. »Überall begenete man mir mit einem seltsamen und verwirrenden Schweigen.«

Ein Bekannter aus der Gegend von Stratford habe ihn auf etwas aufmerksam gemacht, was dieser selbst nicht zu publizieren gedenke. Er wolle die Leute von Stratford nicht vor den Kopf stoßen, die in letzter Zeit solchen Stolz auf ihren Dichter entwickelt hätten. Dr. Wilmot behaupte nicht definitiv, daß Sir Francis Bacon, der Staatsmann und Philosoph, der eigentliche Autor gewesen sei, »doch durch seine genaue Kenntnis der Werke dieses Schrifstellers ist er in der Lage, eine Kappe zu stricken, die ihm erstaunlich gut paßt«. Gründe gebe es genug: Wissen, das Shakespeare offenbar besaß und das dem Stratforder kaum zugänglich gewesen sein konnte, wie jenes über den Blutkreislauf, bevor dessen Entdecker, Harvey, seine Erkenntnisse publiziert hatte, oder auch die Tatsache, daß Shakespeare lokale Sagen und Traditionen aus der Gegend von Stratford in seinem Werk völlig ignoriert. In der Annahme, daß Shakespeares Nachkommen seine Bücher an den örtlichen Landadel verkauft haben könnten, hatte er »sich mit dem Staub jedes einzelnen Bücherschranks im Umkreis von fünfzig Meilen bedeckt«, ohne einen einzigen Band zu entdecken, der dem Dichter gehört haben könnte. Cowell bat die Mitglieder der Ipswich Philosophical Society um Schweigen. Sie hielten sich so brav daran, daß der Text seines Vortrags erst 1932 wiederentdeckt wurde.

An der Geschichte fallen nicht nur Wilmots Befund und die daraus resultierenden Zweifel auf, sondern auch die merkwürdige Bitte um Geheimhaltung und Cowells Wortwahl. Warum sprach er von einer Glaubensfrage? Kaum anzunehmen, daß Cowell (oder irgend jemand anderer) sich gezwungen gesehen haben sollte, eine solche Art von Glauben beispielsweise an Chaucer oder Milton, an Montaigne oder Dante zu bekennen. An Shakespeare in seiner traditionellen Gestalt mußte man offenbar schon um 1800 »glauben«. »Die Zuschreibung zu Stratford, die in den historischen Quellen verspottet wird, bevor sie überhaupt auftaucht, war um 1805 deutlich in Schwierigkeiten. Ich vermute, sie war nie nicht in Schwierigkeiten gewesen.«[150] 1849 schrieb Ralph Waldo Emerson: »Ich kann die Fakten nicht mit seinen Versen vereinen. Andere bewundernswerte Leute haben ein Leben geführt, das irgendeinen Zusammenhang mit ihrem Denken besaß, bei ihm aber steht es in scharfem Kontrast dazu.«[151]

Das Gefühl des Ungenügens, das viele und gemeinhin als vernünftig eingestufte Leser also schon früh empfanden, eskalierte um die Mitte des 19. Jahrhunderts, und diese Episode wird immer wieder gerne erzählt. Zitieren wir als Beispiel Jean Paris, den Verfasser der einschlägigen Rowohlt-Monographie, 1958 erstmals auf deutsch erschienen und mittlerweile in 115 000 Exemplaren verbreitet: »Es gäbe somit einen Pseudo-Shakespeare wie einen Pseudo-Dionys, und dieser erlesene Name wäre lediglich der Deckmantel einer ungeheuerlichen Mystifikation: der vielleicht bedeutendsten, aber nicht der einzigen. Denn dieses Beispiel kommt wie gerufen, um eine ganze Tradition ähnlicher Fälle zu erhärten. Jedermann weiß ja, daß die Ilias von Salomo, die Odyssee von Nausikaa verfaßt worden ist; daß die Lustspiele des Terenz, die Aeneis Vergils, die Oden des Horaz von mittelalterlichen Mönchen stammen; daß die Annalen des Tacitus von Poggio Bracciolini erdacht worden sind [...] daß Corneille die Stücke Molières und Molière die Fabeln La Fontaines geschrieben hat; und daß das *In Memoriam* nicht auf Tennyson, sondern auf seine Frau zurückgeht. – Im Jahre 1856 verkündete Miss Delia Bacon, eine nordamerikanische Deszendentin des Philosophen, die übrigens ohne Nachkommenschaft gestorben ist, in *Putnam's Monthly*, daß

›Shakespeare‹ ein Pseudonym ihres großen Vorfahren sei. Bald danach kam sie allerdings ins Irrenhaus. [...] Wir brauchen uns nicht des längeren über die weiteren Marionettenfiguren zu verbreiten, denen man die Werke eines Genies zuschreiben möchte. Der unbedeutende Rogers [sic] Manners, fünfter Graf von Rutland, der von Célestin Demblon ausgegraben wurde, war schon verstorben, als *Heinrich VIII.* entstand. Edward de Vere, siebzehnter Graf von Oxford, den Thomas Looney, B. M. Ward, Percy Allen und G. Rendall auf den Thron erhoben, tat sich durch höchst mittelmäßiges Verseschmieden hervor und hat genausowenig ein Anrecht auf den Ruhm Shakespeares wie William Cecil oder Francis Walsingham.«[152]

Diese Gemütswallung ist kein Einzelfall, sondern ereignet sich mit der Vorhersehbarkeit des Kniereflexes. Mit geradezu kindlicher Begeisterung wird jedesmal erzählt, daß Delia Bacon schließlich im Irrenhaus landete (und dort elend verkam). Zuvor hatte sie offenbar noch behauptet, von Francis Bacon abzustammen.[153] Des weiteren, daß der Anti-Stratfordianer Percy Allen in unserem Jahrhundert spiritistische Sitzungen abhielt, um endlich auf den Grund der Sache zu kommen. Und – am allerbesten, Mr. Looneys Familienname! Wenn jemand so heißt, kann er nur ein Narr sein, wälzt sich Academia vor Lachen auf dem Boden, und das seit siebzig Jahren. Sie sollte sich nicht allzu heftig wälzen: Gary Taylor teilt den Namen mit einem amerikanischen Massenmörder unserer Tage.[154] Man sieht, es lohnt nicht, in der Argumentation ein gewisses Niveau zu unterschreiten.

Keine Frage, daß zumindest zwei prominente Anti-Stratfordianer nicht immer oder bis zuletzt im Vollbesitz ihrer geistigen Kräfte waren (nicht ganz unverständlich, wenn man dauernd gesagt bekommt, daß man irre ist). Im Wortsinn kriminell sind aber bisher nur orthodoxe Shakespeare-Forscher geworden, und das gleich in beachtlichem Ausmaß. Aus den vorhandenen Beständen ließ sich kein rechter Shakespeare zusammensetzen, da war es nur zu verständlich, daß man anfing, durch Eigenbau dem Mangel abzuhelfen. Es war die Zeit der beginnenden Romantik. Der arme Chatterton hatte einen alten, vergessenen Dichter erfunden und dessen Werk gleich mitgeliefert, desgleichen James Macpherson, dessen *Ossian*, eine späte Nachempfindung keltisch-zwielichtigen Bardentums, zu einem der einflußreichsten Werke der Romantik wurde, obwohl die Fälschung bald entdeckt war.

Der erste, der an der eigenmächtigen Re-Konstruktion Shakespeares arbeitete, war, um 1795, William-Henry Ireland. Er fand einen Brief Shakespeares an Mrs. Shakespeare, darin eine Haarlocke des Barden, einen Brief an einen Schauspielerkollegen, aus dem hervorging, daß der Dichter Wert darauf legte, seine Schulden pünktlich zu bezahlen, sowie einen Brief der Königin an Shakespeare, worin sie ihm für die Gedichte dankt, die er ihr geschickt hatte. Das und manch anderes kaufte man Ireland bereitwilligst ab – selbst dann noch, als der Schwindel aufgeflogen war. Unter anderem hatte er auch Bände aus des Meisters Bibliothek gefunden, auf deren Vorsatzblatt nicht nur der Name geschrieben stand, sondern auch die Adresse, in bequemer Entfernung vom Globe. Diese Anschrift war etwas gar zu genau angegeben: Ireland wußte nicht, daß um 1600 die hilfreiche Numerierung der Häuser noch der Erfindung harrte.[155]

Wenige Jahrzehnte später kam John Payne Collier. Er hatte eine solide Reputation als Shakespeare-Forscher erworben, bevor er zu fälschen begann. Er arbeitete weniger aufdringlich, dafür um so eindringlicher. Unter die alte Tinte der Dokumente fügte er mit Bleistift seine eigenen Einfälle als das angeblich Ältere ein. Die Retuschen versah er mit Kommentaren voll wissenschaftlicher Bescheidenheit und Vorsicht: »Vielleicht handelt es sich hier um...«, oder: »Die Quelle wirkt nicht ganz zuverlässig, denn der Verfasser irrt sich darin, daß...« Es dauerte entsprechend lange, bis die Zweifel an der Echtheit seiner »Dokumente« sich bis zum Zweifel an Colliers Korrektheit steigerten. Seine Biographie *New Facts Regarding the Life of William Shakespeare* wäre bis heute unerreicht, ließe man Colliers Erfindungen für Fakten gelten. Was trieb einen anerkannten

Forscher so weit? Vielleicht ahnte er, daß irgend etwas an der ganzen Sache nicht stimmte, daß die anderen, die nicht fälschten, in ihrem bedingungslosen Glauben an den Mann aus Stratford auch nicht ehrlicher waren als er, der hinzufabrizierte, was die anderen sich bloß ausmalten?[156]

Ein anderer bedeutender Shakespeare-Forscher des 19. Jahrhunderts, James Orchard Halliwell-Phillipps, beschädigte seine Reputation in jungen Jahren dadurch, daß er, der begabte Student, dem Zutritt zu den Sammlungen seltener Manuskripte im Trinity College, Cambridge, gewährt worden war, dort siebzehn Raritäten entwendete, die später bei Londoner Antiquaren wieder auftauchten.[157]

So sammelte im Laufe der Jahrzehnte diese Wissenschaft ein saftiges Strafregister; dazu kommt das Delikt der Beschimpfung und Verächtlichmachung, das in akademischen Arbeiten zum Thema regelmäßig begangen wird – Ogburn nennt es treffend »academic character-assassination« –, oder das Androhen einer strafbaren Handlung, das A. L. Rowse in seinem Shakespeare-Buch unterläuft: Rowse schreibt über einen gewissen Arthur Brooke, dessen *Tragicall Historye of Romeus and Juliet* von 1563 die Hauptquelle für Shakespeares nachmaliges Drama darstellt, und um die mangelhafte literarische Qualität der Verse Brookes, der ertrunken sein soll, zu veranschaulichen, fügt Rowse hinzu: »For such verse Brooke should have been drowned.«[158] Neuerdings hat Rowse, unermüdlich in seinem Kampf gegen die Shakespeare-Prätendenten, vor der TV-Kamera die wenig fundierte Behauptung aufgestellt, der Graf von Oxford und überhaupt alle, die sonst für die Rolle Shakespeares in Frage kämen, seien homosexuell gewesen, was sie wegen Shakespeares unbestreitbarer Heterosexualität von vornherein ausschließe.

Bedenkt man die Mühe, die auf die Herstellung eines rundum überzeugenden Shakespeare-Standbildes verwendet worden ist, so würde es kaum überraschen, wenn einer dieser so ernsten wie fleißigen Herren zumindest einmal ein vergilbtes Blatt, das ihm so gar nicht in den Kram paßte, erneut zusammengefaltet und wiederum in dem staubigen Bündel versenkt haben sollte, das er als erster seit 300 Jahren durchgesehen hatte und von dem er gewiß sein konnte, daß es die nächsten 300 Jahre wieder in Frieden ruhen würde, wenn es nicht bis dahin zu Staub zerfallen wäre. Tatsächlich dürfte eine »falsch eingestellte Optik« vollauf genügen, um in riesigen Konvoluten relevante Dokumente zu übersehen.

Wenn man Wissenschaftler und Detektiv als Varianten desselben Charaktertyps ansieht, so liegt bei beiden die Versuchung, bei mangelhafter Beweislage selbst etwas nachzuhelfen, fast in der Natur der Sache. Beispiele dafür lassen sich aus vielen Wissensgebieten anführen und treten regelhaft dort auf, wo der inbrünstige Wunsch, etwas zu finden oder zu beweisen, vom Material nicht erfüllt werden kann, weil die Arbeitshypothese Mängel aufweist. Daß ohnehin Rationalität und Paranoia im Innern des Detektivs (und des Wissenschaftlers) aneinander grenzen, spricht ja nicht gegen rationale Investigationsmethoden, sondern bloß für Chambers' Diktum, daß der menschliche Geist ein keineswegs vor Fehlern gefeites Gerät sei.

Gary Taylor, der auf Hunderten von Seiten die gesamte Geschichte der Shakespeare-Rezeption mit all dem Für und Wider, Hin und Her nachzeichnet, referiert die längst diskreditierte Francis-Bacon-Hypothese ausführlich und mit Genuß; von der anderen, die sich im Lauf der Zeit als denkmöglich und plausibel herauskristallisiert hat, berichtet er so kurz wie schroff, daß »die Fachleute sie vollkommen verworfen haben«[159] – eben jene, deren Beschränktheiten aller Art er nicht müde wird zu katalogisieren. Es habe zwar einen »Aufstand der Laien« gegeben, dieser sei aber erfolgreich niedergeschlagen worden.

Die Bacon-Kontroverse hatte sich um 1900 ausgetobt. Auch andere Theorien wie die, Christopher Marlowe sei 1593 nicht ermordet worden, sondern habe unter anderem Namen weitergelebt und -geschrieben, führten zusammen mit dem »verkappt religiösen« Eifer der jeweiligen Apostel zu wenig mehr als einer Diskreditierung aller weiteren Versuche, mehr Licht in dieses Dunkel zu bringen.[160] Was blieb, war das Unbehagen angesichts der Beweislage zu Stratford. Alle erdenklichen Archive waren von oben bis unten durchsucht worden; und dank relativ friedvoller Verhältnisse ist in England ein ganzes Gebirge von Papier aus alten Zeiten erhalten geblieben. Der eine erlösende kleine Zettel fand sich nicht darunter. Sir George Greenwood hatte in dem 1908 publizierten Buch *The Shakespeare Problem Restated*, wie es scheinen mochte, wenn man die Standfestigkeit der Wissenschaft außer Acht ließ, die Stratford-Theorie endgültig demontiert, jedoch mit keiner vernünftigen Alternative aufwarten können.[161]

Der 1870 geborene John Thomas Looney war wohl das, was man früher einen wackeren Schulmann genannt hat. Er lebte als Lehrer in der Grafschaft Durham, und während der Jahre, in denen er nicht nur viel las, sondern auch seinen Schülern Shakespeare nahebringen sollte, wuchs in ihm die Gewißheit, daß die Stratford-Geschichte einer näheren Untersuchung nicht standhält. Er ging vor wie der klassische Detektiv, diese Erfindung des viktorianischen England, die bis heute nichts von ihrer Überzeugungskraft für unser Denken verloren hat; also wie ein Mann von Scotland Yard, dem man die Schriften eines Menschen in die Hand drückt und ihn auffordert, die dazugehörige Person ausfindig zu machen. »Wir müssen das Problem aus unlogischen Verstrickungen und wundergläubigen Voraussetzungen befreien und nach einer wissenschaftlichen Beziehung zwischen Ursache und Wirkung Ausschau halten. Die vernünftigste Methode besteht einfach darin, das Werk genau zu untersuchen, aus dieser Untersuchung eine möglichst vollständige Vorstellung von jener Person zu gewinnen, die das Werk verfaßt hat, sich dann zu überlegen, an welchem Ort die Person gefunden werden kann, die der angenommenen Beschreibung entspricht, und dort nach ihr zu suchen.«[162]

Aus dem Gesamttext von Shakespeares Werken erarbeitete Looney eine Liste von 17 Eigenschaften, die der Gesuchte aufzuweisen hätte. Trafen seine Kriterien zu, so müßten sie ohne Ausnahme in einer einzigen Person zu finden sein. Looney stellte zunächst acht allgemeinere Vermutungen über »Shakespeare« an.

Erstens: Es ist unwahrscheinlich, daß seine Begabung den Zeitgenossen ganz verborgen blieb, wohingegen ihnen der außergewöhnliche Gebrauch, den er davon machte, entgangen sein muß. Man würde also nach jemandem mit dem Ruf eines verkrachten Genies suchen.

Zweitens: Die Art seines poetischen Temperaments rückt ihn in die Nähe von Byron oder Shelley; die Zeitgenossen dürften ihn nicht allein exzentrisch, sondern ausgesprochen unberechenbar gefunden haben.

Drittens: Überdurchschnittliche Fähigkeiten und ein nervöses Temperament führen unter Umständen zu Barrieren zwischen einem Menschen und seiner sozialen Umgebung. Möglicherweise hält er sich fern und provoziert Feindseligkeit bei anderen.

Viertens: Das in Frage stehende Werk ist das hervorragendste seiner Epoche. Auch der neue Kandidat wird Shakespeares poetischer Produktion unangemessen erscheinen.

Fünftens: Er hat sehr spezifische literarische Vorlieben. Sein besonderes Interesse gilt der antiken und der italienischen Literatur sowie der englischen Geschichte, besonders den Rosenkriegen.

Sechstens: Die Faszination, die das Theater offenkundig auf ihn ausübt (auch bezeugt durch die Häufigkeit der Theatermetaphern im Text), dürfte den Zeitgenossen nicht entgangen sein.

Siebtens: Obwohl diese nicht gewußt haben mögen, daß er der Autor der Dramen war, läßt Shakespeares Rang unter den Lyrikern der Zeit vermuten, daß die lyrische Produktion des Gesuchten nicht so völlig im verborgenen lag, daß einiges davon bekannt und geschätzt und unter seinem wahren Namen veröffentlicht wurde.

Achtens: Der Autor muß die beste Erziehung genossen haben, die seine Zeit zu bieten hatte, und mit den Gebildetsten dieser Zeit engen Umgang gepflogen haben.

Ergänzend dazu stellte Looney eine Liste von neun speziel-leren Charakteristika auf, die sich für ihn bei der Lektüre des Werks abzeichneten: ein Mann mit adligen Verbindungen; ein Mitglied der Hocharistokratie; den Anhängern des Hauses Lancaster verbunden; ein enthusiastischer Freund Italiens; ein begeisterter Sportler (inklusive Falknerei); ein Musikliebha-ber; liederlich und unbedacht in Gelddingen; in seiner Haltung zu den Frauen zwiespältig; möglicherweise mit Sympathien zum Katholizismus, aber von Skeptizismus angekränkelt.

Looney hatte niemand Bestimmten im Sinn, als er sich auf die Suche machte. Um so verblüffter war er dann, als er jeman-den fand, auf den das intellektuelle und soziale Phantombild, das er entworfen hatte, präzise paßte. Auf der Suche nach Bei-spielen für die in *Venus und Adonis*, dem ersten unter dem Namen Shakespeare veröffentlichten Werk, verwendete Stro-phenform fand er für das 16. Jahrhundert nur zwei. Das eine war anonym, das andere, *Woman's Changeableness*, wurde Edward de Vere, dem siebzehnten Grafen von Oxford, zuge-schrieben. Es überraschte Looney nicht nur durch die poeti-sche Qualität, die es über seine Umgebung in der Anthologie hinaushob, sondern vor allem durch die auffallenden Paralle-len, im Tonfall und in einzelnen Formulierungen, zu entspre-chenden Stellen in Shakespeares Werk.

Woman's Changeableness

If women could be fair, and yet not fond,
Or that their loves were firm, not fickle still,
I would not wonder that they make men bond,
By service long to purchase their good will.
But when I see how frail these creatures are,
I laugh that men forget themselves so far.

To mark the choice they make, and how they change,
How oft from Phoebus they do cleave to Pan,
Unsettled still, like haggards wild they range,
These gentle birds, that fly from man to man.

Who would not scorn, and shake them from the fist,
And let them go, fair fools, which way they list?

Yet, for disport, we fawn and flatter both,
To pass the time when nothing else can please,
And train them to our lure with subtle oath,
Till, weary of our wills, ourselves we ease.
And then we say, when we their fancies try,
To play with fools, O what a fool was I![163]

(*Der Frauen Wankelmut*

Wenn Frauen gefällig wären, doch nicht albern,
Und ihre Lieb nicht launisch, sondern fest,
Würd ich nicht staunen, daß sie Männer binden,
Durch langen Dienst sich Neigung zu erwerben.
Doch wenn ich seh, wie unbeständig die Geschöpfe sind,
Lach ich daß Männer sich so weit vergessen.

Merk, welche wechselhafte Wahl sie treffen,
Wie sie Apollo fliehen und Pan anhaften,
Wie wilde Falken, unbehaust, so streifen sie,
So fliegen, edle Vögel, sie von Mann zu Mann.
Wer schüttelte sie nicht verächtlich von der Faust
Und ließ sie fliegen, schöne Narren, ihres Wegs?

Und dennoch wedeln wir und schmeicheln ihnen,
Zum Zeitvertreib, wenn alles sonst verdrießt,
Und ködern sie mit feinem Eid,
Dann, müde der Gelüste, lehnt man sich zurück,
Gibt ihren Launen nach und sagt:
Was war ich für ein Narr, mit Narrn zu spielen!)

Looneys Suche nach näheren biographischen Angaben zu
Edward de Vere führte zunächst nicht weit. Trotz dessen Zugehörigkeit zum höchsten englischen Adel und seiner Stellung
bei Hof, er war »erster Graf Englands« und »Lord Great Cham-

berlain«, erschien er in historischen Werken bestenfalls in Fußnoten. Im *Dictionary of National Biography* allerdings fand er folgendes: »Trotz seines gewalttätigen und störrischen Wesens, seines exzentrischen Geschmacks, was Kleidung anlangte, und der ruchlosen Verschwendung seines Vermögens bewies Oxford einen untrüglichen Geschmack für Musik und schrieb Verse von großer lyrischer Schönheit. [...] Puttenham und Meres hielten ihn für den besten Komödienschreiber seiner Zeit; doch obwohl er ein Mäzen des Theaters war, haben keine Beispiele für seine dramatische Produktion überlebt. Eine genügende Zahl seiner Gedichte ist noch vorhanden, um Webbes Bemerkung zu bestätigen, daß er einer der besten Hofpoeten in den frühen Tagen der Königin Elizabeth war.«[164]

Und wie es den Anschein hatte, stellte dieser begabte Dichter seine literarische Tätigkeit ausgerechnet um 1585 ein, als William Shakespeare allem Vermuten nach zu dichten begonnen haben muß. Weitere Nachforschung ergab, daß alles, was über den Earl in Erfahrung zu bringen war, bis in nebensächliche Details, auf die eine oder andere Weise seinen Widerhall in Shakespeares Texten gefunden hat; daß also de Vere, wenn er »Shakespeare« war, wie jeder Schriftsteller Material und innere Evidenz für sein Werk aus dem eigenen Leben und jenem Milieu schöpfte, dem er angehörte und für das er in erster Linie schrieb: die höfische Gesellschaft.

1920 erschien Looneys »*Shakespeare*« *Identified as Edward de Vere, the Seventeenth Earl of Oxford*. Seither haben andere (außerhalb der Irrenhäuser, aber auch außerhalb der Universitäten, also ohne die innere Ruhe, die der Arbeitsplatz in einer ehrwürdigen Institution verleiht) die Kenntnis auf diesem Gebiet erweitert, zuletzt 1975 Ruth Loyd Miller mit ihrer zweibändigen Neuausgabe von Looneys Werk, ergänzt um eine Reihe von Aufsätzen anderer Oxfordians wie Eva Turner Clark, B. M. Ward und Charles Wisner Barrell, und Charlton Ogburn mit *The Mysterious William Shakespeare* (1984/1990), einem großangelegten Versuch, das Problem und seine wahrscheinlichste Lösung nach jetziger Kenntnis darzustellen. Die Position der Stratfordians unserer Tage ist am besten den zwei Standardwerken von Professor Schoenbaum zu entnehmen.

Warren Hope und Kim Holston formulieren in ihrer 1992 erschienenen Übersicht *The Shakespeare Controversy* den Stand der Dinge, wie ich meine: treffend, so: »Professor Schoenbaums Buch resultiert aus einer fehlerhaften Grundannahme, die durch Beweisunterdrückung gestützt wird. Millers Buch resultiert aus einer rationalen Argumentation, gestützt durch Indizienbeweise. Das eine ist das Werk eines Berufsgelehrten. Das andere ist das Werk einer Rechtsanwältin und Privatgelehrten. Entscheidend: das eine ist falsch und das andere ist wahr.«[165]

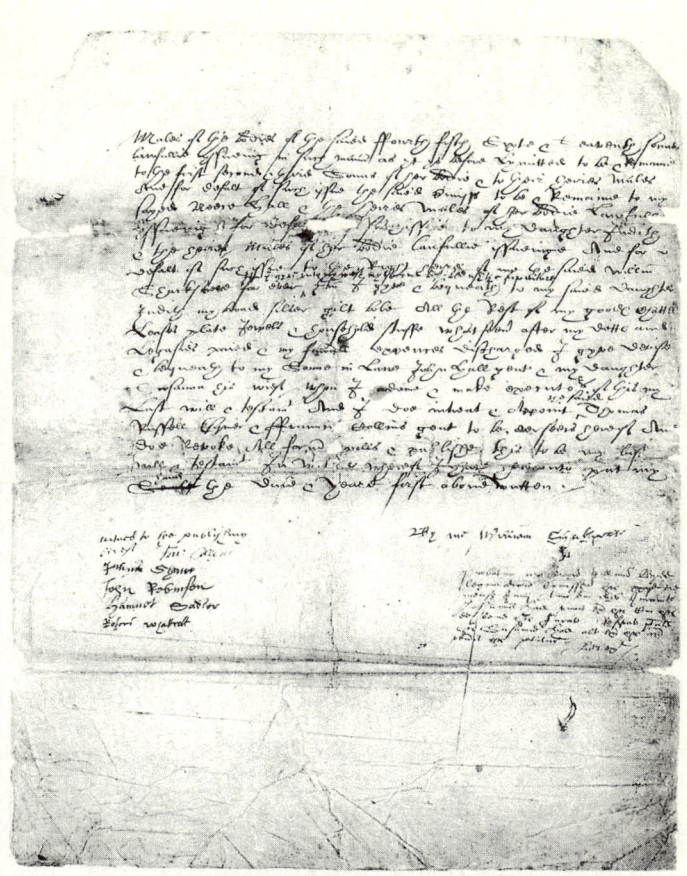

William Shakspheres Testament, letzte Seite

MR. WILLIAM
SHAKESPEARES
COMEDIES,
HISTORIES, &
TRAGEDIES.

Published according to the True Originall Copies.

double Maister Shakespear

Martin Droeshout sculpsit London.

LONDON
Printed by Isaac Iaggard, and Ed. Blount. 1623.

Titelseite der ersten Folio, 1623, mit dem Droeshout-Porträt

ZWEITER TEIL

Die bessere Theorie

Edward de Vere, Graf von Oxford, als »Shakespeare«

Edward de Vere, The Gheeraedts Portrait

5 Herrin meiner Leute, Monarchin meiner selbst
Die Virgin Queen als Vorbild und Mäzenin

Elizabeth I. Tudor, die 1558 ihrer unglückseligen katholischen Halbschwester »Bloody« Mary auf den Thron gefolgt war, besaß, in Winston Churchills Worten, »a capacity for inspiring devotion«, die sie über andere englische Herrscherfiguren hinaushebt. Etwas von der Faszination, die sie auf ihre Zeitgenossen ausgeübt haben muß, spricht bis heute aus der Menge von Büchern und Filmen, die von der nach ihr benannten Epoche handeln. Nicht nur gelang es ihr, trotz mancher Widerstände den Thron zu besteigen – die Erbfolge war dank ihres Vaters, Heinrichs VIII., aufregender Heiratspolitik ziemlich umstritten –, sie behielt diese Krone, bei nicht abnehmenden Widrigkeiten und gegen alle Versuche von innen und außen, sie ihr zu nehmen, auch bis zu ihrem Tode 1603. Meyers Konversationslexikon von 1925 formuliert in der solchen Grundpfeilern der Allgemeinbildung eigenen Prägnanz: »Unter ihren Liebhabern war Lord Leicester der eitelste, Lord Essex der willfährigste. [...] Das historische Urteil schätzt E. als staatsmännisches Genie ein; die Willenskraft und den politischen Instinkt hatte sie vom Vater geerbt, dem sie nacheiferte. Auf religiösem Gebiet war sie indifferent; die weiblichen Eigenschaften in ihr waren verkümmert.« Den komischen Widerspruch zwischen erstem und letztem Satz dieses Zitats wollen wir beachten: die Ehelosigkeit, gar Jungfräulichkeit, an der sich zweifeln läßt, war aus dem Bild, an dem sie mit Fleiß arbeitete, nicht wegzudenken. Eine Heirat, sei es mit einem ihrer englischen Lords oder einem ausländischen Prinzen (mit jenen von Frankreich und Österreich gab es jahrelange Eheverhandlungen, die schließlich ohne Ergebnis blieben), hätte nicht nur das delikate politische Gleichgewicht unkalkulierbar gefährdet. Ein Ehemann hätte Elizabeth unweigerlich auf den zweiten Platz im Staat zurückgedrängt, und das zu riskieren, fiel ihr nicht im Traume ein.

Mit der Abschaffung des Katholizismus war auch die Verehrung der Jungfrau Maria offiziell verboten worden; die »Virgin Queen«, wie Elizabeth sich gerne nennen ließ, verstand es, den so brachliegenden Enthusiasmus ins Weltliche zu kehren und in ihrer Person zu bündeln. Sie war ein Idol nicht nur der jungen Edelleute an ihrem Hof, sondern auch des Volkes; und trotz einer nicht abreißenden Reihe von Verschwörungen, Komplotten und Invasionsplänen (und nicht zuletzt dank Lord Burghleys gewieftem politischem Taktieren und Sir Francis Walsinghams Geheimdienst) gelang es für die Zeit ihrer Regierung, die wachsende Kluft zwischen Puritanern, Katholiken und der anglikanischen Staatskirche und den damit verbundenen gesellschaftlichen Kräften ebenso zu überbrücken, wie die Beziehung Englands zu den kontinentalen Mächten in der Balance zu halten. Das Land erlebte, nach endlosen Bürgerkriegen, Jahrzehnte eines wenn auch gefährdeten inneren Friedens und blieb mit dem Sieg über die spanische Armada 1588 endgültig von dem Einmarsch fremder Mächte verschont. Mit Sir Francis Drakes und Martin Frobishers Raub- und Forschungsfahrten begann Englands Expansion in die Welt hinaus.

Nicht zuletzt dank der beiden bemerkenswerten Frauengestalten – Elizabeth und Mary Stuart –, und dank Shakespeares Dramenkunst ist das Interesse an jener Zeit bis heute lebendig geblieben. Es fehlt hier der Platz, genauer auf die Zeitumstände einzugehen, auf die spezifische Zeitstimmung, geprägt vom Niedergang des Feudalismus, von dem Kampf der christlichen Sekten, dem Erstarken der Handel treibenden Schicht, den ersten und zunächst erfolgreichen Versuchen, eine absolute Monarchie zu etablieren und das, was Norbert Elias als »höfische Gesellschaft« beschreibt. Der spezifische soziale Ort des alten Schwertadels, dem der Herrscher zugunsten des neueren, aus dem Bürgertum aufgestiegenen Beamtenadels den politischen Einfluß entzog, zeigt sich in der wechselvollen Laufbahn des Grafen von Oxford ebenso wie im Werk Shakespeares. Humanismus und Renaissance kamen, spät aber doch, über den Kanal, der Blick der Gebildeten ging nach Süden, und wer konnte, bereiste den Kontinent – wenn die Königin ihn ließ, die nicht nur bei den Heirats-, auch den Reiseplänen ihrer Umgebung das letzte Wort hatte.

Diese brillante Epoche der englischen Geschichte, die sich selber ohne Zweifel so empfand, hatte etwas Hektisches an sich. Die Lebenserwartung war niedrig, die Pest wütete wiederholt und raffte etwa im London von 1563 tausend pro Woche hinweg – bei einer Einwohnerzahl von hunderttausend. Die Bevölkerung Englands wuchs dennoch rapide; sie verdoppelte sich während Elizabeths Regierungszeit von etwa zwei auf über vier Millionen, das Durchschnittsalter muß also sehr niedrig gewesen sein. Die Einhegungen (enclosures) von Gemeindeland, eine Art Privatisierung, produzierten zusammen mit der Umstrukturierung der Landwirtschaft ein Heer von Obdach- und Arbeitslosen; nach der Aufhebung der Klöster durch Heinrich VIII. fühlte niemand mehr sich für »die Armen« verantwortlich, die von einem Ort zum nächsten weitergeschoben wurden und ein wachsendes Unruhepotential bildeten.

Die Religion war mächtig und die Staatsgewalt, dort wo sie durchzusetzen war, nicht zimperlich. Kleine Übertretungen wurden mit dem Tode bestraft und große, wie die Verschwörung gegen das Leben Ihrer Majestät, erst recht, selbst wenn der Tatbestand juristisch nicht gerade hieb- und stichfest war. Die häufig wahrgemachte Drohung der Königin, Unbotsame um einen Kopf kürzer machen zu lassen, wird verständlicher, wenn man bedenkt, daß sie fast ihr ganzes Leben lang in Gefahr war, selber so zu enden. Bei aller Ähnlichkeit zu modernen Diktaturen darf man nicht außer acht lassen, daß die dazu nötigen sozialen Werkzeuge, Polizeiapparat, Bürokratie und Massenmedien, längst nicht die flächendeckende Effizienz hatten, die sie in unserem Jahrhundert erreichten, sondern so etwas wie »the baby figure of the giant mass of things to come at large«[166] darstellten.

Shakespeares Helden quält immer wieder das Gefühl, daß ihre Zeit »aus den Fugen« sei und es ihnen obliege, etwas dage-

gen zu tun oder wenigstens – etwas zu sagen: »Gebt mir frei/Zu
reden, wie mirs dünkt, und durch und durch/Will ich die ange-
steckte Welt schon säubern.«[167] Es ist Hamlets Problem, daß er
eine unabweisbare Verantwortung fühlt, aber den Punkt nicht
findet, wo der Hebel anzusetzen wäre.

Die Königin hielt auf Kultur. Der Gelehrte Roger Ascham,
bei dem sie in ihren frühen Zwanzigern studierte, schrieb über
sie: »Unter den gelehrten Töchtern des Sir Thomas More
scheint die Prinzessin Elizabeth wie ein Stern von außerge-
wöhnlichem Glanz; sie erlangt größeren Ruhm durch ihre vor-
zügliche Veranlagung als durch die Würde ihrer hohen Geburt.
Ich war zwei Jahre lang ihr Lehrer für Latein und Griechisch.
Sie war kaum älter als sechzehn, als sie Französisch und Italie-
nisch so gut beherrschte wie ihre englische Muttersprache.
Latein spricht sie gewandt, richtig und sogar mit Sprachgefühl.
Sie hat oft mit mir auf Griechisch konversiert, mit akzeptabler
Fähigkeit. Wenn sie etwas Griechisches oder Lateinisches
abschreibt, gibt es nichts Schöneres als ihre Handschrift. Sie ist
in der Musik vorzüglich ausgebildet, wenn sie sie auch nicht
sehr liebt. [...] Durch Fleiß und aufmerksames Studium wurde
ihr Geschmack so fein und ihr Urteil so scharf, daß es in einem
griechischen, lateinischen oder englischen Text nichts gibt, sei
es ausgefallen oder ordentlich, schlampig oder genau, was sie
nicht schon bei der Lektüre präzis zu beurteilen vermöchte,
indem sie das eine auf der Stelle mit Abscheu verwirft, das
andere mit dem höchsten Grad des Vergnügens aufnimmt.«[168]

Unerheblich, ob und in welchem Maß Ascham hier schmei-
chelt. Das Beispiel, das Elizabeth setzte, wurde von ihrer
Umgebung so empfunden. Als sie 1564 der Universität Cambridge ihren ersten Besuch abstattete, gab es eine lange Liste
von Höflingen, die bei dieser Gelegenheit akademische Grade
erwarben. Sieben von ihnen waren über dreißig und zwei über
fünfzig Jahre alt. Wie B. M. Ward sagt: »Es ist schwer zu glauben, daß von all diesen Politikern in reiferem Alter urplötzlich
die Idee Besitz ergriff, daß ihr Leben unvollständig sei, bis sie
nicht ihrem Namen die Buchstaben M. A. hinzugefügt hätten.

Ein solcher Gedanke scheint ihnen während der zwei vorher-gegangenen Regierungszeiten nicht gekommen zu sein. Doch jetzt, da Kultur und Gelehrsamkeit ein sine qua non bei Hofe waren, folgten sie flugs dem Beispiel ihrer königlichen Herrin.«[169]

Wenn wir den Hof Elizabeths als den Humus betrachten, aus dem Shakespeares Theater erwuchs, so ergibt sich daraus eine sinnvolle Theorie über dessen Zustandekommen und (damalige) Bedeutung; keinen Platz hat darin die Geschichte vom naturwüchsigen Genie Shakespeare, genausowenig jene vom tüchtigen Bürger-Unternehmer, der irgendwelche Stoffe für »seine Aktiengesellschaft« bearbeitet hat, wie der Zeitgeschmack der Globe-Besucher es gerade verlangte. Wir nehmen vielmehr an, daß mutatis mutandis gilt, was Norbert Elias über das Frankreich des späten 17. Jahrhunderts sagt: »In dieser Epoche bildete noch nicht die ›Stadt‹, sondern der ›Hof‹ und die höfische Gesellschaft darin den Prägstock mit der weitaus größten Fernwirkung. Die Stadt war, wie man im ancien régime sagte, nur der ›Affe‹ des Hofes. [...] Ein Nachklang der bürgerlichen Kampfstellung gegen den Hof und die durch das Hofleben geprägten Menschen [...] verstellt wohl heute noch oft den Blick für die repräsentative Bedeutung der Höfe und der höfischen Gesellschaft in den vorangehenden Jahrhunderten und verhindert eine Untersuchung ihres Aufbaues ohne Gereiztheit und ohne Ressentiment, eine Beobachtung ihrer Funktionsweise als eines Objektes, das Vorwürfen und Anschuldigungen zunächst einmal ebenso weit entrückt ist wie ›Dorf‹, ›Fabrik‹, ›Horde‹, ›Zunft‹ oder irgendeine andere Figuration, die Menschen miteinander bilden.«[170]

Ohne in das Getöne um »große Männer« und »große Frauen« einstimmen zu wollen, werden wir feststellen müssen, daß es an gewissen neuralgischen Punkten in der Geschichte *all the difference* macht, wer (in diesem Fall durch Erbfolge) sich an einer entscheidenden Stelle im gesellschaftlichen Gefüge befindet und in welchem Ausmaß und in welcher Richtung es ihm oder ihr gelingt, den von dieser spezifischen Position ermöglichten Handlungsspielraum zu nützen, auszudehnen oder wie auch immer zu modifizieren. Der Fall des Grafen von Oxford bietet Anschauungsmaterial für die Gefahr der Sanktionierung, ja völligen Ächtung, der auch Ranghohe im System anheimfallen, wenn sie den ihnen gesetzten Rahmen sprengen.

Noch zwei Dinge sollten wir im Auge behalten: »Die Elisabethaner waren keine ernsten, würdevollen Gelehrten, die gescheite Abhandlungen aus der Einsamkeit ihrer Studierstuben heraus publizierten. Sie waren zuerst und zuvorderst Männer der Tat, voller Lebensfreude und überschäumend vom unbezähmbaren Tatendrang ausgewachsener Schulbuben. Fast alle hatten sie zu irgendeiner Zeit als Freiwillige in den protestantischen Heeren auf dem Kontinent gedient, und sie alle schwelgten in Eskapaden wie Drakes verrückten Ausritten in seinem ›Privatkrieg‹ gegen den König von Spanien. Für sie waren Leben, Literatur und Krieg unauflöslich verbunden und konnten nur wirklich genossen werden, wenn ein gerüttelt Maß an Jux und Abenteuer mit dabei war. Niemand, der dies vergißt, wird den wahren Geist des elisabethanischen England erfassen können.«[171]

Und zweitens: Während der letzten 17 Jahre von Elizabeths Regierung befand England sich im Kriegszustand. Die Verteidigungsausgaben betrugen im Schnitt 73 Prozent des Gesamtbudgets.[172] Die Steuerlast, die bis 1588 etwa gleich geblieben war, verdoppelte sich 1589, verdreifachte sich 1593 und vervierfachte sich 1601. B. M. Ward vergleicht die Lage, in der England sich befand, mit jener während des Ersten Weltkriegs. Auch unter diesem Gesichtspunkt entspricht das traditionelle Shakespeare-Bild eher den Wunschvorstellungen der bürgerlichen Heldensage als den historischen Fakten.

Das Theater wurde bewußt und gezielt als Propagandamittel eingesetzt; Shakespeares Königsdramen (und die vergleichbaren Stücke von Marlowe, Peele & Co.) entstanden und funktionierten in diesem Zusammenhang. Thomas Nashe schreibt 1592 explizit über eine »pollicie of Playes«, die »sehr notwendig sei«, wenn sich auch »einige seichtgehirnige Zensoren (nicht die tiefsten Forscher in den Geheimnissen der Regierungskunst) sich ihr mächtig widersetzen«. Das Theater diene dazu, die Müßigen von Schlimmerem abzuhalten, und dann sei es »a rare exercise of vertue«. – »Zuerst, weil ihr Gegenstand (größtenteils) aus unseren englischen Chroniken stammt, worin die würdigen Taten unserer Vorväter [...] wiederbelebt und jene selbst aus dem Grab des Vergessens gehoben werden.«[173] Weiter sei der Zweck der Stücke, die Kunstgriffe des Krieges vorzuführen, das Scheitern von Verrat, den Sturz von Emporkömmlingen, das schlimme Ende von Usurpatoren und das Unglück des inneren Zwiespalts. Der Text von Nashe spricht von einer bewußten Strategie, und in den selben 1590er Jahren beklagt Oxford sich, er werde in seinem »Dienst« behindert, jenem Dienst, für den er die £ 1000 jährlich bekam, der Arbeit an der poetischen Propagandamaschinerie des Reiches.

6 He Has the Eyes of Youth, He Writes Verses
Kindheit und Jugend des Edward de Vere, bis zur Heirat
mit Anne Cecil (1550–1571)

Wir wollen nun den Lebenslauf des Grafen von Oxford und die
zahlreichen Verbindungen, die zwischen diesem und den shakespeareschen Texten bestehen, nachzuzeichnen versuchen.
Hierbei nehmen wir an, daß es kein autonomes Genie, kein
überzeitliches Schaffen gibt, sondern daß Literatur aus einer
gegebenen historischen und gesellschaftlichen Lage und in
enger Verquickung mit deren Gegebenheiten entsteht und ihre
ursprüngliche »soziale Energie« eben daraus bezieht. Historische Tatsachen werden ebensowenig wie die zugehörigen Persönlichkeiten im Maßstab 1:1 in die Literatur übersetzt. Der
kreative Prozeß bedingt Umschmelzen und Neuformen von
biographischem Material, und dazu gehören die Lektüre
genauso wie das Milieu. Da es hier, wie gesagt, nicht um ein pri-
mär literarisches, sondern ein historisch-biographisches Problem geht, ist ohne Belang, auf welche Seite wir uns in dem
immerwährenden literarischen Gesellschaftsspiel schlagen,
das im Fall Shakespeare stets mit dem gleichlautenden Satz ein-
geleitet wird: Es sei doch letztlich für das Werk und für unseren
Kunstgenuß unerheblich, von wem dieses ursprünglich stamme. Für die Beantwortung unserer Frage ist unabdingbar, das
Werk als Spur einer Biographie zu betrachten.

Daß Literatur für sich sprechen soll, ungefärbt durch das
Wissen um Leben, Sterben und sonstige Umstände des Autors,
ist ein wohlbekanntes und oft geäußertes theoretisches Postu-
lat, dem in der Praxis des literarischen Geschehens etwa soviel
Gewicht zukommt wie der Befolgung des sechsten Gebots in
der gelebten christlichen Moral. Die Texte, die das Archiv unserer Kultur bilden, bedürfen, davon sind wir offenbar trotz aller
gegenteiligen Beteuerungen tief überzeugt, der Beglaubigung
und Erhellung durch gelebte und nachweisbare Existenz.

Es lassen sich unendlich viele Sätze zitieren, die zeigen, daß selbst die abgehobenste Interpretation eines Textes, ausgesprochen oder nicht, auf der Basis von historischem und biographischem Wissen operiert. Und wieder schleichen sich ausgerechnet bei der Frage nach Shakespeares Identität, die doch angeblich außer Zweifel steht, religiöse Kategorien ein oder jedenfalls solche des Glaubens. »Nicht daß ich daran gezweifelt hätte, daß die Dramen, die Shakespeare zugeschrieben werden, zum größten Teil aus der Feder jenes hochtalentierten Absolventen der Stratford Grammar School stammten«[174], schreibt Stephen Greenblatt. Es gibt also die Möglichkeit zum Zweifel, Greenblatt zweifelt nicht, vermeidet aber, uns über die Umstände dieser Möglichkeit zu unterrichten. Das führt, wie er selber beschreibt, zu jenem bekannten Phänomen, daß man über Shakespeare alles sagen kann beziehungsweise die Forschung sich ständig von Rätseln und Paradoxa umstellt sieht, wenn sie versucht, uns zu sagen, was Shakespeare meint: »Mit untadeligem Scharfsinn haben Interpreten in den Historien entweder einen tiefen Konservativismus oder eine nicht minder tiefe Radikalität nachgewiesen. [...] Shakespeare, so meint etwa Northrop Frye, war ›ein geborener Höfling‹, der sich bei seiner dramatischen Darstellung englischer Geschichte von den verklärenden Hegemonievorstellungen des Tudor-Mythos leiten ließ; aber Shakespeare war auch ein unermüdlicher Entmystifizierer, der Ideologien in Frage stellte.«[175] Dem Leser, der mir bisher gefolgt ist, wird es nicht schwerfallen, diesen Gegensatz ebenso aufzulösen wie jenes Rätsel, das den Dichter der Sonette (im Nachwort der Reclam-Ausgabe) einmal jung und zwei Seiten später nicht jung sein läßt: jung war Shakspere zur Zeit, als die Sonette vermutlich entstanden, und nicht jung war Oxford zu jener gleichen Zeit.

Wir vermuten, daß das, was Greenblatt die unbestreitbare »Energie« nennt, die von Shakespeare bis heute auf uns ausstrahlt, sich *auch* aus einer ganz unmittelbaren autobiographischen Intensität speist. Die anderen Mitspieler an der »Produktion« des Werks, der soziale und kulturelle Kontext, das

Publikum, die Theatermaschine, waren auch außerhalb dieses Œuvres anwesend; es ist aber nirgendwo entstanden als an dem spezifischen Ort »Shakespeare«, und wenn wir versuchen, diesen zu verstehen, so erscheint es doch wenig hilfreich, das im Herzen dieses »Produktionsplatzes« befindliche Subjekt gerade außer acht zu lassen. Der geneigte Leser möge sich getrösten, daß wir deshalb nicht in den umgekehrten Fehler verfallen und erneut ein autonom-romantisches Genie konstruieren werden. Der Versuch, ausgerechnet am Beispiel Shakespeares das »klassische Konzept« vom Autor aufzulösen, zu transzendieren, geht wahrscheinlich am Essentiellen vorbei oder erweist sich als ebenso leeres Konzept wie die traditionelle Vorstellung vom »Allgemeingültigen« der Literatur, für deren Vertreter der mangels Lebensbeschreibung beliebig interpretierbare Shakespeare ebenfalls ein gefundenes Fressen war und ist. So heißt es in dem erwähnten Nachwort zu den Sonetten, es habe sich »bei den Kritikern die Überzeugung durchgesetzt, daß die Sonette nicht autobiographische Bekenntnisse Shakespeares darstellen, sondern literarische Texte mit eigener Zielsetzung.«[176] Die scheinbare Auflösung eines solchen Scheingegensatzes führt nicht dazu, daß wir die »eigene Zielsetzung« erführen, sondern nur zu einem komischen Ringkampf des Nachwortverfassers mit seinem Material.

Welcher Art sind nun die biographischen Belege, die für den Konnex zwischen Oxfords Leben und Shakespeares Werk Bedeutung haben? Einerseits haben wir die »großen« Ereignisse, biographische Brüche und Katastrophen wie den frühen Tod des Vaters und die rasche Wiederverheiratung der Mutter, die angebliche Untreue seiner Frau oder die Affäre mit der »dark lady« Ann Vavasour und deren Folgen – Motive im Nervenzentrum der Dramen. Andererseits findet sich eine Fülle von eigentlich belanglosen Details, die genau in de Veres Biographie passen (Ort und Zeitpunkt der Gad's-Hill-Eskapade; der graue bis weiße Bart als Markenzeichen von Burghley und Polonius; das Alter Julias bei der Heirat mit Romeo); nicht selten entfernt sich dort der Text von der bekannten Quelle oder widerspricht ihr, ohne daß dies, im groben betrachtet, dessen »Sinn« beeinflussen würde (der Familienstand der drei Töchter Lears, der, abweichend von der Quelle, dem der drei Oxford-Töchter um 1600 entspricht, als vermutlich die letzte Fassung des Stückes entstand). Allerdings sind solche Details, wie der Literaturfreund weiß, zur »psychologisch-textlichen Stimmigkeit« wichtig für die Tragfähigkeit des poetischen Gebildes, die Dringlichkeit dessen, was zwischen den Figuren verhandelt wird.

Wie schon die gräfliche Numerierung 17 zeigt, war die Familie der Earls of Oxford alt und sehr hochwohlgeboren. Ein Aubrey de Vere war mit Wilhelm dem Eroberer nach England gekommen, und seit dem zweiten Aubrey hatten die de Veres das erbliche Amt des Großkämmerers (Lord Great Chamberlain) inne, eine im wesentlichen zeremonielle Funktion, die, bis heute unverändert, bei der Krönung der englischen Könige eine Rolle spielt. Der Lord Great Chamberlain trug das »Staatsschwert« und mit anderen Großen des Reiches den Baldachin (canopy) über dem Haupte des Souveräns, von dem in Sonett 125 die Rede ist: »Were't aught to me I bore the canopy,/With my extern the outward honouring,/Or laid great bases for eternity,/Which prove more short than waste or ruining? (Was frommte mir's, den Baldachin zu tragen,/Mit meinem Äußern hohlem Prunk zu dienen,/Zu baun an ewger Werke Unterlagen,/Die Umsturz rasch verwandelt in Ruinen?)[177]

Die de Veres führten ihr Geschlecht über Karl den Großen kühn bis auf Cäsar zurück und bildeten sich entsprechend viel darauf ein, ebenso wie auf die Verwandtschaft mit dem königlichen Haus Lancaster und ihre zahlreichen kriegerischen und jagdsportlichen Höchstleistungen. Man kann davon ausgehen, daß der Knabe Edward von klein auf mit den Werten der feudalen Gesellschaft (aus der Perspektive der an ihrem oberen Ende Befindlichen) imprägniert worden war.

Er scheint seinen Vater sehr verehrt zu haben, der starb, als Edward zwölf war. Der frischgebackene siebzehnte Earl kam, da minderjährig, unter die Vormundschaft von William Cecil, dem späteren Lord Burghley, der nach der Königin zweitmächtigsten Person im Staate. Am Beginn von *Ende gut, alles gut* verabschiedet sich Bertram, der nach dem Tod des Vaters an den königlichen Hof geschickt wird, von seiner Mutter:

> *Gräfin.* Indem ich meinen Sohn in die Welt schicke, begrabe ich einen zweiten Gemahl.
> *Bertram.* Und ich, indem ich gehe, teure Mutter, beweine meines Vaters Tod aufs neue; aber ich muß dem Befehl des Königs gehorchen, dessen Mündel ich jetzt, sowie für immer sein Vasall bin.

Die Witwe de Vere verheiratete sich nach wenigen Monaten wieder; die Reaktion des Sohns ist aus *Hamlet* bekannt: »O God! a beast that wants discourse of reason/Would have mourned longer.«

Unter Lord Burghleys Vormundschaft (ein für ihn lukratives und wahrscheinlich auch machtpolitisch interessantes Amt) lebten mehrere Söhne aus den vornehmsten Familien. Auf ihre Erziehung wurde großer Wert gelegt. Erhalten haben sich »Orders for the Earl of Oxford's Exercises«:

7-7.30	Dancing
7.30–8	Breakfast
8–9	French
9–10	Latin
10–10.30	Writing and drawing
13–14	Cosmography
14–15	Latin
15–16	French
16–16.30	Exercises with his pen

The common prayers and so to dinner

William Cecil, Lord Burghley, war wohl der intriganteste, mächtigste und am längsten an der Macht befindliche Politiker seiner Zeit. Zu Shakespeares schlechter Meinung über »scurvy politicians« mag er nicht wenig beigetragen haben. Er war selbst ein gebildeter Mann: Die Lebensregeln, *Certaine Precep-tes* (gedruckt 1617), die er seinem Sohn aufschrieb und die in *Hamlet* ebenso parodiert werden wie seine gravitätisch-umständliche Redeweise, gehen auf die Lektüre von Montaig-nes *Essais* zurück, die 1580 in zweiter Auflage erschienen waren; seine zweite Frau Mildred wurde von dem bereits zitier-ten Roger Ascham als »eine der zwei gelehrtesten Frauen im Land« bezeichnet. Mildreds Schwester war die Mutter von Sir Francis Bacon, der seinerseits ein entfernter Cousin de Veres war.

1564, mit 14 Jahren und 4 Monaten, erhielt de Vere den ersten akademischen Grad von der Universität Cambridge, zwei Jahre später wurde er in Oxford Master of the Arts. Zeug-nisse von Zeitgenossen belegen ebenso wie de Veres eigene Aktivitäten, daß dies keine Gefälligkeit der Universitäten dem Hochwohlgeborenen gegenüber war, sondern in Anerkennung einer ausgeprägten Begabung geschah.

Unter de Veres Lehrern finden wir neben Roger Ascham und einem weiteren renommierten Gelehrten der Zeit, Sir Tho-mas Smith, auch Arthur Golding, Edwards Onkel, dessen Hauptwerk die Übersetzung von Calvins Werken ins Englische war. Um die Mitte der 1560er Jahre, als er in Cecil House lebte, übersetzte Golding allerdings einen lateinischen Klassiker, dessen Weltsicht, Lebensgefühl und Sprachstil seinen bekann-ten Ansichten zuwiderlaufen mußten – und der, in eben dieser englischen Übersetzung, zu einer herausragenden Inspiration, zu einem der wichtigsten Möbelstücke im geistigen Inventar von Master Shakespeare werden sollte: *The XV Bookes of P. Ouidius Naso, Entytuled Metamorphosis, translated oute of Latin into English meeter, by Arthur Golding gentleman. A worke very pleasaunt and delectable.*

Es bleibt eine Merkwürdigkeit, daß ein Gelehrter, dessen Lebensziel in der moralischen Besserung der Menschheit und deren Hinführung zum Gott Calvins lag, die immense Arbeit auf sich nahm, diesen unmoralischen und unchristlichen Dich-ter in ein Englisch zu bringen, das dem von Goldings übrigen

Texten wenig ähnelt und nicht verleugnen kann, daß die Arbeit ziemlichen Spaß gemacht haben dürfte.

Der sonst dürr und geradlinig schreibende Golding verfällt, vom Original beflügelt, in einen kongenialen poetischen Rausch; die Sprache ist barock, übermütig und innovativ. Dieses Ansteckende, das Ovid bis heute eignet, wirkt auch auf Golding: Er anglifiziert Ovid, aus dem dekadenten Römer wird ein robuster englischer Landedelmann, militärische Ausrüstung wird aktualisiert, Eigennamen übersetzt: aus der Ägäis wird eine Goat Sea, aus Pentheus, Theseus und Orpheus werden Penthey, Thesey und Orphey. Als Ceres die Welt nach ihrer Tochter Proserpina absucht, wird ihr an einem Punkt ein unappetitlicher »Hotchpotch« serviert:

> While Ceres was eating this, before hir gazing stood
> A hard-faced boy, a shrewde pert wag, that could no
>   manners good:
> He laughed at hir and in his scorne did call hir »Greedie
>   gut«.
> The Goddess being wroth therewith, did on the
>   Hotchpotch put
> The liquor ere that all was eate, and in his face it
>   threw...[178]

> (Als Ceres dieses aß, da stand vor ihr ein Knabe, starrend,
> Mit groben Zügen, schlau und frech, ein ungezogner
>   Kerl:
> Er lachte über sie und hieß sie verächtlich »gieriger
>   Freßsack«.
> Die Göttin war darob erbost, nahm das Gebräu,
> Und schüttete ihm alles, was noch übrig, ins Gesicht...)

Der Übersetzer erfand neue Wörter, die er in Fußnoten erläuterte. Die dem Englischen – von Shakespeare bis Lewis Carroll und weiter – eigene lautmalerische Produktivität der Wortbildung ist hier schon zugange. Goldings weiteres Schaffen blieb von diesem schamlosen Ausflug ins Heidentum unberührt; das seines gelehrigen Schülers nicht, im Gegenteil. Die Vermutung scheint mir nicht abwegig, der frühreife Dreizehn- bis Fünzehnjährige habe einen gewissen Anteil an »Goldings« englischer Ovid-Version und an deren Publikation genommen. Der Onkel stellte ihr zwei Gedichte voran, worin er den Leser anhält, die *Metamorphosen* allegorisch zu nehmen und, ihre Helden und deren Taten mißbilligend, sich im christlichen Weltbild bestärken zu lassen. Daß Golding, was die Anhänglichkeit des Neffen an den wahren Glauben angeht, zumindest seine Zweifel hatte, zeigt eine Vorrede von 1571. Er widmete de Vere seine Übersetzung von *John Calvins version of the Psalms of David*. Hier ermahnt er ihn: »Je mehr angeborene Gaben, je mehr geistige Fähigkeiten, je mehr weltliche Güter Gott Dir beschert hat, desto mehr bist Du ihm gegenüber zu Dank verpflichtet.«[179]

Edward de Vere und Shakespeare gleichen einander auch hierin: Es mangelt ihnen zwar an religiösem Eifer, nicht aber an profunder Kenntnis der Heiligen Schrift. In kaum einem Shakespeare-Stück fehlen Zitate aus den Psalmen, und ganz allgemein wimmelt das Œuvre von biblischen Zitaten und Anspielungen. Offenkundig hat Shakespeare teils die Bishops' Bible, teils das Prayer Book verwendet, hauptsächlich aber die Geneva Bible. In einem Rechnungsbuch von 1569/70 ist eine Zahlung vermerkt an den Buchhändler William Seres: »for a Geneva Bible, gilt [Goldschnitt], a Chaucer, Plutarch's works in French, with other books and papers £ 2, 7 s, 10 d.«[180] Kaum nötig hinzuzufügen, daß Shakespeare auch aus Plutarch und Chaucer gern und oft geschöpft hat, aus letzterem vor allem für *Troilus und Cressida*. Dieses Paar taucht auch in Edward de Veres Gedichten wiederholt auf.

Die Geneva Bible aus dem persönlichen Besitz des Grafen von Oxford befindet sich seit 1925 im Shakespeare-Mekka selbst, in der Folger Library in Washington. Deren Gründer, Henry Clay Folger, hatte die Bibel 1925 einem Buchhändler aus Leicester abgekauft; seither lagerte sie in den Tiefen der Bibliothek, bis sie bei den Vorbereitungen zu einer Ausstellung über

»Fine and Historic Bookbindings« Anfang 1992 ans Licht kam und zum ersten Mal bibliographisch erfaßt wurde. Kurz zuvor war sie in einer Broschüre der Bibliothek (»The Compleat Gentleman« – über eine »typische« Bibliothek des 16./17. Jahrhunderts) erwähnt worden.

Als Roger Stritmatter, Literaturwissenschaftler an der University of Massachusetts, im Januar 1992 den Band erstmals in Augenschein nahm, wußte niemand in der Folger Library, auch nicht die für Marginalien zuständige Kuratorin, daß er einige Randbemerkungen und zahlreiche Unterstreichungen enthält. Das Buch ist in roten Samt gebunden und mit silbernen Beschlägen versehen, die die Identifikation des Besitzers erlauben. Da die Heraldik eine vergessene Wissenschaft ist, wollen wir es bei der Bemerkung belassen, daß den oxfordschen Schild auf dem hinteren Buchdeckel jenes gräfliche Krönchen ziert, das zwischen 1562 und 1604 ausschließlich Edward de Vere zukam.

Beim Zählen der unterstrichenen oder anderweitig markierten Verse kam Stritmatter auf die für Britannien bedeutungsschwere Zahl 1066; von diesen lassen sich etwa 250 in der einen oder anderen Form, sei es als Zitat, Anspielung oder Verarbeitung von Metaphorik bei »Shakespeare« im Werk wiederfinden. Von diesen wiederum war etwa ein Drittel bereits von früheren Forschern als wichtige Quelle der shakespeareschen Gedanken- und Bilderwelt aufgelistet worden.

Mit einer oder zwei Ausnahmen stammen alle Eintragungen von derselben Hand; es gibt drei oder vier verschiedene Tinten, in drei Farben; und in jeder Farbe einzelne an den Rand geschriebene Wörter wie »sinne« (Sünde), »poore«, »usury«, »almes«, »workes«, »mercy« ... alle diese Anmerkungen stammen von derselben Hand, und diese, so Stritmatter, sei ohne Zweifel jene des Grafen von Oxford, die, im Gegensatz zu der des Kaufmanns aus Stratford, wohlbekannt ist.

Die Topographie der shakespeareschen Einbildungskraft, die frühere Forscher aus der Analyse der Texte heraus abzustecken vermochten, deckt sich mit den wiedergefundenen Marginalien. In allen 36 Stücken des Kanons tauchen Zitate auf, die in dieser Bibel markiert sind; eine Häufung von Biblischem erfolgt in *Hamlet*, *Maß für Maß*, dem *Kaufmann von Venedig*, einigen Königsdramen und, besonders auffällig, in den Sonetten.

Der Eindruck der Identität zwischen dem Annotierer der Bibel und dem Autor »Shakespeare« wird durch einige Fälle verstärkt, in denen zwei markierte Verse aus der Bibel zu einer Passage bei Shakespeare verschmolzen werden.

Vergleiche mit Zeitgenossen wie Edmund Spenser oder Ben Jonson ergeben, daß hier nicht einfach eine Art von »allgemeiner Bibelkultur« am Werke war, sondern eine sehr spezifische Bildung und Einstellung zur Welt, die man grob als die religiöse Ideologie der herrschenden Schicht bezeichnen kann, mit den Haupttugenden des Gehorsams, der Sparsamkeit und der sexuellen und politischen Enthaltsamkeit, die selbstredend nur für die Untertanen galten. Bei Schriftstellern bürgerlicher oder »proletarischer« Herkunft fehlen diese Vorlieben ebenso wie jene Shakespeare eigenen fixen Ideen, die sich nicht nur durch die Dramen, sondern auch durch die Annotierungen ziehen, wie die von der Unverletzlichkeit des gesalbten Königs.

Sie stammt aus dem alten Testament, wo es, in der Sprache der Geneva Bible, in II Samuel 1.14 etwa heißt (Hervorhebung von de Vere): »*And David said unto him*, How wast thou not afraid to put forthe thine hand *to destroy the Anoynted of the Lord.*« Im Shakespeare-Kanon taucht diese Idee nicht weniger als fünfzehn Mal auf, etwa in *Richard II*: »Not all the water in the rough rude sea/Can wash the balm off from an anointed king.«[181] Zum Vergleich: Der Ausdruck »anointed king« und damit verbundene, sagen wir einmal, wesenhaft royalistische Ideen kommen etwa bei Spenser, Jonson oder Marlowe überhaupt nicht vor.

Ähnliches gilt etwa für Shakespeares besonders in den Sonetten wiederholt vorgetragene Klage über den Verlust seines guten Namens beziehungsweise des Namens überhaupt (my name be buried where my body is), also die quasi-religiöse

Vorstellung, daß die Rettung der Seele irgendwie mit dem historischen Überleben des Familiennamens zusammenhänge – etwas essentiell Mittelalterliches, das die mehr von Reformation und Puritanismus geprägten Zeitgenossen kaum noch interessierte. Unter de Veres Gedichten findet sich eines über *The Loss of His Good Name.*

Wie man aus dem *Kaufmann von Venedig* oder *Timon von Athen* weiß, beschäftigte das Problem des Geldverleihs gegen Zinsen unseren Dichter beträchtlich. In der Bibel ist ein ganzer Schwarm von Versen, der davon handelt, angestrichen, dazu hat der Graf an drei Stellen »usury« (Wucher) an den Rand geschrieben.[182]

Größere Kosten als der Bücherkauf verursachte dem Grafen die Anschaffung von Standesgemäßem. Für »die Kleidung, mit Rapieren und Dolchen, für die Person meines Herrn von Oxenford« wurden in den ersten vier Jahren von Burghleys Vormundschaft £ 627 ausgegeben. Als dieser später, dann schon als Schwiegervater, Oxford für seine Extravaganz und Verschwendungssucht rügen sollte, hatte er wohl vergessen, daß er selbst den jungen Grafen nicht gerade zur Sparsamkeit angehalten hatte. Nicht ganz unbegründet der Verdacht, Burghley habe sich an seinen vornehmen Mündeln bereichert – wenn etwa »während seiner [de Veres] Krankheit in Windsor, für Vergütung an seinen Arzt und andere, für Entlohnung der Diener [...] und für die Unterhaltskosten des Stalles und das Beschlagen von vier Wallachen« über £ 36 verrechnet wurden, mehr als ein Drittel dessen, was Burghley als Secretary of State im Jahr verdiente.

Mit 17 wurde Oxford am Gray's Inn immatrikuliert, wo er jene Rechtskenntnisse erwarb, die die Juristen unter den Shakespeare-Fans stets beeindruckt haben. Wie schon bemerkt, wurde an den vier Rechtsakademien, Lincoln's Inn, Inner Temple, Middle Temple und Gray's Inn, die bis heute bestehen, viel Theater gespielt – am Gray's Inn etwa 1567 George Gascoignes *Supposes*, eine Übersetzung von Ariosts *I Suppositi*, eine der Quellen von *Der Widerspenstigen Zähmung.*

Wir können vermuten, daß de Vere bei solchen Gelegenheiten nicht nur als Zuschauer, sondern vermehrt in anderen Funktionen daranging, seinen Ruf zu ruinieren, indem er sich mehr, als es seinem Stand zukam, am Theater engagierte als Schauspieler (»Hättst du nicht zum Vergnügen Könige gespielt«), Regisseur, Bearbeiter und Autor, kurz: sich für die Welt zum Narren zu machen, wie es in einem Shakespeare-Sonett heißt.[183] Ein wichtiger Unterschied sei hier skizziert, der uns heutigen nicht mehr einsichtig erscheint: jener zwischen »public« und »private«. Das erstere waren die öffentlichen Theater wie Globe oder Fortune, das andere die Aufführungen in geschlossener Gesellschaft, also an den Inns of Court oder bei Hof. Bei privaten Aufführungen selber mitzuwirken, war nicht nur toleriert, sondern im Rahmen der »ritterlichen« Lebensführung ganz üblich, das andere war hingegen »Pöbelgeld, verdient durch Pöbelsitte«, wie Ludwig Fulda 1913 die Zeile »public means which public manners breeds« übersetzte.[184]

Nicht nur über die Zeit am Gray's Inn wissen wir nichts. Der Lebensbericht Oxfords ist lückenhaft; ganze Phasen dieses Lebens werden durch nichts als einzelne, unverbunden dastehende Blitzlichtaufnahmen erhellt. Ein solcher Schnappschuß zeigt Edward de Vere, den Degen in der Hand und einen sterbenden Mann zu seinen Füßen. Der »under-cook« Thomas Bricknell war, wie das Gericht hernach feststellte, von de Vere in Selbstverteidigung (se defendendo[185]) erstochen worden. In Burghleys Archiv fehlt jeder Hinweis auf die Umstände der Tat, nicht aber darauf, daß er, Burghley, das Gericht entsprechend beeinflußt habe, um seinem Mündel aus der Klemme zu helfen. Burghley, auch darin das Vorbild für Polonius, unterhielt ein kleines Heer von Spionen, und es ist leicht auszumalen, daß er die wachsende Zuneigung zwischen seiner Tochter Anne Cecil und Edward de Vere mit Hilfe des unglücklichen Thomas Bricknell unter Kontrolle zu halten versuchte, was den bekannt aufbrausenden Grafen so – fatal für den Koch – reagieren ließ.

De Vere nahm 1569 am Kampf gegen die Northern Rebellion teil, einem Aufstand katholischer Adliger, die erneut hofften, mit Schottlands und Frankreichs Hilfe Elizabeth stürzen und den alten Glauben und die alte feudale Ordnung wiedererrichten zu können; der Aufstand wurde auf das brutalste niedergeschlagen.

Die Beziehung zu Anne, die in den *Lustigen Weibern von Windsor* auch so heißt, entwickelte sich trotz gewisser Bedenken von Elternseite:

> Nein, deines Vaters Gunst gewinn ich nicht [...]
> Er wendet ein, ich sei zu hoch von Abkunft;
> Und weil Verschwendung mir mein Gut beschädigt,
> So woll' ich's nur durch sein Vermögen heilen.
> Dann schiebt er andre Riegel mir entgegen:
> Mein vorig Schwärmen [my riots past], meine wilden
> Freunde [...]
> Zwar leugn' ich nicht, daß deines Vater Reichtum
> Der erste Anlaß meiner Werbung war;
> Doch werbend fand ich dich von höherm Wert
> Als Goldgepräg und Beutel wohl versiegelt;
> Und deines Innern echte Schätze sind's,
> Wonach ich einzig trachte.[186]

1571 heirateten sie, nachdem der hinderliche Standesunterschied durch die Erhebung William Cecils zum Baron of Burghley verringert war. Lord St. John schrieb an den Earl of Rutland: »Der Graf von Oxford hat sich eine Frau genommen, oder zumindest hat eine Frau ihn eingefangen; es ist Mistress Anne Cecil; wozu die Königin ihre Zustimmung erteilt hat, und was großes Jammern und Wehklagen und kummervollen Beifall jener fand, die gehofft hatten, selber diesen goldenen Tag zu erleben.«[187]

7 To Spend His Youth at Home

Ein Gedichtband, eine Reise nach Italien
und eheliches Ungemach (1572–1580)

Der junge de Vere gehörte ohne Zweifel zu den strahlenden Gestalten am Hofe der Königin Elizabeth, dessen Atmosphäre von grobem Witz und feiner Intrige, feinem Sarkasmus und brutaler Verschwörung uns aus Shakespeares Stücken lebendig entgegentritt. »Der Herr von Oxford steht neuerdings in großer Gunst, denn ihre königliche Majestät ergötzt sich mehr an seiner Person und an seinem Tanz und seiner Ritterlichkeit als an irgendeinem andren. [. . .] Wäre nicht sein launisches Wesen, er würde bald alle in den Schatten stellen. Lady Burghley [sic: soll heißen Lady Oxford] hat unklugerweise erklärt, sie sei eifersüchtig, was der Königin zu Ohren gekommen ist, worauf sie nicht wenig erzürnt war, sie ist aber inzwischen wieder versöhnt. Zu all diesen Liebesgeschichten zwinkert der Schatzkanzler [Burghley] nur und mischt sich in keiner Weise ein«, schreibt Gilbert Talbot 1573 an seinen Vater.[188]

Für einige Zeit war de Vere Elizabeths Favorit. Welchen Grad an Intimität diese Beziehung erreichte, wollen wir hier dahingestellt sein lassen. Offenbar verband sie eine Seelen- und Geistesverwandtschaft, und der Rangunterschied zwischen der Königin und dem ersten Peer des Reiches war vernachlässigbar. Urteilt man nach Shakespeares frühen Komödien und ihren Helden, so war er unkonventionell bis zum Exzentrischen, zu Unsinn gleich aufgelegt wie zu Tiefsinn, verspottete mit Gusto die allzu ernsten Staatsmänner und sah Frauen als gleichberechtigte Partner – und Gegner.

Die kultivierten Höflinge der elisabethanischen Zeit befanden sich in einer paradoxen Lage: Von der Königin abwärts (und durch sie dazu angehalten) über den hohen zum niederen Adel waren sie sich einig in ihrer Liebe zur Kunst, zur Dichtung und zum Theater. Der Adel, zu jener Zeit die gebildetste und einflußreichste Schicht, brachte eine Reihe von bemerkenswerten Schriftstellern hervor. Diesen aber verbot ihre Zugehörigkeit zum ersten Stand, sich öffentlich zur Urheberschaft der Werke zu bekennen, die in ihren eigenen Kreisen und dann in weiteren jene Begeisterung entfachten, die bei dem *einen* Autor bis heute anhält. Ihre poetische Produktion kursierte als Manuskript im Freundeskreis, so wie Francis Meres es 1598 von Shakespeares Sonetten sagen würde. Die Verse wurden wieder und wieder kopiert und weitergegeben und dabei auch immer wieder anderen Verfassern zugeschrieben, was die Zuordnung heute zu einer Art unendlichem Rätselspiel für Literaturhistoriker macht. Ihre Gedichte bei Lebzeiten – und gar gegen das wenige Geld, das ein Verleger dafür auszugeben bereit war – drucken zu lassen, war für den Edelmann infra dignitatem: »It is ridiculous for a Lord to print verses.«[189] Es war nicht nur lächerlich, sondern, als bürgerliche Form des Gelderwerbs, faktisch mit dem Verlust der Standesehre verbunden.[190] Der springende Punkt ist also nicht unbedingt das Veröffentlichen, sondern die Notwendigkeit, jeden Anschein von professionellem, also gewerbsmäßigem Literatentum, von Literatur als primärem Lebensinhalt zu vermeiden.

Selbst Philip Sidney, zwar nur ein frischgebackener »Knight«, von niederem Rang also (freilich mit der Aussicht, seinen Onkel, den Grafen von Leicester, zu beerben), mußte, sozusagen, warten, bis er gestorben war – dann besorgte sein Freund Fulke Greville die Ausgabe seiner Werke. Um zu verhindern, daß von Sidneys *Arcadia* ein Raubdruck erschien, mußte Greville seinen Schwiegervater, den Minister Walsingham, bitten, diese Publikation zu verhindern. Er selbst hatte keine Möglichkeit zum direkten Einschreiten. Bürgerliche Autoren scheinen dieses Problem nicht gehabt zu haben, obwohl ihnen kein Copyright in unserem Sinn zur Verfügung stand. Sie konnten in der Regel damit rechnen, daß der Verleger ein Interesse an einem vollständigen und von ihnen autorisierten und korrigierten Text hatte. Die einzige Ausnahme wäre Shakespeare, was damit erklärt wird, er wäre ein Snob, ein »natural aristocrat« gewesen, der im übrigen versucht habe, bei

Hof Erfolg zu haben. Angenommen, das wäre richtig, hätte der Handel mit Malz oder Steinen allerdings seinem Ruf nicht weniger geschadet als der mit Manuskripten.

Ebenso wurden Grevilles Werke – soweit sie nicht von *Piraten* verlegt worden waren – erst nach seinem Tod herausgebracht. Von seinem Stück *Antonie and Cleopatra* erklärt Greville, er habe es verbrannt, weil es seinem Aufstieg hätte schaden können. Thomas Mores *Utopia* kam zuerst anonym in den Niederlanden heraus und wird in der ersten, von einem Neffen Mores verfaßten Biographie mit keinem Wort erwähnt.[191] Ältere Beispiele sind Sir Thomas Wyatt (1503–1542) und Oxfords poetischer Onkel Henry Howard, Earl of Surrey (?1517–1547). Diese beiden bedeutendsten Lyriker des früheren 16. Jahrhunderts hatten die später als »Shakespearean« bezeichnete Sonettform als erste verwendet; ihre Verse wurden erstmals in der nach dem Drucker *Tottel's Miscellany* genannten Anthologie 1557 veröffentlicht. Wer tatsächlich für die Edition verantwortlich war, ist, wie so vieles aus diesem Zusammenhang, nicht aufklärbar.

Der bürgerliche Edmund Spenser publizierte anonym beziehungsweise unter dem Pseudonym Immerito, so lange er hoffte, es bei Hofe zu etwas zu bringen. Als diese Bestrebungen nach dem Tode seines Gönners, des Earl of Leicester (1588), aussichtslos wurden, erschienen Spensers Werke sukzessive unter eigenem Namen. George Puttenham schrieb 1589: »Viele beachtenswerte Gentlemen bei Hof haben lobenswert geschrieben und es wiederum unterdrückt, oder zugelassen, daß es ohne ihren eigenen [sic] Namen veröffentlicht wurde: als sei es unehrenhaft für einen Gentleman, gelehrt zu erscheinen und zuzugeben, daß man eine der Künste liebt.«[192] Gabriel Harvey nennt 1592 in einer Polemik gegen Robert Greene als »Lovers of the Muses« die Autoren Edmund Spenser, Richard Stanihurst, Abraham France, Thomas Watson und Samuel Daniel, um dann fortzufahren: »For I dare not name the Honorable Sonnes, & Nobler Daughters of the sweetest, & divinest Muses, that ever sang in English or other languages: for feare of suspition of that, which I abhorre.« (Denn ich wage die edlen Söhne und edleren Töchter der süßesten, göttlichsten Musen, die je in der englischen oder einer anderen Sprache sangen, nicht beim Namen zu nennen, aus Angst, dessen verdächtigt zu werden, was ich verabscheue.) Sich klarer auszudrücken, schien Harvey nicht ratsam. Die schriftlichen Zeugnisse der Epoche sind über weite Strecken so vage gehalten, und die Schlüssel zu all diesen Schatzkästlein lassen sich nur selten auffinden.

Die Frage nach der Verfasserschaft an Versen aus jener Zeit wird dadurch weiter kompliziert, daß die Autoren, die ja doch erpicht waren, an ein Publikum zu kommen, für Veröffentlichungen »posies« verwendeten, Decknamen in Form etwa eines (lateinischen) Sinnspruchs. Die bedeutendste Lyrik-Anthologie, die nach *Tottel's Miscellany* herauskam, war 1573 *A Hundreth sundrie Flowres bounde up in one small Poesie, Gathered partely (by translation) in the fyne outlandish Gardins of Euripides, Ovid, Petrarke, Ariosto, and others: and partly by invention, out of our owne fruitefull Orchardes in Englande: Yelding sundrie sweete favours of Tragical, Comical, and Morall Discourses, bothe pleasaunt and profitable to the well smellyng noses of learned Readers*. Mehrere der Gedichte sind mit dem »posy« *Meritum petere, grave* (nach bedeutendem Verdienste streben) gezeichnet, das auch die Titelseite ziert. Die mit W. H. signierte Vorrede ist datiert »From my lodging near the Strand, the 20 January 1572« (nach jetziger Zeitrechnung 1573; die alte Jahresrechnung fing mit dem 25. März an), also am damaligen Londoner Wohnort de Veres.

Wer sind nun die Autoren der *Hundreth Flowres*? Einer ist George Gascoigne, ein Dichter-Soldat und Abenteurer, von dem der Herausgeber anmerkt, »er hat sich nie geziert, zu seinen Taten zu stehen, und so verschweige ich auch seinen Namen nicht«. Der Rest bleibt im Dunkeln, dort tappen Oxfordians wie B. M. Ward, der 1926 die Anthologie zum erstenmal neu herausgab, oder Charlton Ogburn ebenso wie Stratfordians, die sich aber lieber an die teilweise veränderte zweite Ausgabe von 1576, *The Posies of George Gascoigne*, halten und, zur

Vermeidung der Im- und Komplikationen, die stets aus der Nennung des Namens de Vere resultieren, Gascoigne als alleinigen Verfasser ansehen.

Der erste und umfangreichste Teil der *Flowres* ist eine Prosa-Erzählung mit 14 Gedichten, *The Adventures of Master F.I.*, die Geschichte der heimlichen Liebe zwischen Master F.I. und Mistress Elinor. F.I. bedeutet »Fortunatus Infoelix«, und das ist nicht nur das »posy« von Sir Christopher Hatton, einem Höfling, Verehrer Elizabeths (von ihr scherzhaft »the sheep« getauft, während sie Oxford »the boar« nannte) und Dichter, sondern auch ein ewiger Widersacher Oxfords bei Hofe und in all diesen Eigenschaften prädestiniert als Vorbild für eine der lächerlichen Figuren bei Shakespeare. Eine solche, die gut auf Hatton paßt, ist Malvolio aus *Was ihr wollt*, und der fingierte Brief, der dort Malvolios Verderben besiegelt, ist »The Fortunate-Unhappy« unterschrieben.

Hatton, der im Oktober 1573 von einem längeren Kuraufenthalt in den Niederlanden zurückkehrte, sah sich also bei seiner Rückkehr mit einem detaillierten und höchst indiskreten poetischen Bericht über eine Liebesaffäre konfrontiert, in deren weiblichem Part jeder halbwegs Eingeweihte die Königin selbst erkennen mußte. Kein Wunder, daß der danach als Verfasser des neu arrangierten Bandes vorgeschobene Gascoigne schrieb: »Mehrere wohlmeinende Geister haben Anstoß genommen [...] und waren zu der Annahme veranlaßt, dies sei tatsächlich geschrieben worden, um gewisse hochmögende Personen zu beleidigen.«

Unser Autor wird lebenslang in dieser paradoxen Lage bleiben: Er kann sich auf der Bühne und im Druck viel mehr erlauben als jeder andere und geht damit offenbar auch immer an die Grenze des Tolerierten – unter der einzigen Bedingung, daß sein Name dabei aus dem Spiel bleibt; dennoch wird der »madcap Lord« seinen Ruf ebenso zugrunde richten wie sein Vermögen, wird seinen »outcast state« beweinen und seinen Namen »verwundet« hinterlassen. Diese aus der ursprünglichen elisabethanischen Geheimniskrämerei entstandene Lage wird die

Erfüllung von Hamlets Auftrag über Jahrhunderte verzögern: »Welch ein verletzter Name, Freund,/Bleibt alles so verhüllt, wird nach mir leben./Wenn du mich je in deinem Herzen trugst,/Verbanne noch dich von der Seligkeit/Und atm in dieser herben Welt mit Müh/Um mein Geschick zu melden.«[193]

1576, als Oxford auf dem Kontinent unterwegs war, versuchte Hatton, seinen Ruf so gut es ging zu retten. Die *Flowres* wurden in veränderter Form als *The Posies of George Gascoigne* neu herausgebracht und mit der Behauptung versehen, die Liebesgeschichte sei die Übersetzung der italienischen *Fable of Ferdinando Ierinomi and the Lady Elinora de Valasco*. Damit war Gascoigne zum Verfasser erklärt und der Realitätsbezug der Geschichte auf ein fiktives italienisches Original abgewälzt und sozusagen nach Übersee verschoben. Nach seiner Rückkehr, im August 1576, ging wiederum Oxford zum Gegenangriff über. Alle noch nicht verkauften Exemplare der *Posies* wurden beschlagnahmt. Das letzte Wort würde Shakespeare haben, in *Was ihr wollt*.

Die exakt hundert Gedichte der *Flowres* sind, von denen Gascoignes abgesehen, in Tonfall und Themen sehr einheitlich. Es geht um die Liebe zu einer Dame von hoher Geburt, »in colours black and white« (die Wappenfarben der Königin), von der es auch, in Anspielung auf ihre Heirats- oder besser Nicht-Heirats-Politik, heißt: »Me thinks I see the states, which sue to her for grace,/Me thinks I see one look of hers repulse them all apace.«[194] In einigen Gedichten antwortet die Dame. *A Loving Lady being wounded in the spring time* enthält die Zeilen »The lustie *Ver* which whilom might exchange/My grief to joy, and then my joys increase/Springs now elsewhere.« (Der muntre Frühling, der einst meinen Kummer zu Freude zu wandeln vermochte, und dann die Freuden zu mehren, springt nun woanders.)

Abgesehen von den Umständen der Veröffentlichung und stilistischer Verwandtschaft zu de Veres und Shakespeares Lyrik verweisen die Wortspielereien mit Ver, ever, never, every, wie auch das »posy« Ever or Never, das einigen Gedichten nachgestellt ist, auf seine Verfasserschaft. Eines von de Veres und Shakespeares liebsten Liebespaaren hat gleichfalls seinen Auftritt: »For Cryssyde fair did Troylus never love,/More deare than I esteem'd your franéd cheare.« (Denn die schöne Cressida liebte Troilus nicht inniger, als ich dein gerahmtes Antlitz verehre.)[195]

Wir können annehmen, daß die Literatur für de Vere in den Jahren nach 1570 mehr und mehr zum zentralen Lebensinhalt wurde, wohl auch in dem Maß, wie seine politischen und militärischen Ambitionen (»his fickle head«) scheiterten.

1572 schrieb er ein Vorwort zur lateinischen Übersetzung von Baldassare Castigliones *Il Cortegiano* (Der Höfling), die von de Veres Cambridger Lehrer Bartholomew Clerke stammte. »Edward de Vere, Earl of Oxford, Lord Great Chamberlain of England, Viscount Bulbeck and Baron Scales and Badlesmere, an den Leser – Grüße.« Das Vorwort stimmt, in elegantem Latein, ein Loblied auf den Autor Castiglione an, den Übersetzer Clerke und auf deren Gegenstand, das Idealbild des Prinzen (»die Schönheit der Ritterlichkeit in den vornehmsten Personen«)[196], dessen Verkörperung in der englischen Literatur, nach den Worten eines späteren Castiglione-Herausgebers, Hamlet darstellt.

Im Jahr der *Flowres*, 1573, erschien, »by commaundement of the right Honourable the Earle of Oxenforde«, Thomas Bedingfields *Cardanus Comfort*, die Übersetzung von *De Consolatione*, einem Werk des italienischen Mathematikers, Dichters und Philosophen Girolamo Castellione Cardano, das 1542 in Venedig erschienen war. Oxford, der offenbar zur Veröffentlichung gedrängt und diese finanziert hatte, steuerte eine Vorrede und ein Gedicht bei, das er überschrieb:

The Earl of Oxford to the Reader of Bedingfield's »Cardanus Comfort«

The labouring man that tills the fertile soil,
And reaps the harvest fruit hath not indeed
The gain, but pain; but if for all his toil

He gets the straw, the lord will have the seed. [...]
So he that takes the pain to pen the book
Reaps not the gifts of goodly golden muse;
But those gain that, who on the work shall look
And from the sour the sweet by skill doth choose.
For he that beats the bush the bird not gets,
But who sits still and holdeth fast the nets.[197]

(Der Bauer, der die fruchtbare Erde pflügt,
Und die Ernte einbringt, hat in der Tat nicht
Gewinn, sondern Müh; wenn er für all die Plage
Das Stroh bekommt, behält der Herr die Saat. [...]
So erntet der, der sich mit Bücherschreiben müht,
Niemals der goldnen göttlichen Muse Gaben;
Nein, jene ernten, wenn das Werk vollendet,
Die mit Geschick daraus das beste wählen.
Der auf den Busch schlägt, fängt den Vogel nicht,
Nein, jener, der die Netze spannt und wartet still.)

Diese Verse, deren vordergründiges, für das Zeitalter wenig typisches Thema von einem Rezensenten des *New Oxford Book of Sixteenth Century Verse* als »Brechtian« bezeichnet wurde, lassen auf den zweiten Blick jene Obsession erkennen, die Shakespeare bis zuletzt plagen sollte: daß die Früchte seiner literarischen Arbeit ein anderer, Unwürdiger zu ernten drohte, daß der Ruhm, auf den er wie jeder Künstler hoffte, ihm aus Gründen des Standesethos verwehrt war, jener *noblesse oblige*, von der Castigliones *Cortegiano* handelt. Obwohl *The Posies of George Gascoigne* beschlagnahmt worden waren, galt doch Gascoigne nun als der Verfasser von de Veres Versen, und zu dieser Enttäuschung sollten sich andere gesellen.

In Oxfords Vorrede zu *Cardanus* finden sich bereits zahlreiche Parallelen zu Shakespeares Sprachgebrauch; zwei seien erwähnt: Den ersten Gebrauch von »persuade« im Sinne von »to commend to adoption (empfehlen)« schreibt das *Oxford Universal Dictionary* Shakespeare zu; hier in der Vorrede heißt es: »nothing doth persuade me the same [die zuvor angeführten Ideale] more than philosophy«; desgleichen wird der figurative Gebrauch von »murder« vom Wörterbuch als Shakespeares Erfindung angeführt: »what follows more she murders with a kiss«, »murder thy breath in the middle of a word«[198]; hier schreibt Oxford, daß er, hätte er Bedingfields Manuskript nicht beachtet, den »unpardonable error to have murdered the same« begangen hätte.

1573 sieht nicht nur hochgeistige Betätigung des Dreiundzwanzigjährigen. Im Mai schreiben zwei ehemalige Bedienstete des Grafen an Burghley und beschuldigen Oxford und drei seiner Leute, sie hätten ihnen auf der Landstraße von Gravesend nach Rochester aufgelauert und Kugeln auf sie abgefeuert, woraufhin sie auf ihre Pferde gesprungen und gen London geflohen seien.[199] Die Episode ist aus dem ersten Teil von *Heinrich IV.* bekannt, wo Prince Hal, Falstaff und drei andere Kumpane in die Sache verwickelt sind. In dessen Vorläufer, *The Famous Victories*, ist nicht nur der Ort der Handlung, Gad's Hill, beibehalten, sondern auch der Zeitpunkt, der Mai des vierzehnten Regierungsjahres, im Stück des Königs Heinrich, in der Wirklichkeit der Königin Elizabeth.

Oxfords Streben, endlich den Kontinent bereisen zu dürfen, scheiterte zunächst am Veto der Königin, die ihn nicht ziehen lassen wollte, seine Stimmung ist der Bertrams in *Ende gut, alles gut* vergleichbar: »I am commanded here and kept a coil with –/›Too young‹, and ›The next year‹, and ›Tis too early‹.«[200]

Die Ungeduld wuchs, und wie Bertram sagt »By heaven, I'll steal away«, so riß auch de Vere der Geduldsfaden und er aus. Mitte 1574 finden wir ihn in den Niederlanden. Die Königin schickte Thomas Bedingfield, um ihn zurückzuholen, und am 27. Juli war er wieder daheim. Genaueres ist darüber nicht bekannt.

Es scheint, daß um diese Zeit sein Bedürfnis, seine Tage bei Hofe zuzubringen oder zu vertun, erheblich abnahm und daß er die Gesellschaft seiner »lewd friends« (vulgären Freunde), wie Burghley die Literaten und Theaterleute bezeichnete, vorzog. Möglicherweise schrieb er um diese Zeit, für eine Aufführung bei Hofe, das anonyme Stück *The Famous Victories of Henry the Fift*, zwanzig Jahre später gedruckt und als Vorläufer der Henry IV/V-Dramen betrachtet. Die *Famous Victories* benützen als Vorlage die Chroniken von Hall (erschienen 1548), während die späteren »echten« Shakespeare-Stücke sich hauptsächlich auf jene von Holinshed stützen, deren erste Ausgabe 1578 erschien.

Die Zumutung, »daß Eur Gnaden/daheim ihn seine Jugend läßt verbringen;/Da mancher, der geringer ist als Ihr,/Den Sohn auf Reisen schickt, sich auszuzeichnen«, und die Befürchtung, »Er würd es einst im Alter noch beklagen,/Hätt er die Welt als Jüngling nicht gesehn«[201], erledigten sich mit dem Jahr 1575. Am 7. Januar hieß es »On toward Calais, ho!« Oxford und Begleitung, bestehend aus zwei Gentlemen, zwei Pferdeknechten, einem Zahlmeister, einem Boten, einem Quartiermeister, einem Küchenmeister sowie anderen Gentlemen, die Stücke des Wegs mit ihm gemeinsam reisten, erreichten etwa zu Anfang Februar Paris. Er wurde von König Heinrich III. empfangen und lernte Henri de Navarre kennen, den späteren Heinrich IV. von Frankreich, von dem es einen Brief an Oxford von 1595 gibt, in dem er sich bei diesem für »gute Dienste« bedankt. Die Bartholomäusnacht, das Massaker an den Protestanten von 1572, war in frischer Erinnerung, und wir können uns vorstellen, daß dessen katholische Drahtzieherin Katharina von Medici, aus Anschauung oder Erzählungen, jenen Eindruck machte, der sich später in der Figur der Lady Macbeth verdichten sollte.

In Paris erreichte de Vere die Nachricht, daß seine Frau schwanger war. In einem Brief an Burghley (Briefe an Anne sind nicht erhalten) gibt er seiner Freude Ausdruck; auf den Vorschlag, die Reisepläne zu ändern und nach Hause zu kommen, antwortet er jedoch: »Doch dies zum Anlaß zur Rückkehr zu nehmen, liegt gar nicht in meiner Absicht; denn da es nun Gott gefallen hat, mir einen eigenen Sohn zu schenken (was ich hoffe), so denke ich, daß ich nun bessere Ursache zum Reisen habe, denn was immer mir zustößt, ich hinterlasse jemanden, um Pflicht und Dienst zu leisten, sei es meinem Prinzen oder meinem Lande.«[202]

De Vere tat es Petruchio in der *Widerspenstigen* gleich: »Father and wife, and gentlemen;/ I will to Venice.« Die Reise führte nach Straßburg, wo er mit dem Humanisten Johannes Sturm (Sturmius) zusammentraf, dem Gründer des Straßburger Gymnasiums und einem einflußreichen Pädagogen der Zeit. Am 26. April ging es weiter, vermutlich über Augsburg, Innsbruck und den Brennerpaß ins gelobte Land Italien (dies war die Route, die Montaigne fünf Jahre später wählen würde). Gewiß hielten sich die Reisenden nicht länger als nötig im Gebirge auf, um »the frozen ridges of the Alps« zu bewundern, die »far-off mountains turned into clouds«, doch verstreute Residuen dieser Art in Shakespeares Texten lassen vermuten, daß die von allen Reisenden bis herauf zu Heinrich Heine als so hinderlich empfundene Barriere auf dem Weg nach Süden einen gewissen Eindruck nicht verfehlte. – Endlich waren sie da.

> Tranio, du weißt, wie mich der heiße Wunsch,
> Padua zu sehn, der Künste schöne Wiege,
> In die fruchtbare Lombardei geführt,
> Des herrlichen Italiens lust'gen Garten; [...]
> Laß uns, hier angelangt, mit Glück beginnen
> Die Bahn des Lernens und geistreichen Wissens.

Weiter ging es nach Genua, dann zurück über Verona nach Venedig. Dort ist ein »Fieber« zu überstehen; man stellt sich vor, daß die Sommerhitze der Poebene dem englischen Reisenden zugesetzt hat. Er schreibt an Burghley: »Eure Lordschaft scheint begierig zu wissen, wie mir Italien gefällt, was meine Reiseabsichten sind und wann ich zurückzukehren gedenke. Was mein Gefallen an Italien betrifft, mein Herr, bin ich froh, es gesehen zu haben, und es kümmert mich nicht, ob ich es je wieder sehen werde, es sei denn, um meinem Prinzen und Land zu dienen. Was die Weiterreise angeht, so bin ich begierig, mehr von Deutschland zu sehen, weswegen ich Eure Lordschaft ersuche, zusammen mit meinem Lord von Leicester, mir die Reiseerlaubnis auf den nächsten Sommer zu verlängern, an dessen Ende ich zweifelsohne zurückzukehren gedenke. Ich dachte auch Spanien zu besuchen, aber auf Italien hin befürchte ich das schlimmste. [...] Wenn mir diese Krankheit nicht zugestoßen wäre, die mir den größten Teil der Reisezeit geraubt hat, hätte ich nicht um weiteren Urlaub angesucht, doch zweifle ich nicht, daß ihre Majestät mir diese kleine Gunst gewähren wird. Aus Gründen der hohen Kosten, die die Krankheit und die Reise verursacht haben, habe ich bei Master Baptisto Nigrone 500 Kronen aufgenommen, welche ich Eure Lordschaft ersuche ihm zurückzuzahlen, indem ich hoffe, daß das Geld, das aus dem Verkauf meiner Ländereien erlöst wurde, inzwischen hereingekommen ist.«[203]

Rosalinde in *Wie es euch gefällt* wird zu Jaques sagen: »Ein Reisender! Meiner Treu, Ihr habt große Ursache, betrübt zu sein; ich fürchte, Ihr habt Eure eignen Länder verkauft, um andrer Leute ihre zu sehn. Viel gesehn haben und nichts besitzen, das kommt auf reiche Augen und arme Hände hinaus.«[204] Und Jaques wird antworten: »Nun, ich habe Erfahrung gewonnen.«

Zu den überraschenden Koinzidenzen gehören Namen wie der des Vaters der widerspenstigen Katharina, Baptista Minola. Die zwei italienischen Bankiers, mit denen de Vere auf seiner Italienreise 1575/76 zu tun hatte, hießen Baptisto Nigrone und Pasquino Spinola. (Für die Entdeckung *einer* solchen Querverbindung zur Shakspere-Historie würde mancher Stratfordianer gewiß ein halbes Pfund von seinem Herzen dahingeben.)

Im Dezember kam de Vere nach Florenz. Daheim in England spitzte sich seine finanzielle Lage weiter zu. An Lord Burghley, der mit der Verwaltung der oxfordschen Güter und Finanzen betraut war, schrieb er: »Mein Herr, [...] dieweil ich annehme, daß der Umfang meiner Schulden und die Gier meiner Gläubiger Eurer Lordschaft so schimpflich und beschwerlich wird, soll nun der Verkauf jener Ländereien in Cornwall, die ich dafür bestimmt habe, durchgeführt werden in Einklang mit meiner ersten Anordnung betreffend die Ausgaben für diese Reise. Und um das Geschrei meiner Gläubiger – ich möchte es eher Verleumdungen nennen – zu beenden, wünsche ich, daß Eure Lordschaft kraft dieses Briefes [...] jene Teile von meinem Land verkauft, die dafür am geeignetsten erscheinen [...] Indem Sie dies tun, werden mir Eure Lordschaft große Freude machen, indem Sie es nicht tun, werden Sie mich ebensosehr behindern; denn obwohl, was den Verkauf von Ländereien betrifft, Eure Lordschaft mir zum Gegenteil geraten hat, [...] so sehen Sie doch, daß ich keine anderen Mittel habe, ich habe keine Hilfe als meine eigenen Mittel, und das meinige ist dazu da, mir selbst zu nützen.«[205]

Nicht nur die unangenehme Lage, in der sich unser Held befindet, hat ihr Echo in *Timon von Athen* (dessen Inhaltsangabe ohnedies wie eine Kurzbiographie Oxfords, vor allem unter dem finanziellen Gesichtspunkt, klingt), auch der Wortlaut jenes Briefes von 1575: »I must serve my turn/Out of mine own./[...]/Immediate are my needs, and my relief/Must not be toss'd and turn'd to me in words/But find supply immediately.« (Man drängt mich selbst, und ich muß sie beschwicht'gen/Aus meinen Mitteln./[...]/Ich brauch es augenblicks, und was mich rettet/Muß nicht unsichre schwanke Rede sein,/Nur schleunigste Befried'gung.)[206]

Trotz solcher Tribulationen ist er entschlossen, die Reise fortzusetzen, man hat den Eindruck: wild entschlossen – »the which thing in no wise I desire your Lordship to hinder«. Die Einschätzung seiner Chancen, daß die Gunst der Königin sich in Hinkunft auch auf greifbarere Ehren, Ämter und Gelder erstrecken möge, auf »advancement«, wie es in *Hamlet* heißt, bleibt realistisch, das heißt gering. »Daß ich entschlossen wäre, auf etwas zu hoffen, kann ich nicht sagen; aber wenn irgend etwas sich wider alle Hoffnung ergibt, so denke ich, daß ich dann so alt sein werde, daß mein Sohn den Dank abstatten muß; und ich werde mich wohl bescheiden müssen, gemäß dem englischen Sprichwort, daß es mein Los ist, zu hungern, während das Gras wächst.«[207]

Hamlet wird sich im gleichen Kontext dieses Sprichworts entsinnen, als Rosenkranz ihm von »Beförderung« spricht, die er beizeiten erfahren werde: »Ja, Herr, aber ›derweil das Gras wächst‹ – das Sprichwort ist ein wenig altbacken.«[208]

Die Widrigkeiten ballten sich in der fernen Heimat; man hat ausgerechnet, daß Oxford in 15 Monaten die stolze Summe von £ 4 561 aufgebraucht und Burghley daheim die Forderungen von über hundert zornigen Geschäftsleuten zu erfüllen hatte.[209] Die Reise war erlebnisreich und blieb ein tiefer Eindruck; darauf deuten der Umfang, der Stellenwert und die atmosphärische Stimmigkeit des »Italienischen« bei Shakespeare hin. Das italienische Theater, die Commedia dell'arte, konnte vor Ort studiert und eingesogen werden.

In einem 1699 in Neapel erschienenen Buch über dramatische Kunst wird im Teil über das Stegreiftheater die Tirade einer Standardfigur, des redefreudigen Doktors Graziano aus Bologna, wiedergegeben, der von einem Turnier schwadroniert, an dem auch »Elmond, milord of Oxford« teilnimmt und gegen Alvida, die Gräfin von »Edenburg«, antritt: Sie werfen einander gleichzeitig aus dem Sattel und landen zum Gaudium aller mit dem Gesicht im Dreck … Es paßt nicht schlecht zu dem Charakter, den wir aus diesen verstreuten Brocken zusammenzufügen versuchen, daß Oxford sich nicht nur als großer Sportsmann aufspielt, sondern auch gute Miene macht, wenn er selber zum Objekt des Gaudiums wird, ein Gaudium, das der Epoche und der Kunstform gemäß eher derb genannt werden kann.

Der Graf hatte Turniere gewonnen, würde noch 1584 eines gewinnen und war, wie Hamlet, auf seine Fechtkunst mächtig stolz; und wie der englische Offizier Edward Webbe in seinen 1590 erschienen Memoiren beschreibt, forderte Oxford in Palermo, also Ende 1575 oder Anfang 1576, »jedermann« zum rituellen Zweikampf heraus. Wunschgegner dürfte der Star jener Zeit gewesen sein, Don Juan d'Austria, der nicht nur in der Seeschlacht von Lepanto die Türken besiegt, sondern auch 1574 ein Turnier in Piacenza gewonnen hatte. Er ignorierte offenbar de Veres Herausforderung; seinen Auftritt als Schurke bekam er dennoch: als Juan in *Viel Lärm um nichts*.

Am 3. Januar war de Vere in Siena, im März in Lyon, Ende März wieder zurück in Paris. Unterwegs könnte er das Schloß Roussillon bei Tournon besucht haben, einen der Schauplätze von *Ende gut, alles gut*, »four or five moves« (Tagesetappen) von Marseille entfernt und damals bewohnt von einer Gräfin von Roussillon und ihrer Tochter Hélène de Tournon, die der Heldin des Stücks zumindest den Namen gegeben haben dürfte. Hélène de Tournon, hören wir, sei 1577 »aus Liebe zu einem jungen Edelmann tragisch verstorben«[210].

Die Stimmung bei der Ankunft in Paris war bestens; das würde sich bald ändern. Glaubt man Burghleys kurze Zeit später niedergeschriebenen Notizen, so begab sich am 4. April, was allen Beteiligten auf Jahre hinaus das Leben vergällen sollte. »Bei der Abreise keine Unfreundlichkeit von seiner Seite bekannt. Sie [Anne] vertraute ihm an, daß sie glaube, schwanger zu sein, worauf er sagte, er freue sich darüber. Als er in Paris die Bestätigung erfuhr, sandte er ihr sein Porträt mit freundlichen Briefen und Botschaften. Er sandte ihr zwei Kutschpferde. Als er erfuhr, daß sie entbunden hatte, übermittelte er Dank in seinen Briefen an mich. Er ließ niemals das geringste Mißfallen erkennen bis zum 4. April in Paris, von wo er etwa schrieb, daß er durch einen seiner Männer, seinen Zahlmeister, eine Unfreundlichkeit erfahren habe, aber er bat mich, es gehen zu lassen, denn es werde durch die Doppelzüngigkeit der Diener aufgebauscht.«[211]

Der »Zahlmeister« war ein gewisser Rowland Yorke, der den Grafen während der letzten Monate begleitet hatte. So Burghley. Nicht nur, daß er in den eigenen Aufzeichnungen die Sache halb im Dunkel beläßt (für die Nachwelt?), auch ist uns dank seiner Methode selektiven Archivierens verwehrt, etwa Annes Version zu erfahren oder die Oxfords. Was immer Yorke ihm genau erzählt haben mag – de Vere brach in aller Eile nach England auf. Zu allem Überfluß ereilte ihn bei der Kanalüberquerung das gleiche Geschick wie Hamlet. Das Schiff wurde von Piraten gekapert und er seiner irdischen Habseligkeiten entkleidet – mit dem Leben kam er nur davon, weil einer der Räuber, ein Schotte, ihn angeblich erkannte. So mißlich endete die Grand Tour des Grafen von Oxford; und mißlich war das weitere.

In London wußte man, daß der Graf außer sich war – wie ihn besänftigen, wie ihn nicht noch weiter in Rage bringen? Der Burghley-Junior Thomas Cecil wurde nach Dover geschickt, und Anne machte sich zusammen mit ihrer Schwägerin Mary de Vere gleichfalls auf den Weg. Oxford aber weigerte sich, irgendwen aus der Familie überhaupt zu sprechen, und schrieb auf einen weiteren Vermittlungsversuch Burghleys: »So viel muß ich Eurer Lordschaft zu verstehen geben: daß ich nämlich nicht gewillt bin, mich bei meiner Gattin einzufinden, so lange ich mich nicht besser über gewisse Mißliebigkeiten zufriedenstellen und aufklären kann. Was diese sind – denn von einigen darf man nicht als von Mängeln reden oder schreiben – damit will ich mich hier nicht befassen. Einige, die außerdem mein Mißvergnügen erregten, will ich nicht hinausposaunen und öffentlich machen, bis es mir gefällt. Und schließlich gedenke ich mein Leben nicht länger mit solchen Scherereien und Belästigungen aufzureiben, wie ich sie erduldet habe; noch werde ich, nur um Eurer Lordschaft gefällig zu sein, mich selber unzufrieden machen. Wenn Sie also meinen [...], [Anne] mit meiner Zustimmung in Ihr Haus aufzunehmen, so stellt mich das sehr zufrieden; denn dort, als Ihre Tochter und die ihrer Mutter, mehr als meine Gattin, mögen Sie an ihr Gefallen finden; ich werde dadurch meiner Sorge ledig und von mancherlei Kummer befreit. [...] Dieses hätte durch persönliche Übereinkunft schon früher geregelt werden können, und hätte nicht zum Klatsch der ganzen Welt werden müssen, wenn Sie die Geduld gehabt hätten, sich mit mir ins Einvernehmen zu setzen; doch weiß ich nicht durch wen, oder auf wessen Rat hin dieser Weg so gegen meinen Willen eingeschlagen wurde, daß sie für alle Welt entehrt wurde und Verdächtigungen lautgeworden sind, die durch persönliche Besprechung in aller Stille beigelegt hätten werden können, und mir weiterer Grund zum Mißvergnügen gegeben wurde.«

Der Brief, der diesem eisig-wütenden auf dem Fuße folgte, überlebt dank Burghleys Umsicht wieder nur in dessen Zusammenfassung. Oxford habe Burghley beschuldigt, ihn nicht mit genügend Geld ausgestattet zu haben; seine Gefolgsleute schlecht behandelt zu haben; mit Fleiß den Unwillen der Königin gegen ihn geschürt zu haben. Lady Burghley wird beschuldigt, sie habe ihn tot gewünscht; sie habe die Zuneigung seiner Gattin zu ihm untergraben; sie habe ihn verleumdet.[212]

Was Lady Oxford (»die sittsame Frau, das tugendhafte Weib, das ehrbare Gemüt, das den eifersüchtigen Narren zum Manne hat«[213]) betrifft, schreibt Burghley, Oxford »gedenke nichts von den Ursachen seines Mißvergnügens zu entdecken« und »bis er nicht besser unterrichtet sei, gedenke er sie nicht zu besuchen.«

Schwer zu sagen, was tatsächlich geschehen war. Klar scheint, daß Ende März 1576, als Oxford in Paris eintraf, London bereits von Gerüchten schwirrte: Oxford sei nicht der Vater seiner kleinen Tochter. Rowland Yorke hatte ihm das in Paris hinterbracht und heftigste Zweifel an Annes Treue geweckt. Der Hauptschurke war offenbar der Oxford-Cousin Lord Henry Howard, der ein Interesse daran hatte, einen Keil zwischen die Protestanten, deren Exponent Burghley war, und den katholischen oder katholikenfreundlichen Oxford zu treiben. Howard scheint ganz allgemein ein außergewöhnlicher Intrigant gewesen zu sein, ein Erzeuger von Ungemach wie Iago oder der Sejanus aus Ben Jonsons Stück, an dem, so Jonson, ursprünglich »a worthier pen«, »so happy a Genius« mitgeschrieben hatte.[214]

Auf einer anderen Ebene kam Oxford die Trennung von Frau und Familie entgegen. Die lange Reise und die damit verbundene innere Distanzierung mochte es ihm erleichtert haben, den Bruch mit seinem Leben am Hofe und den daran geknüpften Hoffnungen ins Auge zu fassen und sich entschiedener der verbotenen Leidenschaft, der Literatur, hinzugeben.

Der Skandal bot willkommenen Anlaß, sich aus der treusorgenden Umklammerung durch den Schwiegervater zu befreien, als dessen williges Werkzeug er Anne auch gesehen haben muß, »your daughter or her mother's more than my wife«.

Die Ehe mit Anne Cecil, wohl zunächst gegen Burghleys Willen durchgesetzt, war fast von Anfang an ein Mißerfolg. Wenn wir uns hier an die Desdemona aus *Othello* und die Ophelia aus *Hamlet* halten, zwei der am offensten autobiographischen Stücke, so war sie ein sanfter, unterwürfiger Mensch, der zwischen den zwei egomanen Gegenspielern de Vere und Burghley zerrieben wurde, und bei aller anfänglichen Liebe war wohl die intellektuelle Differenz zwischen beiden so groß, wie ihre Erwartungen an die Ehe verschieden waren. »Mehr ihrer Mutter Tochter denn meine Gattin«, so wurde sie schließlich auch begraben, in der Westminster Abbey neben der Mutter, beide Gestalten auf dem Grabmal in derselben Haltung verewigt.

In einem Drama nach dem anderen würde Oxford/Shakespeare sich an dem Schuldgefühl abarbeiten, das ihn nicht mehr losließ. Er hatte, alles in allem, seine Frau schändlich behandelt und stand nicht an, dies durch Othello und Hamlet, *entre autres*, der Welt eingestehen zu lassen – oder in der Posse der *Lustigen Weiber*, wo der krankhaft und grundlos eifersüchtige Ehemann, kaum verhüllt, »Ford« heißt.[215] Am niederschmetterndsten, am wahrhaftigsten tritt uns die Paranoia der Eifersucht in *Othello* entgegen.

Um 1576 waren die paar Dutzend Gedichte, die wir unter de Veres Namen kennen, geschrieben, und sieben davon, mit E. O. signiert, in der Anthologie *The Paradyse of Daintie Devises* (1576) veröffentlicht. In fünf von seinen Gedichten finden wir dieselbe Strophenform wie in *Venus und Adonis*, und auch sonst lassen sich genug shakespearesche Anklänge finden, seien es die obligatorischen Lerchen und Morgenröten, die ungezähmten Falken, die Rosen und Lilien (für die Gesichtsfarbe der Angebeteten) oder das Personal: »When Phoebus from the bed/Of Thetis doth arise...«[216]

Das erste Londoner Theater, The Theatre, wurde 1576 in Shoreditch fertiggestellt, gefolgt von The Curtain, und damit begann, wohl unmerklich, die gloriose Epoche der englischen Bühnengeschichte. Nicht undenkbar, daß Oxford von Anfang an eng mit dieser Geschichte verbunden war. Die »offizielle« Funktion dieser Theater war es – und damit konnten sie vorderhand gegen die hartnäckigen Angriffe der Puritaner verteidigt werden –, den Schauspieltruppen bessere Gelegenheit zu bieten, ihre Stücke zu proben, bevor sie sie bei Hofe aufführten.

Im Archiv dieser Court Revels finden sich für die Zeit um 1580 die Titel der aufgeführten Stücke, und darunter sind etwa zehn, die mehr oder weniger deutlich auf früheste Fassungen von Shakespeare-Stücken hinweisen: etwa »*The historie of Error*, shown at Hampton Court on New Year's Day at night [1577], enacted by the Children of St.Paul's«. Auch die Form, in der uns das Stück überliefert ist, *The Comedy of Errors*, wird ja als ein eher früher, grober Shakespeare angesehen. Schon J. T. Looney war die Verwandtschaft zwischen einem Vierzeiler aus der *Comedy*:

> She is so hot because the meat is cold;
> The meat is cold because you come not home;
> You come not home because you have no stomach;
> You have no stomach, having broke your fast.

und den Zeilen aus einem Gedicht de Veres aufgefallen:

> What plague is greater than the grief of mind?
> The grief of mind that eats in every vein;
> In every vein that leaves such clots behind;
> Such clots behind as bred such bitter pain ...[217]

Andere hießen *The Historie of the Solitarie Knight* (Timon von Athen) oder *The historye of Titus and Gisippus* (Titus Andronicus).[218]

Am Hof konkurrierten zwei Gruppen von Dichtern, die eine um Sir Philip Sidney, die andere um Edward de Vere, wobei es nicht nur um Literatur, sondern auch um politische und religiöse Differenzen ging, die sich unter anderem an Elizabeths Heiratsplänen, um diese Zeit mit dem französischen Prinzen François d'Alençon, entzündeten. Oxford und der Earl of Sussex waren für die Heirat, Sidney und sein Beschützer Leicester dagegen, weshalb sie vorübergehend in königliche Ungnade fielen. Mehr als Ungnade widerfuhr dem bürgerlichen Pamphletisten John Stubbs, der sich in einer Flugschrift gegen die französische Partie aussprach und dem dafür der Henker die rechte Hand abschlug, worauf er den blutigen Stumpf schwenkte, »Lang lebe die Königin!« rief und in Ohnmacht fiel. Soviel zur Meinungsfreiheit, der sich der einfache Untertan Elizabeths erfreute. De Veres theatralischer Kommentar zu dieser Heiratssache war *Cymbeline* in der Form von *An history of the cruelties of a Stepmother*, aufgeführt im Schloß zu Richmond am 28. Dezember 1578.

Im selben Jahr wurde de Vere in einer Ansprache an die Königin von Gabriel Harvey, Fellow am Trinity College in Cambridge, tüchtig gelobt: »Mars wird Dir gehorchen, Hermes wird Dein Bote sein, Pallas, die ihren Schild mit dem Schaft ihres Speers schlägt, wird Dir ihre Aufwartung machen. Seit langer Zeit hat Phoebus Apollo Deinen Geist in den Künsten unterwiesen. Die englischen Versmaße hast Du lange genug gesungen. Laß jenen höfischen Brief, geschliffener als selbst Castigliones eigene Schriften, davon Zeugnis ablegen, wie sehr Du Dich in der Literatur hervortust. Ich habe viele Deiner lateinischen Verse gesehen, ja, und es gibt noch mehr englische; Nicht allein die Musen Frankreichs und Italiens hast du in tiefen Zügen eingesogen [...] O Du Held, würdig des Ruhmes, wirf die unbedeutende Feder weg, wirf die blutleeren Bücher weg, und Schriften, die keinem nützlichen Zwecke dienen; nun ist es Zeit, daß das Schwert ins Spiel kommt. [...] Deine Augen blitzen Feuer, Du hast das Auftreten des Speereschwingers [thy countenance shakes spears]; wer würde nicht schwören, daß Achilles wieder auf die Welt gekommen ist?«[219]

Gerühmt also als Dichter – und Krieger. Der Krieger, so der unsoldatische Büchermensch Harvey, sei nun das wichtigere, da die fremden Mächte wieder einmal gegen England rüsteten. Das Bild, in dem beide Funktionen zusammenfinden, ist, wie möchte es anders sein, Pallas Athene, die Speerschwingerin, Shake-spear, das spätere Pseudonym, das die Spannung zwischen Kunst und militärisch-politischer Führungsaufgabe umschreibt. Hamlets unentschiedenes Schwanken zwischen Tat und Denken klingt hier an.

Die Königin versagte ihm weiter die militärische Karriere, etwas, das ihn noch lange nicht loslassen sollte, war er doch nach Vorfahren und Qualifikation und vor allem nach eigener Einbildung der geborene Heerführer, und größeres. Es blieb ihm schließlich nichts, als seinen Parallel- oder Wunschfiguren wie Prince Hal, dem nachmaligen fünften Heinrich, das Feuer der unerfüllten Wünsche einzuhauchen. Eine Facette der Shakespeareschen »Energie« ist diese Fähigkeit, das patriotische Hochgefühl Englands in Dramen und ihren Helden zu bündeln. Die Wallungen, die ein *Henry V* im englischen Gemüt bis heute auszulösen vermag, sind dem kontinentalen (selbst dem anglophilen) Zuschauer, trotz Laurence Oliviers und jetzt Kenneth Branaghs hinreißender Regie- und Schauspielleistung, nur beschränkt zugänglich. Es behindert nicht gerade die Interpretation, anzunehmen, der Autor habe seine Identifikation mit »dem König« so weit getrieben, weil sich selber mit einigem Recht als König imaginieren konnte.

Der Königin mochte es wichtiger scheinen, ihn dem keimenden Massenmedium Theater als Macher und Schreiber zu erhalten. Ebenfalls 1578 schenkte sie ihm »in consideration of the good, true and faithful service [...] as for divers other causes and considerations moving Us by Our special grace« die Erträge aus dem Manor of Rysing, etwa £ 250 im Jahr. Der »service« wird nicht spezifiziert, genausowenig wie bei den £ 1000 aus dem Jahr 1586. Von seinen zeremoniellen Pflichten abgesehen hatte de Vere kein öffentliches Amt inne; die einzigen Gelder, die auf diese Weise vergeben wurden, waren solche für den

Geheimdienst und Vergleichbares. Die Königin pflegte kein Geld ohne Grund zu verschenken, und persönliche Zuneigung war kein Grund, im Gegenteil: Gar mancher treue Diener dieser Herrin ruinierte sich finanziell in ihren Diensten, so ihr langjähriger Günstling Leicester, dessen Besitz sie nach seinem Tod verkaufen ließ, um seine Schulden ihr gegenüber hereinzubringen, oder der Secretary of State Sir Francis Walsingham, der Begründer und faktische Leiter des Geheimdienstes.[220] Was man von Oxford weiß: Er leitete in den 1580er Jahren eine Schauspieltruppe, Oxford's Men, die 1602 nochmals auftauchen, und vieles spricht dafür, daß er dazwischen, also in den für das Theater entscheidenden Jahren nach 1590, die Chamberlain's Men leitete, jene berühmteste der damaligen Truppen, die Shakespeares Stücke spielte.

Offiziell war der Lord Chamberlain of the Household deren Patron; der erste in Frage stehende, Henry Carey, Lord Hunsdon, verbrachte in seiner Eigenschaft als Master of the East Marches Toward Scotland und Governor of Berwick die meiste Zeit bis zu seinem Tod 1596 im Norden; sein Leben bestand aus einer langen Reihe militärischer und politischer Ämter, die Literatur interessierte ihn nicht; George Carey, der zweite Lord Hunsdon, der nach einem kurzen Intermezzo im März 1596 Lord Chamberlain wurde, protestierte im selben Jahr gegen Pläne von James Burbage, ein neues Theater in Blackfriars zu eröffnen. So standen die Chamberlain's Men während ihrer Glanzzeit unter dem offiziellen Schutz von Leuten, die sich für das Theater nicht nur nicht interessierten, sondern aufgrund ihrer puritanischen Sympathien eher als dessen Gegner einzustufen waren. Deshalb und aufgrund einer Reihe anderer Indizien scheint die Vermutung nicht abwegig, der eigentliche Patron der Chamberlain's Men sei Edward de Vere gewesen, dessen offizieller Titel Lord Great Chamberlain häufig zu Lord Chamberlain verkürzt wurde und nicht vom anderen zu unterscheiden war. Robert Armin, der zu dieser Zeit die komischen Hauptrollen bei den Chamberlain's spielte, schrieb 1600, er fahre nach Hackney, um dem »right Honourable good Lord my

Master whom I serve« seine Aufwartung zu machen. Dieser (wieder einmal ungenannt bleibende) Master konnte nur der Graf von Oxford sein.

Die weitere Vermutung liegt nahe, daß Elizabeth den Nutzen, den Oxfords »private« Leidenschaft für das Reich, für die Erhaltung ihrer Herrschaft haben konnte, genau erfaßte und die Entwicklung des elisabethanischen Theaters auf einer finanziellen Basis erfolgte, die die Namensgeberin der Epoche selbst gelegt hatte.

An dieser Stelle wollen wir zwei Hypothesen einfügen, die helfen könnten, das Ausmaß an Vernebelung und Geheimhaltung in der Geschichte von Oxford/Shakespeare zu erklären: Einerseits war sein Ressort, eine Art Propagandaabteilung, dem Geheimdienst Sir Francis Walsinghams benachbart. Die Schauspieltruppen waren als Instrument der Meinungsbildung unterwegs im Lande, ebenso unauffällig konnten sie bei ihren Reisen die Stimmung draußen erfragen und gewünschte Informationen in die Hauptstadt zurückbringen. Der zweite Aspekt liegt wiederum in der ökonomischen Seite der Sache: Daß Oxford als Shakespeare dichtete, wäre, vor allem postum, noch keine Ursache für diese weitläufige und komplizierte Vertuschungsaktion gewesen; daß er aber ganz konkret (wenn er es denn tat) sich mit der Geschäftsführung eines kommerziellen Unternehmens, wie es die Chamberlain's Men ohne Zweifel waren, herumschlug, war seiner und seiner Familie so vollkommen unwürdig, wie wir es uns heute eben kaum noch vorstellen können.

Ende der siebziger Jahre wagte de Vere ein finanzielles Abenteuer, das ihm so wenig Glück bringen sollte wie Antonio das seine im *Kaufmann von Venedig*. Er investierte £ 3 000 in Martin Frobishers Expedition, der ersten von dreien, die eine Nordwestpassage nach »Cathay« (also China) finden sollte. Bei Antonio sind es 3 000 Dukaten, und bei beiden ist das Ergebnis – ein finanzielles Desaster. Mit von der Partie in diesem Konsortium waren der Geograph Richard Hakluyt und de Veres alter Bekannter John Dee, eine der schillerndsten Figuren der Epoche, Astrologe, Mathematiker, wohl auch Spiritist und Spion, doch die Begeisterung für derartige Pläne teilten neben Elizabeth selbst die Lords Sussex, Leicester, Burghley, Walsingham und Philip Sidney. Sie alle investierten in die Company of Cathay, die Frobishers zweite Fahrt finanzierte. Angeblich war Silbererz gefunden worden und sollte aus Amerika herangeschafft und in England aufbereitet werden. Da Francis Drakes Raubzüge seinen Investoren riesige Gewinne gebracht hatten, mag man sich ausmalen, daß de Vere sich endlich den Lotteriegewinn versprach, der ihn der lebenslangen Geldnöte mit einem Schlage ledig gemacht hätte. Aber weit gefehlt. Am Ende war das Silbererz kein Erz, die Gesellschaft verlor £ 20 000, der vermutliche Obergangster Michael Lok (sly Lok/Shylock?) wurde eingekerkert, und die £ 250 jährlich aus dem Manor of Rysing mußten Oxford ein ähnliches Gefühl der Erleichterung und Dankbarkeit gegenüber Elizabeth verschafft haben, wie Antonio im *Kaufmann* es gegenüber Portia empfindet.

Neue Aufregung, weitere Wirrnis brachte um 1580 eine, nein: die Liebesaffäre, mit Anne Vavasour, einer Hofdame Elizabeths. Nach erhaltenen Porträts und Beschreibungen erkennt man in ihr unschwer die geheimnisvolle »dark lady« der Sonette und die Rosaline aus der *Verlorenen Liebesmüh*:

Therefore my mistress' brows are raven black,
Her eyes so suited, and they mourners seem
At such who, not born fair, no beauty lack,
Sland'ring creation with a false esteem. [...]
Then will I swear beauty herself is black
And all they foul that thy complexion lack.[221]

(Drum ist so rabenschwarz der Herrin Haar,
Ihr Auge auch, von Trauer, scheints, verzehrt,
Weil, wer unschön geborn, nicht schönheitsbar
Die Schöpfung mit gefälschtem Schein entehrt. [...]
Dann schwör ich gern: die Schöne selbst ist schwarz;
Was andre Farb' empfing, grundhäßlich ward's.)

Anne Vavasour gebar ihm ein Kind, das Edward Vere getauft wurde, die Königin war wütend und ließ den Vater vorübergehend in den Tower sperren, was ihm Gelegenheit gab, auch diesen Schauplatz einiger schauriger Shakespeare-Szenen persönlich kennenzulernen und aus der Perspektive des Häftlings zu studieren. Die junge Mutter wurde an denselben Ort verbracht. »Her Majesty is greatly grieved with the accident«, schreibt Sir Walsingham in einem Brief. Nach zweieinhalb Monaten wurde Oxford in den Hausarrest entlassen und konnte nicht umhin, mit ungedämpftem Optimismus gleich in eine weitere erfolglose Frobisher-Expedition zu investieren, »worse luck for the ever-sanguine Oxford«.[222]

Mit Anne Cecil bahnte sich, unter anderem durch einen herzzerreißend unterwürfigen Brief von ihrer Seite, eine Versöhnung an, doch nahte schon die nächste Kalamität, und zwar mit der Familie Anne Vavasours. »Mein Lord von Oxford focht mit Master Knyvet wegen des Streits um Bessie Babisar [Anne Vavasour], und wurde verwundet, was den Lord Treasurer um so mehr grämte, als der Graf seit Weihnacht wieder mit seiner Frau zusammenlebte«, heißt es in einem zeitgenössischen Tagebuch.[223] In einem an Anthony Bacon geschriebenen Brief lesen wir, daß »es eine Rauferei zwischen dem Lord von Oxford und Master Knyvet vom Staatsrat gegeben hat, die beide verwundet sind, doch der Lord von Oxford schwerer«.[224]

Die Szenen, die sich zwischen den »followers« de Veres und Knyvets in Londons Straßen abspielten, erinnern stark an jene zwischen den Montagues und Capulets. Erst wurden zwei Leute Oxfords erschlagen, danach einer aus dem Gefolge Knyvets.

Im Leben würde es Knyvet noch weit bringen, bis zum Baron; in *Romeo und Julia* behielt natürlich Oxford als Romeo die Oberhand in seinem Duell mit Knyvet/Tybalt. Wieder einmal nützt der Autor die Literatur, das letzte Wort zu haben und einiges von dem gutzumachen und in seinem Sinne neu zu ordnen, was im widrigen Leben so schrecklich schiefgegangen ist. Ein durchaus menschlicher Zug. In der Wirklichkeit ging es weniger romantisch zu. Oxfords Wunde aus dem Zweikampf, »not so deep as a well, nor so wide as a church door«, bescherte ihm ein bleibendes Leiden, »mine infirmity«, von dem auch in Shakespeares Sonetten die Rede ist, und jene Häupter des Staates, Elizabeth, Burghley und die Familie Cecil, Leicester und die Familie Dudley und manch andere, die, unvorteilhaft oder nicht, ihre Auftritte bei Shakespeare bekamen, waren in einem einig: daß die Identität des Autors nie, niemals bekannt werden durfte, weil sonst die seiner Figuren ebenfalls offen daläge.

Ann Vasavour, »The Dark Lady«

8 Dissoluteness in Plays

Die 1580er Jahre: John Lyly und *Euphues*, die ersten
Schauspieltruppen und Children's Companies

Am 25. September 1579 wurde John Lylys *Euphues and his England* ins Stationers' Register eingetragen; die Fortsetzung zu dem ein Jahr früher erschienenen *Euphues: the Anatomy of Wit*. Der Held dieser zwei höchst erfolgreichen »Romane« gab jener literarischen Bewegung den Namen, an deren Spitze als Mäzen und Autor Edward de Vere stand: der »Euphuismus« ist als blumig-metaphorische Stilrichtung der letzten Jahre vor Shakespeares Auftritt in die Literaturgeschichte eingegangen, und John Lyly mit seinen neun in den 1580er Jahren geschriebenen Komödien als unmittelbarer Vorläufer Shakespeares.

Lyly lebte etwa von 1577 an im Savoy, einem Gebäude in London, das bedürftige Studenten und Schriftsteller beherbergte. Er verdankte dieses »Stipendium« offiziell Lord Burghley. Dessen Schwiegersohn widmete er den zweiten *Euphues*-Band, und dieser Widmung entnehmen wir, daß von »den zwei Kindern«, die er in die Welt gesetzt habe, er von dem ersten »entbunden« worden sei, »before my friends thought me conceived«, also bevor seine Freunde ihm überhaupt zutrauten, ein Buch zu schreiben, und daß er den Kleinen »zu einem Edelmann zum Stillen geschickt habe, der ihn mit großer Liebe ein Jahr lang aufzog, so daß, wo immer es ihn hin verschlägt, er dessen Namen auf der Stirn trägt«.[225] Gabriel Harvey erinnerte Lyly später an »deinen früheren Umgang im Savoy, als der junge Euphues die Eier ausbrütete, die seine älteren Freunde gelegt hatten«.

Nun war Lyly in den Jahren vor 1590 Oxfords Sekretär und Manager der Children of St. Paul's (auch Oxford's Boys genannt), und der gehässige Harvey nannte ihn »sometimes the fiddlestick of Oxford«, womit die Universitätsstadt gemeint war, vielleicht aber auch der Einfluß, den der Graf auf ihn und sein Schreiben genommen habe. Zur selben Zeit war Lyly für die Revels, die Aufführungen bei Hof, als »her Majesty's servant« tätig, ohne aber offiziell angestellt zu sein. Daraus kann man schließen, daß seine Arbeit für Oxford und jene für die Königin sich wenigstens teilweise deckten und daß die Bezahlung dafür aus dem Budget der £ 1 000 kam, für die Oxford keine Rechenschaft ablegen mußte.

Nicht nur zwischen Oxford und Lyly gibt es zahlreiche Verbindungen, sondern auch zwischen Lyly und Shakespeare. Ohne Lylys Einfluß, so die Literaturgeschichte, sei Shakespeare kaum denkbar. »Zunächst verdankt er ihm sehr viel für das Beispiel des Umgangs zwischen verfeinerten und wohlgeborenen Personen, der sich durch Leichtigkeit, Anmut und Natürlichkeit auszeichnet; insbesondere des Umgangs zwischen Frauen und der frivolen und foppenden Behandlung, welche Frauen ihren Liebhabern angedeihen lassen. Als Teil davon steht er [bei Lyly] in der Schuld für das Beispiel eines Prosa-Dialogs, der entweder frisch und witzig ist oder mit Gelehrsamkeit und Phantasie ausgeschmückt«, schreibt R. W. Bond in seiner Einleitung zur Lyly-Werkausgabe von 1902.[226] Nicht zuletzt habe er Shakespeare mit dem beeinflußt, was das Beste und Bleibende an seinem Werk sei: die in die Stücke eingestreuten Liedtexte. Wenn man die folgenden zwei vergleicht, so gewinnt man tatsächlich den Eindruck, es habe sich weniger um einen Einfluß als um eine Symbiose gehandelt:

> Pinch him, fairies, mutually;
> Pinch him for his villainy.
> Pinch him, and burn him, and turn him about,
> Till candles and starlight and moonshine be out.

> Pinch, pinch him, black and blue,
> Saucy mortals must not view
> What the Queen of Stars is doing,
> Not pry into our fairy wooing.
> Pinch him blue
> And pinch him black,
> Let him not lack

Sharp nails to pinch him blue and red
Till sleep has rocked his addle head.[227]

Die zuerst zitierte Strophe ist aus den *Lustigen Weibern*, die zweite aus Lylys *Endymion*. Hat Shakespeare wieder einmal »abgeschrieben«? Nun, Lylys Stücke waren zwar zu seinen (und Shakespeares) Lebzeiten gedruckt worden – aber in diesen Quartos fehlen ausgerechnet die Liedtexte, die erst in die von Edward Blount 1632 besorgte Gesamtausgabe aufgenommen wurden.[228] Shakespeare müßte erneut »das Manuskript gesehen« haben.

Im Lichte dessen, was schon gesagt ist, war es wohl eher so: Lyly, ein unbeschriebenes Blatt, entfaltete seine Begabung ab dem Zeitpunkt, wo er in den Kreis um Oxford eintrat, und wurde von diesem, wie einige andere auch, mit Rat und Tat gefördert; Oxford steuerte die »lyrics« zu den Komödien bei. Mit Lylys Ausscheiden aus Oxfords Diensten um 1591 endet auch seine dramatische Produktion; bis zu seinem Tod 1606 schrieb er nichts mehr dergleichen. Wir stellen ähnlich wie bei Arthur Golding eine zumindest stark belebende Wirkung fest, die Oxford im Literarischen auf seine Umgebung ausübt und die sich stilistisch in einem Naheverhältnis zu dem kommenden Stern Shakespeare manifestiert.

Anfang 1580 hatte de Vere die Schauspieltruppe des Earl of Warwick übernommen. Lord Burghley empfahl dem Vice Chancellor der Universität Oxford »my Lord Oxford his players, that they might show their cunning in certain plays already practised by them before the Queen's Majesty«. Jener lehnte den Antrag zwar ab, denn »die Pest ist noch nicht vorüber«, und es sei gerade »Semesterbeginn, der eher fleißiges Studieren erfordert als Liederlichkeit in Theaterstücken«. Dies zeigt, daß Burghley trotz gewiß kühler Beziehungen zu Oxford das meinungsbildende Potential des Theaters erkannt hatte und sich dafür einsetzte.

Oxfords endgültiger Bruch mit der alten Religion und der römischen Kirche fällt in das gleiche Jahr 1580. Einiges deutet

darauf hin, daß er auch auf Distanz zur anglikanischen Staatskirche blieb, also »Gott vergaß«, wie später Elizabeth, mutmaß-
lich in bezug auf den Autor von *Richard II*, sagen würde. Aufgrund von Informationen, die wohl sein »Agent« und Gefolgsmann, der Schriftsteller Anthony Munday (»Hand S« im *Tho-
mas-More*-Manuskript) vom Kontinent mitgebracht hatte,
beschuldigte Oxford seine alten Freunde (und teils Verwandten) Henry Howard, Charles Arundel und Francis Southwell,
an einer katholischen Verschwörung zum Sturz der Königin
beteiligt zu sein. Es folgte eine Flut von Verdächtigungen und
wechselseitigen Verleumdungen, ein wahrer Schurkenroman
auf höchster sozialer Ebene. Zunächst war de Vere in Ungnade
gefallen, einige Zeit später erwiesen sich seine Behauptungen
als begründet, das Blatt, wie es an solchen Stellen heißt, wen-
dete sich. Die Verleumdungen gegen ihn, von Howard und
Arundel zu ihrer Verteidigung schriftlich niedergelegt, wurden
allerdings zum Quell des sehr schlechten Rufs, den der Graf
fürderhin bei Historikern (und seit Looneys unautorisiertem
Vorstoß auch bei Anglisten) haben sollte.[229]

1582 widmete Thomas Watson, der für lateinische Lyrik
bekannt war, seinen englisch geschriebenen hundertteiligen
Gedichtzyklus *Hekatompathia* dem Grafen von Oxford. Zwi-
schen den beiden Dichtern (und Shakespeare) gibt es kuriose
Überschneidungen. Der Teil eines Oxford-Gedichts aus den
Hundreth Sundrie Flowres erscheint leicht verändert in Wat-
sons postum erschienenem Band *Tears of Fancy* (1593), ebenso
Oxfords *Who taught thee first to sigh, alas, my heart*. Die Zeile
Don Pedros in *Viel Lärm um nichts* »In time the savage bull
doth bear the yoke« ist ein Zitat aus der *Hekatompathia* – und
findet sich gleichfalls in jenem nahen Verwandten des
(Ur-)*Hamlet*, der *Spanish Tragedy* (zirka 1587), die vermutlich
von Thomas Kyd stammt, der wiederum um 1587 in de Veres
Haushalt auftaucht und von der Literaturgeschichte nahe bei
Lyly angesiedelt wird.[230]

Ein »W. C.« schreibt 1595 in einer Marginalie zu einem Lob
für Spenser und Daniel: »All praiseworthy. Lucrecia Sweet

Shakspeare. [...] Wanton Adonis. Watsons heyre [Erbe].«[231] Eine Randbemerkung, über die man nur spekulieren kann. Jedenfalls ist Thomas Watson wie Lyly ein Bindeglied zwischen de Vere und Shakespeare. Ein weiteres ist die älteste erhaltene handschriftliche Fassung eines (dort anonymen) Shakespeare-Gedichts, übrigens die einzige aus dem 16. Jahrhundert. Es handelt sich um die Nummer 19 aus der unautorisierten Sammlung *The Passionate Pilgrim*, 1599 von William Jaggard herausgebracht. Der kleine Band von der Hand einer Anne Cornwallis stammt aus der Zeit um 1590, und darin finden sich neben dem Gedicht von Shakespeare solche von Philip Sidney und, wie könnte es anders sein, von Edward de Vere und dessen Geliebter Anne Vavasour. William Cornwallis, der Vater von Anne Cornwallis, war ein Verwandter Oxfords und hatte diesem 1589 ein Haus in London abgekauft.

Die verschiedenen Schauspieltruppen scheinen oft umgebildet und wieder aufgelöst worden zu sein, vielleicht wechselten manchmal auch bloß die Bezeichnungen, möglicherweise auch der »Ehrenschutz« durch einen der Lords – Verordnungen schrieben vor, daß jede Truppe unter der Patronage eines Mitglieds des Privy Council, des geheimen Staatsrats, zu stehen hatte, was vermutlich eine gewisse Form der obrigkeitlichen Überwachung, auch Verantwortlichkeit für ordentliches Betragen etwa auf Reisen beinhaltete, aber nicht notwendig ein Engagement in künstlerischen Belangen. Da Oxford allerdings als Dramatiker tätig war, liegt es nahe anzunehmen, daß in seinem Fall, wie auch später bei den Grafen von Derby, es sich um eine intensivere Art von Engagement gehandelt haben muß. Oxfords Name taucht im Zusammenhang mit mehreren Ensembles auf: Oxford's Boys, Oxford's Men, Oxford's Tumblers, Queen's Men (die später zu Chamberlain's Men und unter James zu King's Men werden), Worcester's and Oxford's Men, Children of St. Paul's, Children of the Chapel (unter Lyly und Evans). Einige Male etwa werden die Queen's Men auch als Dutton's Men verzeichnet; und Lawrence Dutton stand um 1580 in Oxfords Diensten. Wenn man also annimmt, daß es abgesehen von der formellen Zugehörigkeit eine informelle Seite der Angelegenheit gab, die faktische Zusammensetzung und Führung der Ensembles betreffend, so findet man auf dieser informellen Ebene an allen Ecken und Enden die Namen Oxford, Lord Strange und Earl of Derby. Man tut gut daran, beim Versuch, die Struktur und Entwicklung der Ensembles zu rekonstruieren, eine allzu moderne Sichtweise abzulegen. Wenn die Schauspieltruppen auch in wirtschaftlicher Hinsicht autonom waren, so unterstanden sie andererseits doch dem königlichen Haushalt; wenn etwa 1594 aus den Queen's Men die Chamberlain's Men wurden, so bedeutete das nicht, daß hier aus einer bestehenden »Aktiengesellschaft« eine neue wurde, sondern wohl eher, daß die Königin einerseits weniger direkt mit dem Ensemble in Verbindung gebracht werden wollte, weil bedeutende Kräfte in London (aus politisch-moralischen und auch hygienischen Gründen) dem Theater ablehnend gegenüberstanden; andererseits wollte man auf das Theater als Element der Meinungsbildung nicht verzichten.

Wichtig waren neben den Queen's, Admiral's, Oxford's und Leicester's Men jene Kinder-, das heißt Knabentruppen, von denen es in *Hamlet* heißt, daß sie in der Stadt Furore machen und den Erwachsenen das Geschäft ruinieren. 1583 pachtete Oxford das Blackfriars-Theater, wo die Knaben unter Lylys Leitung spielten (bevor man sich unter das gestrenge Auge der Königin wagte). Man führte Lylys *Campaspe* und *Sapho and Phao* ebenso auf wie ein anonymes Stück namens *Agamemnon and Ulysses*, wohl eine frühe Fassung von *Troilus and Cressida*.

Auf dem Theater begann das in Italien Gesäte prächtig aufzugehen; im Privat- und Geschäftsleben ließ Erfreuliches wie gewohnt auf sich warten. Das Schiff Edward Bonaventure, das de Vere zu einer »Expedition« wider die Spanier beigesteuert hatte, kehrte leer zurück. Anne und Edward nahmen das eheliche Leben endgültig wieder auf. Am 9. Mai 1583 wurde ins Kirchenregister von Schloß Hedingham ein Begräbnis eingetragen: »The Earl of Oxenford's first son.« 1584 kam die Tochter

Bridget zur Welt, 1587 Susan. Im selben Jahr starb die Tochter Frances und im Jahr darauf Anne Cecil selbst.

In einem Brief an Burghley vom 30. Oktober 1584 verwahrt sich de Vere gegen Bevormundung. »But I pray, my Lord, leave that course, for I mean not to be your ward nor your child. I serve my majesty, and I am that I am ...« – Ich bin, der ich bin. So spricht zunächst Gott zu Moses, in der Version der Geneva Bible. Die Formulierung muß de Vere gefallen haben; sie kehrt wörtlich in Sonett 121 wieder; Richard III. ruft aus »I am I«, und die verkleidete Viola in *Twelfth Night* sagt: »I am not what I am«. Dasselbe sagt schließlich Iago zu Rodrigo.[232]

Edward de Vere kommandierte 1588 seine Edward Bonaventure im Kampf gegen die spanische Armada. Wie schon einige Jahre zuvor in den Niederlanden wurde ihm zwar das ersehnte Oberkommando verwehrt, doch konnte er für einmal die Vorstellungswelt seines Ritterromans mit frischen Erfahrungen ausstaffieren.

Die Gruppe von Autoren, die in Verbindung mit ihm standen, umfaßte neben Lyly, Kyd und Munday auch Robert Greene, Angel Day (der von de Vere sagt, er sei von Kindheit »sacred to the Muses«), Thomas Nashe und möglicherweise Christopher Marlowe, dessen *Tamburlaine* 1587 aufgeführt wurde und der möglicherweise der Autor des anonymen *Arden of Feversham* ist, einer Überarbeitung des (wieder möglicherweise) von de Vere stammenden *Murderous Michael* von 1579.

1586 erhält de Vere aus der königlichen Kasse ein Jahresgehalt von £ 1000. Mehr bekam nur der Master of the Posts, der das gesamte Postwesen des Landes damit unterhalten mußte. Der Verwendungszweck für die £ 1000 ist nicht spezifiziert, was wie gesagt sonst nur bei Geheimdienstlichem üblich war. Im selben Jahr nennt William Webbe ihn »most excellent« unter den Hofdichtern. Gegen Ende der 1580er Jahre verschwindet Oxford, der angeblich zehn Jahre zuvor das Dichten aufgegeben hatte, ebenso angeblich auch aus dem Theaterbetrieb. Edmund Spenser schreibt in den *Teares of the Muses* (1590 erschienen):

But that same gentle spirit, from whose pen
Large streams of honey and sweet nectar flow,
Scorning the boldness of such base-born men,
Which dare their follies forth so rashly throw;
Doth rather choose to sit in idle cell,
Than so himself to mockery to sell.[233]

(Doch jener edle Geist, aus dessen Feder
Ströme von Honig und süßem Nektar fließen,
Verachtend die Keckheit jener von niedriger Geburt,
Die sich so frech mit Narretein nach vorne drängen;
Er ziehts in müßiger Zelle zu sitzen vor
Als sich an Gaukeleien zu verkaufen.)

Und in dem Maß, wie Edward de Vere scheinbar aus der Literatur verschwindet, betritt, aus der tiefen Finsternis seiner »lost years« kommend, das Phantom William Shakespeare die Szene.

My Name Be Buried Where My Body Is
Der Strohmann.
Eine Hypothese, oder die bessere Theorie

In dem Maß, wie sich seine Bedeutung als Theaterautor und -macher abzeichnete, geriet Oxford in die Zerreißprobe zwischen den Zeitaltern. Er war nicht nur zeitweise Favorit der Königin gewesen, sondern auch Premier Earl of England, saß als solcher schließlich ab 1603 im Privy Council; dazu war er Schwiegersohn jenes Mannes, der über ein halbes Jahrhundert lang der engste Berater der Königin war (während rings um ihn die Köpfe rollten, buchstäblich und auf diese ungemütlich hautnahe Weise wie in Shakespeares Königsdramen).[234]

Dieser Earl schreibt Stücke, die, bei Hofe aufgeführt, aufgrund ihrer Fülle von Anspielungen auf reale Personen und Vorkommnisse ein Maß an Gelächter, Getuschel, kurz: Amüsement hervorrufen, das auch nur andeutungsweise hervorzurufen sich ein bürgerlicher Zeitgenosse ganz einfach nicht hätte leisten können – oder nur einmal. Es war ausdrücklich verboten, lebende Persönlichkeiten auf der Bühne darzustellen. Daß Polonius in *Hamlet* eine unverhüllte und nicht durchwegs freundliche Darstellung Burghleys selbst sein dürfte, darin stimmten auch die Stratfordians meist überein – solange von Burghleys Schwiegersohn in diesem Kontext noch keine Rede gewesen war. In heutigen Editionen fehlen meist Hinweise auf Lord Burghley ebenso wie auf die anderen realen Vorbilder für Shakespeare-Figuren.[235]

Des weiteren ist unser Dichter ein Mensch der Renaissance, Zeitgenosse (und Leser) Montaignes, unverwechselbares, kreatives, sterbliches Individuum und an der neuen, der irdischen Form von Unsterblichkeit orientiert: also an der Autorschaft in unserem modernen Sinn, deren eindeutiges Signalement auf den Titelseiten, der bürgerliche Name, für die weniger hochwohlgeborenen Kollegen immer selbstverständlicher wird. Nicht aber für ihn. Er wird nicht nur vom eigenen Ehrenkodex, sondern von »Familie und Vorgesetzten« dazu angehalten, das Inkognito zu wahren. Seine Rolle als Theatermacher wird, nehmen wir an, als geheime Haupt- und Staatssache behandelt.

Nehmen wir weiter an, daß bis auf kleine Cliquen bei Hof und in der Literatur- und Theaterszene, die wußten, wieso sie den Mund hielten, niemand den Verfasser der Stücke kannte, die mit anhaltendem Erfolg gespielt wurden und zunehmend auch gedruckt kursierten – also die »anonymen Vorläufer« wie *The Famous Victories of Henry the Fift* oder *The True Chronicle History of King Leir* und die ebenfalls zunächst anonymen »richtigen« Shakespeare-Stücke wie *2 Henry VI* und *Titus Andronicus* (1594). Mit dem Wachsen ihrer Popularität wuchs die Notwendigkeit, den Verdacht vom Edelmann auf jemanden abzulenken, der die Rolle des Strohmanns überzeugend spielen würde.

Um 1590 trieb sich ein junger Mann aus Warwickshire an Londons Theatern herum, den der Graf, der in der Nähe von Stratford einen Ansitz besaß und dessen Truppe dort gespielt hatte, persönlich gekannt haben könnte.[236] Der gute Mann erfüllte die Voraussetzungen ideal. Er würde sich, mit genügend Geld ausgestattet, wieder brav nach Stratford zurückziehen und dort seinen Geschäften nachgehen. Er würde sich hüten, etwa durch eigene literarische Arbeiten die Aufmerksamkeit auf sich zu ziehen, was wegen des unausweichlich gravierenden Qualitätsgefälles zu dem, den er verkörpern sollte, allzu heftiges Gelächter hervorgerufen hätte. Ein sprechender Name, der dem seinen zum Verwechseln ähnlich war, tauchte in der Folgezeit immer häufiger in Verbindung mit den bis dahin anonymen poetischen und dramatischen Produktionen auf, zuerst in aller Deutlichkeit bei den Verserzählungen *Venus and Adonis* (»the first heir of my invention«[237], 1593) und *The Rape of Lucrece* (1594), beide mit Widmungen an Henry Wriothesley, 3rd Earl of Southampton, zu eben dieser Zeit Oxfords Schwiegersohn in spe.

1598 – im selben Jahr war Lord Burghley gestorben – veröffentlichte Francis Meres seine *Palladis Tamia*, worin William Shakespeare als der hervorragendste Dramatiker seiner Zeit bezeichnet wird und als Beleg dafür sechs Komödien und sechs Tragödien angeführt werden. Damit war die offizielle Lesart festgelegt. Eben da begannen Will Shakspers Geschäfte in Stratford zu florieren. Zur selben Zeit, kann man annehmen, hatte Edward de Vere sich mit der Trennung zwischen seinem Werk und seinem Namen abgefunden und begann mit der Überarbeitung des über fast drei Jahrzehnte gewachsenen (und dementsprechend heterogenen) Textkorpus sowie mit der gezielten Veröffentlichung autorisierter Fassungen, sozusagen mit einer Ausgabe letzter Hand. Daß ihn der Tod mit 54 Jahren mitten aus dieser Arbeit riß, steht sinngemäß in der *Folio*-Vorrede.

Der Autor, der von seiner Position innerhalb der Weltliteratur eine realistische Auffassung hegte, (»So long as men can breathe, or eyes can see,/So long lives this, and this gives life to thee.« Sonett 18) kommt immer wieder auf sein Dilemma zu sprechen.[238]

> O for my sake do you with Fortune chide,
> The guilty goddess of my harmful deeds,
> That did not better for my life provide
> Than public means with public manners breeds.
> Thence comes it that my name receives a brand,
> And almost thence my nature is subdu'd
> To what it works in, like the dyer's hand.
>
> (O, mir zuliebe sei Fortunen gram,
> Der schuldigen Göttin meiner üblen Schritte,
> Von der die nichts Besseres ich mitbekam
> Als Pöbelgeld, verdient durch Pöbelsitte.
> So trägt mein Nam' ein Zeichen eingebrannt,
> Und fast herabgezerrt wird so mein Wesen
> Zu meinem Wirken, wie des Färbers Hand.)

My name be buried where my body is
And live no more to shame nor me nor you.
For I am sham'd by that which I bring forth,
And so should you, to love things nothing worth.

(So sei mein Name mit mir selbst zu Ende
Und seine Schande schmerz uns länger nicht:
Denn mir bringt Schmach das Los, das mir beschert;
Dir, daß du liebst, was ohne Nutz und Wert.)[239]

In den Stücken erhält das Versteckspiel eine weniger depres-
sive Note, sondern gibt vielmehr Anlaß zu zweckfreiem Jux.
Über Romeo heißt es an einer Stelle:

> *Benvolio.* Here comes Romeo, here comes Romeo
> *Mercutio.* Without his roe, like a dried herring.[240]

Da das Wortspiel, das hier beabsichtigt ist, für Kommentatoren
gewöhnlich undurchsichtig bleibt, möchte ich Ogburns Lesart
vorschlagen: Romeo ohne (die erste Silbe) »roe« ergibt »meo«,
also »Me, O(xford)«. Auf die Verliebtheit in Wortspiele, Rätsel,
linguistische Versteckspiele aller Art, die für die ganze Epoche
charakteristisch ist, wurde bereits hingewiesen.[241]

Man beachte auch die erste (»Rahmen«-)Szene aus *Der
Widerspenstigen Zähmung* mit dem betrunkenen Proleten William Sly, dem vorgespielt wird, er sei jetzt ein Lord; oder den
sonderbar unverbunden und unverständlich gegen Ende von
Wie es euch gefällt eingefügten Auftritt eines weiteren Bauern-
tölpels namens William. Touchstone sagt zu diesem William,
der eben erst die Szene betreten hat: »For it is a figure in rheto-
ric, that drink, being pour'd out of a cup into a glass, by filling
the one doth empty the other; for all your writers do consent
that *ipse* is he. Now, you are not *ipse*, for I am he.« (Denn es ist
eine Figur in der Redekunst, daß das Getränk, wenn es aus
einem Becher in ein Glas geschüttet wird, eines leer macht,
indem es das andere anfüllt; denn alle unsere Schriftsteller
geben zu: *ipse* ist ›er‹; Ihr seid aber nicht *ipse*, denn ich bin ›er‹!)

Wenn man nicht annimmt, daß Touchstone, eines der Oxford-Selbstporträts, hier zu William über die bewußte Frage spricht, ist der Stelle kaum Sinn abzugewinnen. Auch der auf eine Weise gelehrige, aber doch doofe Schüler in den *Lustigen Weibern* heißt William. Er zeigt in dem kurzen Auftritt, den er hat, tatsächlich »small Latin and less Greek«. Ein anderer William begegnet uns in *2 Henry IV.* Davy sagt zu Richter Shallow, »I beseech you, Sir, to countenance William Visor of Woncot ... « (Ich bitte Euch, Herr, Wilhelm Visor von Woncot [...] zu unterstützen.) Shallow sagt, »There is many complaints, Davy, against that Visor. That Visor is an arrant knave, on my knowledge.« (Gegen den Visor kommen viele Klagen ein, David; der Visor ist ein ausgemachter Schelm, soviel ich weiß.)[242] Nun erinnert »Woncot« an »Marian Hacket, the fat ale-wife of Wincot« aus der *Widerspenstigen*, und dieses an Wilmcote, wo Will Shaksperes Mutter Mary Arden herkam. Wenn man dazu bedenkt, daß »visor« auch »Visier« bedeutet, weist diese dramaturgisch überflüssige Szene ebenfalls auf ein Versteckspiel hin.

Man möge bedenken, wie selten und aus welchen Gründen Schriftsteller einer Figur ihren eigenen Namen geben. Und andersherum: aus wieviel weniger triftigem Grund, als sie der Graf von Oxford hatte, im Lauf der Literaturgeschichte Pseudonyme gewählt wurden und bis heute werden.

Über Fulke Greville heißt es: Er »behielt seine Arbeiten bei sich und überarbeitete und erweiterte sie im Lauf der Jahre immer wieder, vielleicht bis zu seinem Tode [...] Jedes Werk besteht demgemäß aus einer Anzahl von Schichten, und es ist heute unmöglich, diese klar auseinanderzuhalten und zu datieren.«[243] Dies dürfte die für adlige Autoren, die auf eine seriöse Publikation bei Lebzeiten kaum hoffen konnten, typische Arbeitsweise gewesen sein. Die vorhandenen Dokumente lassen darauf schließen, daß de Vere, soweit es die Bedingungen erlaubten, sich allerdings darum bemühte, selber eine Ausgabe seiner Werke zustandezubringen.

Seit 1594, als Richard Danter *Titus Andronicus* herausbrachte, tobte, was Alfred W. Pollard »Shakespeare's fight with the pirates« genannt hat und was unverständlich bleibt, wenn man nicht annimmt, daß der Autor gezwungen war, im Schatten zu bleiben. Und wie schon festgestellt, gab es vom Standesethos des Adels abgesehen keine solchen Gründe. »Leute, von denen man wußte, daß sie vom Schreiben lebten, scheinen in der Tat sehr wenig unter Piraterie gelitten zu haben«, schreibt Pollard, und: »Piraterie betraf hauptsächlich das Werk toter Autoren oder von Personen, denen ihr Rang verbot, Geld für ihre Manuskripte in Empfang zu nehmen.«[244] Pollard erklärt nicht explizit, warum dies so war. Bei Max Weber finden wir den Hinweis, daß Aristokraten, im Mittelalter wie schon in der Antike, sich zwar an kommerziellen Unternehmungen ohne Verlust von Ansehen beteiligen konnten, jedoch nicht als Händler oder Unternehmer im modernen Sinn.[245] Diese Grenze galt uneingeschränkt für jede Art von Gütern, seien es gedruckte Bücher oder Getreide.

So kam es also bei diesem Autor, der sich dagegen nicht wehren konnte, zu den »bad quartos«, den mehr oder weniger entstellten Ausgaben einzelner Stücke, die wahrscheinlich auf in Theaterkreisen kursierende frühere oder für Aufführungen gekürzte Fassungen zurückgehen. Für die sagenumwobenen Stenographen, die bei Aufführungen mitschrieben und die so gewonnenen Fassungen an Verleger verkauften, sind die Hinweise genauso dürftig wie für die Theorie von den abtrünnigen Schauspielern, die aus dem Gedächtnis die Stücke rekonstruierten, in denen sie mitgespielt hatten. Eine andere Hypothese, Shakespeare habe seine Stücke nicht in Druck geben wollen oder dürfen, weil das den Erfolg der Aufführungen beeinträchtigt hätte, steht auf ebenso wackligen Beinen wie jener Erklärungsversuch, den Chambers unternimmt[246]: Die Konkurrenz hätte sich der gedruckten Version bemächtigen und das Stück nachspielen können. Gerade unmittelbare Konkurrenten wie die Admiral's und die Chamberlain's Men konnten sich so etwas nicht erlauben, weil es ein Eingeständnis der Unterlegenheit bedeutet hätte.[247] Ein anderer Erklärungsversuch für die merkwürdige Veröffentlichungsgeschichte von Shakespeares

Dramen lautet: er selbst habe keine Verfügungsgewalt über die Texte gehabt; sie seien Eigentum der Schauspieltruppe gewesen und diese habe das »Copyright« innegehabt und nicht herausgerückt. Ein Copyright in unserem Sinn gab es aber nicht. Autoren, die auf das Geld angewiesen waren, verkauften ihre Stücke einerseits an ein Theater, andererseits an einen Verleger, der dann allerdings ein Recht auf den Text gegenüber den anderen Mitgliedern der Zunft geltend machen konnte, sobald der Titel in das Stationers' Register eingetragen war.[248] Der adlige Autor, der sich nicht völlig den zufälligen Wanderungen seiner Manuskripte aussetzen wollte, war darauf angewiesen, durch Mittelsmänner, die sein Vertrauen hatten, mit einem möglichst zuverlässigen Drucker zusammenzuarbeiten.

Zunächst dürfte die Strategie dahin gezielt haben, die Stücke ohne Verfassernamen zu drucken. Der Verleger, der in Zusammenhang mit dieser ersten Schicht von Veröffentlichungen auftaucht, ist Andrew Wise. Von neun Publikationen, die unter seinem Namen erfolgten, sind fünf Shakespeare-Stücke: *Richard II* (eingetragen am 29. August 1597, gedruckt 1597, erneut 1598 mit dem Namen »Shake-speare«), *Richard III* (eingetragen am 20. Oktober 1597, gedruckt 1597, erneut 1598 mit dem Namen »Shake-speare«), *1 Henry IV* (eingetragen am 25. Februar 1598, gedruckt 1598, nochmals 1599 unter dem Namen »Shake-speare«). 1600 publizierte er noch *2 Henry IV* und *Much Ado About Nothing*; 1603 starb er oder schied sonstwie aus dem Geschäftsleben aus.

Ab 1598 erscheint also »Shake-speare« auf den Titelseiten, was einen Wechsel in der Strategie andeutet. (In diesem Jahr wurde der Name von Francis Meres »verlautbart«, wie wir gesehen haben.) *Love's Labour's Lost* erscheint 1598 unter »W. Shakespere«, *2 Henry IV* unter dem Namen Shakespeare.[249]

1598 betritt jener Drucker die Szene, auf den die größte Zahl »guter« Quartos zurückgeht: James Roberts. Daß ausgerechnet er sich darauf eingelassen hätte, gegen den Willen der Schauspieltruppe Raubdrucke von Stücken herzustellen, ist höchst unwahrscheinlich: Er hatte das Monopol auf den Druck von

Theaterplakaten (»bills«), ein einträgliches Geschäft, und war nicht darauf angewiesen, eines fragwürdigen Gewinns wegen sich mit seinen wichtigsten Geschäftspartnern zu überwerfen. Abgesehen davon druckte er nur sehr wenig. Roberts ließ am 22. Juli 1598 einen Titel in das Stationers' Register eintragen: »Entred for his copie unter the handes ob both the wardens, a booke of the Marchaunt of Venyce, Provided, that yt be not printed by the said James Robertes or anye other whatsoever without lycence first had from the Right honorable the Lord Chamberlain.« Es war nicht üblich, daß der Lord Chamberlain oder der Lord Great Chamberlain oder andere Mitglieder des Privy Council sich in die Bewilligungspraxis der Stationers' Company einschaltete; das war Sache der High Commission, an deren Spitze der Erzbischof von Canterbury und der Bischof von London standen. Nur in einem einzigen Fall taucht der Lord Chamberlain im Zusammenhang mit der Druckerlaubnis für ein Theaterstück in den Aufzeichnungen der Company auf, eben im Zusammenhang mit dem *Merchant of Venice.* Aufgrund der schon früher angestellten Erwägungen scheint es am plausibelsten anzunehmen, daß es sich hierbei um den Lord Great Chamberlain, Edward de Vere, handelt, und daß die Eintragung nicht mehr und nicht weniger besagte, als daß mit der Drucklegung zu warten sei, bis die definitive Fassung des Stückes vom Autor vorgelegt werde. Ähnlich dürfte es sich mit einer »bedingten« Druckerlaubnis von 1600 verhalten, die Roberts für vier Stücke der Chamberlain's Men erhielt: Ben Jonsons *Every Man in His Humour, Much Ado About Nothing, Henry V, As You Like It.* Über diese bedingte Genehmigung, die auf einem losen Blatt vermerkt worden war, ist viel spekuliert worden. Man sah hier einen möglichen Hinweis auf die Rolle der Schauspieler, die versucht hätten, die Drucklegung zu verhindern. Robert Detobels detaillierte Analyse[250] der vorhandenen Quellen scheint mir die Auffassung zu bestätigen, daß es sich um wenn auch dürftige Belege für einen zielstrebigen Versuch de Veres handelt, unter einem Dach, nämlich dem Roberts', eine korrekte und vollständige Edition seiner Werke zustandezubringen.

Alle Shakespeare-Stücke, die nicht als Raubdrucke erschienen, gingen zwischen 1598 und 1603 durch Roberts' Hände (mit der einzigen Ausnahme von *2 Henry IV*), und er druckte alle bis auf *2 Henry IV* und *Much Ado*. Die letzte Eintragung eines Shakespeare-Stückes ist die von *Troilus and Cressida*, 1603. Kurz darauf wurde de Vere ins Privy Council berufen und durfte annehmen, daß er von dort aus, wenn auch nicht von Amts wegen, genügend Einfluß auf die bischöflichen Zensoren, durch die die Genehmigung erfolgte, würde ausüben können.

Roberts, der in den Jahren 1593–1599 von den Theaterzetteln und Almanachen abgesehen etwa vierzig Werke gedruckt hatte, druckte 1600/01 nichts anderes mehr als Shakespeare, 1604 noch den *Hamlet*. Dann bricht die Reihe ab. Die Eintragungen ins Register geben ein ähnliches Bild. Sie enden 1603 mit *Troilus and Cressida*.

Daß de Vere um diese Zeit sehr beschäftigt ist, entnehmen wir einem Brief seines Neffen Robert Bertie, der ihm 1599 von einer Europareise schreibt, er habe nicht früher geschrieben, weil er nichts gefunden habe, das wichtig genug sei, »Sie von Ihren ernsthafteren Geschäften abzulenken«.[251] Im selben Jahr widmet ihm der Komponist John Farmer sein *Set of English Madrigals*; in der Zueignung wird de Vere als einer bezeichnet, der in der Musik die meisten Berufsmusiker übertreffe. Am 29. Dezember diniert die Königin privat »at my Ld Chamberlains«; der Briefschreiber, Dudley Carleton, hat sie im Blackfriars-Theater gesehen »with all her *candidae auditrices*«.

Die Verbindung zur Familie des Schwiegersohns Derby scheint um diese Zeit eng gewesen zu sein; Musik und Theater waren die gemeinsamen Interessen. Vom Earl of Derby schrieb ein Jesuit, er sei »ausschließlich damit beschäftigt, Komödien für die öffentlichen Theater zu schreiben«.

1602 ist erstmals wieder von einer eigenen Schauspieltruppe Oxfords die Rede, die mit der des Earl of Worcester vereinigt werden sollte. Sie bekamen Boar's Head als Spielort zugewiesen, »jenen Ort, den sie schon häufig benutzt haben und der ihnen der liebste ist«. 1603 starb die Königin. »I cannot but find great grief in myself to remember the Mistress which we have lost, under whom both you and myself from our greenest years have been in a manner brought up«, schreibt de Vere an Robert Cecil. Ein öffentliches Abschiedsgedicht gab es von ihm nicht, konnte es nicht geben, wenn auch aus anderen Gründen, als Visor-Sogliardo-Shakspere sie haben mußte. Im Sonett 107 gedenkt er ihrer: »The mortal moon hath her eclipse endured«; der sterbliche Mond hat sich verfinstert; und einige Zeilen später: »Death to me subscribes,/Since spite of him I'll live in this poor rhyme,/While he insults o'er dull and speechless tribes:/And thou in this shalt find thy monument,/When tyrants' crests and tombs of brass are spent.« (Nichts tut mir der Tod,/Da ich, trotz ihm, im Reime leben werd,/Der sprachlosdumpfen Masse nur er droht:/Und darin wird dein Monument bestehn,/Wenn Fürstenkron und ehern Grab vergehn.)[252]

Edward de Vere starb 1604, vermutlich an der Pest. Er hinterließ kein Testament; das Grabmal in Hackney hat sich nicht erhalten. 1604 erschien *Hamlet*, in jener zweiten Fassung, die wir heute kennen.

10 A Moniment, Without a Tomb
Das Nachleben wird organisiert

1616 starb William Shakspere, begütert, in Stratford-upon-Avon. Mit seinem Testament, worin von keinerlei literarischem Nachlaß die Rede ist, haben wir uns schon beschäftigt. Shakspere und Oxford wurden gleichermaßen und in für die Neugier der Nachgeborenen verheerendem Ausmaß Opfer des elisabethanischen Papierwolfs.

In Stratford wie in London fehlt immer wieder gerade das, was eindeutige Hinweise enthalten könnte. Es fehlen die meisten Briefe, die Edward de Vere geschrieben hat (außer einer Reihe großteils unpersönlich geschäftlicher an Lord Burghley) und praktisch alle, die de Vere erhalten haben muß. Dabei ist Burghleys Archiv sonst von überwältigender Vollständigkeit. Es fehlen die Bände der *Lord Chamberlain's Warrants*, die wertvolle Informationen über Stücke und Spieler von Shakespeares Truppe enthalten hätten, genau für die entscheidenden Jahre ebenso wie die Papiere des Theaterleiters und Schauspielers Burbage – womöglich hätten sie gezeigt, was für eine bedeutungslose Figur Shakspere als Schauspieler gewesen ist. In den Aufzeichnungen der maßgeblichen Theaterleute Philip Henslowe und Edward Alleyn wird ein Shakespeare oder Shakspere nirgends erwähnt, nicht als Autor, nicht als Schauspieler, nicht als Teilhaber.

Sieben Jahre nach Shaksperes Tod, neunzehn nach dem de Veres, erscheint die *Folio*, »Printed at the Charges of W. Jaggard, Ed. Blount, I. Smithweecke, and W. Aspley, 1623.« Die *Folio* war eine Oxfordsche Familienangelegenheit. »The most Noble and Incomparable Paire of Brethren, William Earle of Pembroke, &c. Lord Chamberlaine to the Kings most Excellent Majestie, and Philip Earle of Montgomery, &c. Gentlemen of his Majesties Bed-Chamber. Both Knights of the most Noble Order of the Garter, and our singular good Lords«, denen der Band gewidmet ist, hatten höchstwahrscheinlich nicht nur die

Kosten des Unternehmens getragen. Philip Herbert, Earl of Montgomery, hatte auch am 27. Dezember 1604 die jüngste Oxford-Tochter Susan geheiratet. Zu diesen Festtagen wurden bei Hof sieben Shakespeare-Stücke gespielt und drei von Ben Jonson. Der andere Bruder, William Herbert, Earl of Pembroke, war 1597 der damals dreizehnjährigen zweitältesten Oxford-Tochter Bridget versprochen worden, woraus allerdings nichts wurde. Er erreichte mit großer Beharrlichkeit schließlich 1615 das Amt des Lord Chamberlain of the Household, an dem ihm so viel zu liegen schien, daß er auch lukrativere Ämter ausschlug, jedenfalls so lange, bis die *Folio* unter Dach und Fach war. Als Lord Chamberlain stand er dem Revels Office vor und hatte Kontrolle über alle theatralischen Aktivitäten. 1623 erreichte er zudem, daß als Master of the Revels, der unmittelbar für die Bewilligung von Veröffentlichungen zuständig war, sein Verwandter Sir Henry Herbert eingesetzt wurde. Die Verbindung zwischen den Herberts und der Familie de Vere einerseits und Ben Jonson, dem Spiritus rector der *Folio*-Edition, waren eng. Jonson verbrachte viel Zeit im Haus der Pembrokes, und er erhielt von Pembroke eine jährliche Zuwendung von zwanzig Pfund, »um Bücher zu kaufen«. Ab 1616 erhielt Jonson £ 100 jährlich, einen Betrag, der 1621 verdoppelt wurde. Henry de Vere, Oxfords Sohn, schenkte ihm um 1620 eine dreibändige Plato-Gesamtausgabe in griechischer und lateinischer Sprache.

Die Nachlaßverwalter, also die Brüder Herbert und »Honest Ben« Jonson und möglicherweise der Shakspere-Nachbar und Patient von Doktor Hall, der Dichter Michael Drayton, haben im Vorspann zur *Folio* eine ebenso sorgfältige wie bei genauerem Hinsehen zweideutige Spur gelegt. Die mehr als geflügelten Worte vom »Swan of Avon« und »Stratford moniment« lenken die Aufmerksamkeit zunächst auf Stratford in Warwickshire. »Avon« kann sich aber ebenso auf einen Oxfordschen Ansitz beziehen, der weiter flußaufwärts lag (Bilton Hall bei Rugby), und zum anderen wohnte Edward de Vere ab 1594 in jenem Stratford-at-Bow, das heute ein Stadtteil von London ist. In dem Wort »moniment« liegt der Doppelsinn

»Denkmal« (monument) und »Archiv, Textkorpus« (muniment), was zusammen mit »without a tomb« – das Grab war doch gut sichtbar in Stratford vorhanden – auf gewissermaßen unkörperlichen Aggregatzustand des in Frage Stehenden verweist.[253]

Manche der Teile passen also in beide Puzzlespiele. Dazu gehört die vielzitierte Stelle aus Jonsons Lobgedicht aus der *Folio*:

> And though thou hadst small Latin, and less Greek,
> From thence to honour thee, I would not seek
> For names; but call forth thund'ring Aeschilus...
>
> (Obwohl du wenig Latein und weniger Griechisch
>   hattest,
> Würd ich, um dich zu ehren, nicht nach Namen suchen,
> Sondern den donnernden Aischylos rufen...)

Auf ihr basiert die Vorstellung von Shakespeares mangelnder Bildung (das »geniale Naturkind«). Dieses »though« heißt aber nicht nur »obwohl«, sondern auch »selbst wenn«, was den Sinn umdreht:[254] »Selbst wenn du nur wenig Latein und weniger Griechisch gehabt hättest...« (Aber natürlich hattest du, wie jeder, der Augen hat, sehen kann.) Der konjunktivische Anschluß mit »would« spricht für die zweite Bedeutung.

Das Porträt, das dem Band beigegeben wurde, beinhaltet eine solche Menge von Merkwürdigkeiten, daß auch Stratfordians sich selten so weit versteigen, es als authentisch im engeren Sinn zu bezeichnen. Da alle anderen Shakespeare-Porträts noch weniger authentisch sind, ist es dennoch das am häufigsten reproduzierte geblieben. Der Droeshout-Shakespeare, abgesehen davon, daß er irgendwie fischartig leblos und deswegen nicht geheuer wirkt, hat in seinem zu großen Kopf zwei rechte Augen und weist einen merkwürdigen weißen Strich im Dunkel der Halsschattierung auf, der von dem unwirklichen Ohr bis zum Kinn läuft und bildnerisch keinen Sinn ergibt, außer man interpretiert ihn als Rand einer Maske. Das Wams hat es in sich, oder besser: an sich. *Gentlemen's Tailor* stellte im Jahre 1911 fest, es sei »so merkwürdig dargestellt, daß die rechte Hälfte der Vorderseite offenkundig mit der linken Hälfte der Rückseite identisch ist, was der Gestalt etwas Harlekinhaftes verleiht; es ist durchaus denkbar, daß dies mit genauer Absicht erfolgte«.[255] Ein weitere Eigenheit des Droeshout-Shakespeare: Er ist unrasiert – und dürfte damit der einzige Gentleman in Jahrhunderten sein, der so abgebildet worden ist. Vergleicht man die in wenigen Exemplaren erhaltene Arbeitsfassung des Kupferstichs mit der endgültigen, so fällt es schwer, jener aus Ratlosigkeit geborenen Ausrede zuzustimmen, die die Absonderlichkeit der Darstellung auf die Inkompetenz des noch jungen Künstlers schieben will. Vielmehr drängt sich die Folgerung auf, daß dessen Kunstfertigkeit für den einen Zweck, den das Bild erfüllen sollte, durchaus ausreichte: der *Folio* (auch) eine bildliche Warnung voranzustellen, daß hier nicht alles für bare Münze zu nehmen sei.

Ben Jonson schreibt auf der dem Porträt gegenüberliegenden Seite: »This Figure, that thou here seest put,/It was for gentle Shakespeare cut.« Hier, wie oft, wird Shakespeare als »gentle« bezeichnet, was neben »sanft, lieblich« auch »adlig« heißt. Und das Bild wurde nicht »of«, sondern »for gentle Shakespeare« gestochen.

Für die Ausgabe der Gedichte (1640) verwendete man ein ähnliches, nun seitenverkehrtes Porträt, bei dem das Harlekinhafte noch stärker hervortritt. Die erste Verszeile darunter lautet: »This Shadowe is renowned Shakespear's?« Der Name des Herausgebers dieses Bandes ist ein John Benson, also ein ebenfalls spiegelverkehrter Ben Jonson.

Die Statue auf dem Grabmal in Stratford hält erst seit dem 18. Jahrhundert eine Schreibfeder. Vor jener Renovierung hielt der steinerne Shakespeare etwas, das auf zeitgenössischen Abbildungen einem Sack verdächtig ähnlich sieht, also ein Hinweis auf Handelsware als Lebensinhalt und darauf, daß die Veranlasser der Machination gewiß nicht eines Maßstäbe setzenden Humors ermangelten.

Der lateinische Teil der Grabinschrift, den die einstigen Stratforder eher schlechter verstanden haben dürften, enthält die deutlichere Huldigung an den Dichter: »Iudicio Pylium, genio Socratem, arte Maronem: Terra tegit, populus maeret, Olympus habet.« (Ein Nestor in der Weisheit, ein Sokrates im Verstand, ein Vergil in der Kunst: die Erde umschließt, das Volk betrauert, der Olymp hält ihn.) Auch hierin liegen vertrackter Witz und Ablenkung vom Naheliegenden: Wenn ein antiker Dichter *dem* elisabethanischen entsprach, dann war es nicht Vergil, sondern Ovid; der Vergleich mit Sokrates ist ähnlich weit hergeholt. Und ausgerechnet Nestor, »der alte Nestor, dessen Witz schon schimmlig war, ehe Euer Großvater Nägel auf den Zehen hatte«[256] wurde im elisabethanischen Theater, wegen bereits allzu hohen Alters, gerne veräppelt.

Auch der englische Teil der Inschrift fällt nicht gerade eindeutig aus. »Stay Passenger, why goest thou by so fast?/Read if thou canst, whom envious Death hath plast/With in this monument Shakspeare: with whome,/Quick nature dide: whose name doth deck ys [this] Tombe./Far more then cost: sieh [=sith, d.h. since] all, yt [that] He hath writt,/Leaves living art, but page, to serve his witt.« (Der du vorübergehst, bleib stehn, warum gehst du so schnell vorbei? Lies, wenn du kannst, wen der Neider Tod in dieses Denkmal gesetzt hat, Shakspeare: mit dem die lebendige Natur starb: dessen Name dieses Grabmal ziert. Weit mehr als Prunk: denn alles, was er schrieb, hinterläßt lebendige Kunst, nur Seiten, die Zeugnis von seinem Geist ablegen.)[257]

Der Sechszeiler, der von Ben Jonson stammen könnte, steckt voller Assoziationen. Zunächst klingt die Inschrift auf dem Grab der Lakedämonier am Thermopylen-Paß an: »Tell them in Lacedaemon, passer-by,/Obedient to their orders, here we lie.«[258] Anstelle des »tell them« finden wir die merkwürdige Formulierung »read if thou canst«. Da wir ausschließen können, hierbei werde jemand, der an sich lesen könne, extra hierzu eingeladen, liegt nahe, »lesen« als »einen verborgenen Sinn entziffern« zu verstehen. Verstehen könnte der Leser etwa, daß aus dem Spartaner-Zitat die Formulierung »obedient to their orders« fehlt. Das »Gesetz« ist wiederum der aristokratische Ehrenkodex, der befiehlt, »Shakspeare« in das Grabmal »einzusetzen«, damit der ritterlich-soldatische Ruf des eigentlich Gemeinten unbefleckt bleibe. Das »read« bedeutet dasselbe wie das »have wits to read« in Jonsons Lobgedicht: »Thou art a Moniment, without a tombe,/And art alive still, wile thy Booke doth live,/And we have wits to read and praise to give.« (Du bist ein Monument ohne Grab,/Und lebst fort, solange Dein Werk lebt,/Und wir zu lesen verstehen und Lob zu spenden haben.)

Dies und die Wendung aus dem Grabspruch »far more than cost« führen uns zu den Sonetten, in denen Shakespeare über Tod und Dauerhaftigkeit seiner Poesie nachdenkt. »When I have seen by Time's fell hand defac'd/The rich proud cost of outworn buried age...« (Wenn ich gesehn von Hand der Zeit entstellt/Zu Tod getragnen Alters Kostbarkeit ...) Dies in Sonett 64, und im darauffolgenden ist von »black ink«, also dem, was auf der »page« steht, als Retter die Rede: »Or what strong hand can hold his swift foot back?/Or who his spoil of beauty can forbid?/O, none, unless this miracle have might,/That in black ink my love may still shine bright.« (Welch Hand den Fuß mit Kraft zurück ihr [der Zeit] hält?/Wer könnt den Raub der Schönheit ihr verbieten?/Ach, keiner, wenn vollbracht dies Wunder nicht,/Daß schwarze Schrift den Freund macht ewig licht.)[259]

Lesen wir den Grabspruch also so: »Verstehe, wenn du zu verstehen imstande bist (und nicht nur schnell vorbeiläufst), wer es eigentlich ist, den der Neider Tod in dieses Grabmal eingesetzt hat...« Offenbar sind bis heute die meisten allzu schnell vorbeigelaufen.

Wissentlich oder unwissentlich wurde von allem Anfang an an Shakespeares außerirdischem Status gearbeitet. Den Vorschlag, den William Basse irgendwann nach Shaksperes Tod machte, nämlich für Shakespeare, wie für jeden anderen verdienten Dichter, in der Westminster Abbey Platz zu machen

(Spenser, Chaucer und Beaumont sollten etwas zusammen-
rücken), wies John Milton 1630 zurück. Shakespeare brauche
kein Grabmal, »such weak witness of thy name«:

> What needs my Shakespear for his honour'd Bones,
> The labour of an age of piled Stones,
> Or that his hallow'd reliques should be hid,
> Under a Star-ypointing Pyramid?

> (Was braucht mein Shakespeare für seine ehrwürdigen
>   Gebeine
> Die Mühe eines Zeitalters aufgetürmter Steine,
> Oder daß seine geweihten Reliquien
> In einer sternenzugewandten Pyramide versteckt
>   würden?)

Es ist unwahrscheinlich, daß die Autoren dieser wohl beein-
druckendsten Mystifikation der Literaturgeschichte annahmen, diese würde der Prüfung der Zeit auf Dauer widerstehen.
Sie konnten nicht ahnen, daß das Objekt ihrer Verschleierung
später zum Heros der bürgerlichen Literatur mutieren würde,
und dazu paßte der Lebenslauf des Händler- und Handschuh-
machersohnes um so vieles besser als der des Lords, der den
Pöbel verachtete. Der Shakespeare-Mythos als Endergebnis,
also die Art von Nichtwissen, die sich letztlich daraus ergab,
wurde wesentlich produktiver, die Geister beflügelnder, als es
jede nur denkbare Art von Wissen hätte sein können. Gerade
daß es kein Zimmermann gewesen war; dem bürgerlichen
Zeitalter paßte die Gestalt des Kaufmanns ohnehin besser, um
jene elisabethanische Pallas Athene zu personifizieren, die uns
»das Drama« in seiner modernen Gestalt geschenkt hat.

Der Wille zum Nichtwissen
Ausblick

Was also nun?

Wenn es nun der Earl of Oxford und nicht William Shakspere war, der *Hamlet, Lear* und all das andere geschrieben hat, was dann?

Wäre es unerträglich, zu dem Befund zu kommen, daß an einem Quell unserer bürgerlichen Literatur ein Adliger sitzt? Daß das, was wir vierhundert Jahre lang für Fakten hielten, bloß deren erstaunlich erfolgreiche Version, zubereitet von der »eigentlichen« Herrscherfamilie Cecil/Burghley, gewesen ist? Oder die Vorstellung revidieren zu müssen, das Globe Theatre sei aus der Kraft des erstarkenden Bürgertums und nicht als Unterabteilung einer royalistischen Propagandaabteilung zu einem Urbild unseres Theaters herangewachsen? Überfordert es unser Geschichtsbild, in dem radikale Brüche, Revolutionen, das Aufräumen und Ausmerzen des Überkommenen eine so wichtige Rolle spielen? Wäre es so qualvoll zuzugeben, daß das Neue, das Shakespeare ohne Zweifel darstellt, sich aus alten, gut gefaßten Brunnen speist, daß etwa sein Begriff von »Liebe« – und damit der unsere – weniger die Vorwegnahme des romantischen als die Weiterführung des älteren höfischen Modells ist? Norbert Elias hat in seiner *Höfischen Gesellschaft* einleuchtend dargelegt, daß die erste Romantik eine höfische war, aus dem Verlust der feudalen Lebensform und der damit verbundenen Privilegien stammte, und daß diese »Ritterromantik« des 16. Jahrhunderts jene bürgerliche des 18. und 19. Jahrhunderts präfigurierte. Kann es sein, daß das kompromißlos elitäre Denken Shakespeares die bürgerlichen Intellektuellen des 20. Jahrhunderts deshalb so fasziniert, weil er einen quasi naturwüchsigen Anti-Egalitarismus offen formuliert, den zu denken einem die eigene politische Korrektheit längst kategorisch verbietet? Mit der Neufassung von Shakespeares Biographie käme dieses intellektuelle Versteckspiel an sein Ende.

Was mich im Verlauf meiner Arbeit an diesem Thema zunehmend verwundert hat, ist der massive und explizit formulierte Wille zum Nichtwissen, der in diesem Zusammenhang geäußert wird, und zwar im Zuge einer wissenschaftlichen Argumentation. »Werden wir wirklich glücklicher sein, wenn wir die Wahrheit kennen? Ich bezweifle es«, schreibt Richmond Crinkley in einer Abhandlung zu dem Thema.[260] Die volkstümlichere und nicht weniger prägnante Version stammt von Winston Churchill. Als man ihm Looneys Buch gab, soll er gesagt haben: »I don't like to have my myths tampered with.« (Ich mag es nicht, wenn man mir in meine Mythen pfuscht.) Daß Glück dem Wissen vorzuziehen sei, ist eine allzu menschliche Regung. Wenn sie in einer wissenschaftlichen Auseinandersetzung auftaucht, können wir sicher sein, daß wir auf religiöse Überzeugungen gestoßen sind, mit denen sich eben schwer rechten läßt.

Wie Al Austin, ein amerikanischer TV-Produzent und Literaturfreund, es formulierte: »Jene, die glauben, de Vere sei Shakespeare gewesen, müssen an ein unwahrscheinliches Täuschungsmanöver glauben, eine Verschwörung des Schweigens, die unter anderen Königin Elizabeth selber umfaßt. Jene, die sich für den Mann aus Stratford entscheiden, müssen an Wunder glauben.«[261] Auf der anderen Seite steht die schlichte Wißbegierde, anthropologisches Grundelement jeder Wissenschaft, das sich auf die Dauer weder mit Wunderglauben noch mit Sach-Agnostizismus abspeisen läßt. »Wie so oft bei Shakespeare fragt man sich, welche Art von Leben er geführt hat«, bemerkt der englische Dramatiker Alan Bennett.[262] Dies, so meinen wir, ist kein unbilliges Begehren; und dem Manne, wie unser Klassiker sagt, kann geholfen werden.

Obschon die Oberfläche des Textes gleich bliebe, läsen wir Shakespeare ohne Zweifel anders, wenn der Kontext sich so gravierend änderte. Der Befund Gary Taylors, daß jede Epoche aus dem Rohmaterial des Archivs ohnehin ihren eigenen Shakespeare zurechtmodelt, stimmt zwar, ändert aber nichts an der Grundregel der Wissenschaftlichkeit, der wir uns alle, auch

Feyerabend, auch Foucault, auch Taylor, zunächst unterwerfen, bevor wir Interpretationshoheit beanspruchen können: daß es es ein »tatsächliches« Geschehen sowie einen »richtigen« Urtext gibt, worauf wir uns beziehen, auch wenn diese nicht mehr völlig rekonstruierbar sind. Anders bräche die (nicht nur wissenschaftliche) Kommunikation sofort zusammen.

Wenn wir also, um ein Bild aus der Physik etwas zu strapazieren, hier auf ein literarhistorisches Welle-Teilchen-Problem treffen, ein Werk, das zwei sehr ungleichen Autorenfiguren abwechselnd oder auch gleichzeitig zugeordnet werden kann, so ergibt das jedenfalls Anregungen zur Figur des Heiligen in der Literaturgeschichte, dem Originalgenie. Das Genie ist der Ursprung unseres literarischen Kanons, das Genie, die profane Figur des Heiligen, entsteht zusammen mit der bürgerlich-gottlosen Kultur seit der Renaissance. Shakespeare ist weiterhin, auch auf lange Sicht, unverwüstlich, das übernationale bürgerliche Genie. Die Leere im Zentrum dieser Figur mag zu diesem Status nicht wenig beigetragen haben. Aus dem merkwürdigen Streit über die Identität des ersten bürgerlichen Genies ergeben sich, wenn man will, erhellende Ausblicke auf eine Theorie der Autorschaft, eine der Grundlagen unserer Kultur als einer Religion der Diesseitigkeit.

Der erwähnte Wille zum Nichtwissen gehört eher älteren Formen der Verehrung an und dürfte auf mittlere Sicht, ebenso wie die Geschichte vom Genie aus Stratford, in einer der abgelegeneren Kuriositätenkammern der Geistesgeschichte landen. Wohl möglich, daß uns allen das unschuldige Vergnügen, das wir heute an Shakespeare haben, dann etwas verdorben wäre. Um meinerseits mit einer unwissenschaftlichen Note zu schließen: Ich glaube eher nicht. Der wahre Shakespeare kann doch nur ein noch besserer sein.

Dank

Eine Arbeit wie diese wäre unmöglich ohne die Vorarbeit und die Hilfsbereitschaft von vielen. Insbesondere gilt mein Dank Robert Detobel, auf dessen umfangreiche unpublizierte Arbeiten ich zurückgreifen konnte, und Charlton Ogburn jr., ohne dessen fundamentales Buch ein bescheidener Beitrag wie dieser ganz undenkbar gewesen wäre, sodann den amerikanischen und englischen Oxfordians, die keine Mühe scheuten, mich zu ermutigen und ihrer Erkenntnisse teilhaftig werden zu lassen, Ruth Loyd Miller und Minos Miller jr., Roger Stritmatter und Francis Edwards SJ. Für den ursprünglichen Hinweis auf das Thema danke ich Elena Loewen und Rudi Mayr, für hartnäckiges Lektorieren, Anregungen, Hinweise und Hilfeleistungen verschiedenster Art Iris Paetzke, Thomas Geiger, Eric Sams, Dietrich Schamp, Harro Heinz Kühnelt, Ingrid Boltz, Hans Wellmann, Willi Winkler, Alfred Auer, Kurt Scheel, Stefanie Holzer und Henriette und Heinrich Klier.

The Stratford Monument (1656)

The Stratford Monument (heutiger Zustand)

My very good Brother, yf my helthe hadd beene to my mynde I
wowlde have beene before this att the Coorte, as well to haue giuen
yow thankes for yowre presence, at the hearinge of my Cause debated
as to haue moued her Mtie for her resolutione. As for the matter, howe
muche I am behouldinge to yow I neede not repeate but in all thenk=
fulnes acknowlege. for yow haue beene the moover & onlye follower
therofe for mee, & by yowre onlye meanes, I haue hetherto passed
the pykes of so many adversaries. Now my desyre ys, sythe them
selues whoe haue opposed to her Mties ryghte seeme satisfisde, that
yow will make the ende ansuerable to the rest of yowre moste
friendlye procedinge. for I am aduised, that I may passe my
Booke from her Magestie, yf a warrant may be procured to my
Cosen Bacon and Seriant Harris to perfet yt. Whiche beinge
doone, I know to whome formallye to thanke but reallye they
shalbe, and are from me, and myne, to be sealed vp in an aeternall
remembrance to yowreselfe. And thus wishinge all happines to
yow, and sume fortunat meanes to me, wherby I myght recog=
mce soo diepe merites, I take my leaue this 7.th of October from
my Houte at Hakney. 1601.

                    Yowre most assured and Louinge
                    Broother.

                    Edward Oxenford

Brief de Veres an Sir Robert Cecil, 1601

188

Bibliographie

(Bentley I, II) Gerald Eades Bentley, *The Profession of Dramatist and Player in Shakespeare's Time*, 1590–1642. 2 Bände. Princeton, N.J.: Princeton University Press 1986 (zuerst 1971, 1984).

(Carson) Neil Carson, *A Companion to Henslowe's Diary.* Cambridge: Cambridge University Press 1988.

(Chambers I, II) Sir Edmund K. Chambers, *William Shakespeare, A Study of Facts and Problems.* 2 Bände. Oxford: Clarendon Press 1988 (zuerst 1930).

(Chambers Stage I–IV) Sir Edmund K. Chambers, *Elizabethan Stage.* 4 Bände. Oxford: Clarendon Press 1930.

(Clark) Eva Lee Turner Clark, *Hidden Allusions in Shakespeare's Plays. A Study of the Early Court Revels and Personalities of the Times.* Jennings, Louisiana: Minos Publishing 1974 (zuerst 1931).

(Coote) Stephen Coote, *A Play of Passion. The Life of Sir Walter Ralegh.* London: Macmillan 1993.

(Courthope) W. J. Courthope, *A History of English Poetry.* New York: Macmillan 1904.

(*Drama to 1710*) Christopher Ricks (Hrsg.), *English Drama to 1710.* Hammondsworth: Sphere Books/Penguin 1988 (zuerst 1971).

(dtv) Bernhard Fabian (Hrsg.), *Die englische Literatur.* 2 Bände. München: Deutscher Taschenbuch Verlag 1991.

(Elias) Norbert Elias, *Die höfische Gesellschaft. Untersuchungen zur Soziologie des Königtums und der höfischen Aristokratie.* Frankfurt: Suhrkamp 1992 (zuerst 1969).

(Fowler) William Plumer Fowler, *Shakespeare Revealed in Oxford's Letters.* Portsmouth, New Hampshire: Peter E. Randall 1986.

(*Flowres*) Bernard Mordaunt Ward/Ruth Loyd Miller (Hrsg.), *A Hundreth Sundrie Flowres. From the Original Edition of 1573.* Jennings, Louisiana: Minos Publishing 1975.

(Greenblatt) Stephen Greenblatt, *Verhandlungen mit Shakespeare. Innenansichten der englischen Renaissance.* Aus dem Amerikanischen von Robin Cackett. Frankfurt: Fischer 1993.

(Handbuch) Ina Schabert (Hrsg.), *Shakespeare-Handbuch.* Stuttgart: Alfred Kröner 1992 (3. Aufl.).

(Hope/Holston) Warren Hope/Kim Holston, *The Shakespeare Controversy. An Analysis of the Claimants to Authorship, and their Champions and Detractors.* Jefferson, N/London: McFarland & Company 1992.

(Johnson) Samuel Johnson, *Vorwort zum Werk Shakespeares*. Übers. von Irmgard Mainusch, mit einer Einleitung herausgegeben von Herbert Mainusch. Stuttgart: Reclam 1987.

(Knutson) Roslyn Lander Knutson, *The Repertory of Shakespeare's Company*. 1594–1613. Fayetteville: The University of Arkansas Press 1991.

(Küntzel) Ulrich Küntzel, *Nervus Rerum, Die Geschäfte berühmter Männer*. Frankfurt: ISP-Verlag 1991.

(Levi) Peter Levi, *The Life and Times of William Shakespeare*. London: Macmillan 1989 (zuerst 1988).

(Looney I) J(ohn) Thomas Looney, *»Shakespeare« Identified in Edward de Vere, Seventeenth Earl of Oxford and The Poems of Edward de Vere*. 1st Vol. (ed.) Ruth Loyd Miller. Port Washington/London: Kennikat Press 1975 (zuerst 1920).

(Looney II) Ruth Loyd Miller (Hrsg.), *Oxfordian Vistas*. Port Washington/London: Kennikat Press 1975.

(McMillin) Scott McMillin, *The Elizabethan Theatre and The Book of Sir Thomas More*. Ithaca and London: Cornell University Press 1987.

(Ogburn) Charlton Ogburn (Jr.), *The Mysterious William Shakespeare. The myth and the reality*. EPM Publications, McLean, Virginia, 1984, 2nd ed., 4th printing 1992. Die englische Taschenbuchausgabe von 1988, *The Mystery of William Shakespeare*, ist vergriffen.

(Paris) Jean Paris, *William Shakespeare, mit Selbstzeugnissen und Bilddokumenten*. Rowohlt: Hamburg 1958, 112.–115. Tsd. Okt. 1990.

(Pollard) Alfred W. Pollard, *Shakespeare's Fight with the Pirates*. London: Alexander Moring 1917.

Public Record Office, *Shakespeare in the Public Records*. Text and selection of documents by David Thomas. Section on the will and signatures by Jane Cox. Photographs by John Millen. London: Her Majesty's Stationery Office 1985.

(Rowse) Alfred Leslie Rowse, *William Shakespeare: A Biography*. New York: Harper & Row 1963.

(Schmidt I, II) Alexander Schmidt, *Shakespeare-Lexicon and Quotation Dictionary*. 2 Bände. New York: Dover Publications 1971 (Reprint der 3. Auflage von 1902).

(Schoenbaum) Samuel Schoenbaum, *William Shakespeare, A Documentary Life*. New York/Oxford: Oxford University Press 1975. Auf deutsch: *William Shakespeare. Eine Dokumentation seines Lebens*. Frankfurt: Insel 1981. Zitiert wird nach *A Compact Documentary Life*, Revised Edition, 1987.

(Schoenbaum *Lives*) Samuel Schoenbaum, *Shakespeare's Lives*. Oxford: Clarendon Press 1991 (New Edition).

(*Sixteenth Century Verse*) Emrys Jones (Hrsg.), *The New Oxford Book of Sixteenth Century Verse*. Oxford/New York: Oxford University Press 1992.

(Taylor) Gary Taylor, *Shakespeare – wie er euch gefällt. Die Geschichte einer Plünderung durch vier Jahrhunderte.* Übers. von Helga Schwalm. Hamburg: Kellner 1992 (zuerst 1989).

(Thomson) Peter Thomson, *Shakespeare's Professional Career.* Cambridge: Cambridge University Press 1992.

(Ward) B. M. Ward, *The Seventeenth Earl of Oxford. 1550–1604. From Contemporary Documents.* London: John Murray 1928 (Reprint 1975 durch Minos Publishing, Jennings, Louisiana).

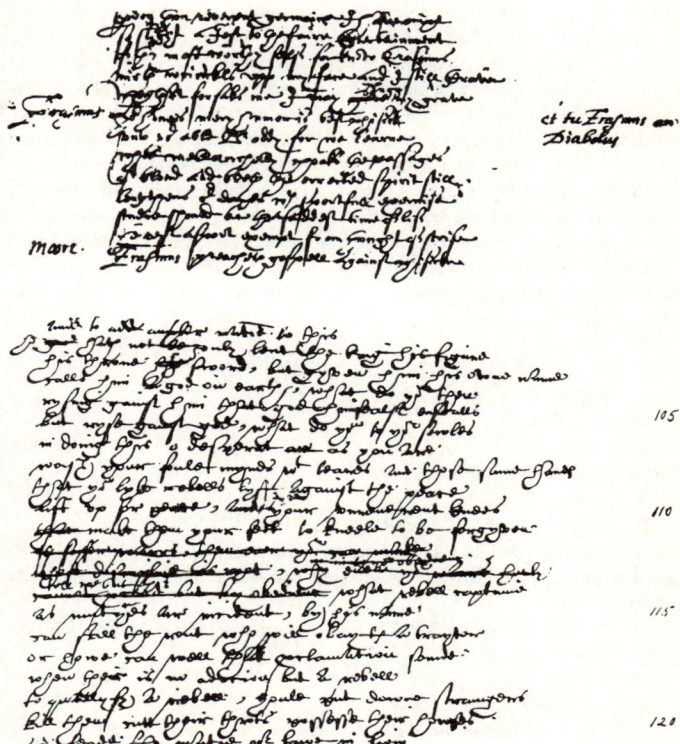

Sir Thomas More, »Hand C« (oben) und »Hand D«

Anmerkungen

1   Chambers II, 210. Vergleiche Looney I 37 ff. Jonsons Tod hingegen zog etwa 50 Gedichte, Erwähnungen und dergleichen nach sich.

Die Darstellung in Teil 1 stützt sich im wesentlichen auf die Standardwerke von E. K. Chambers, Samuel Schoenbaum, G. E. Bentley, J. T. Looney und Charlton Ogburn jr. Des weiteren habe ich die profunden Arbeiten von Robert Detobel benutzen können, die verschiedenste Aspekte des Problems beleuchten, aber wegen der Lage der Dinge bisher nirgends publiziert werden konnten. Auf Detobels Texte wird daher im Einzelfall nicht verwiesen.

2   Vereinzelt auch Shak-speare und Shakespere.

3   »We have before us a piece of human work of the most exceptional character, and the problem is to find the man who did it. Thus defined, it is not, as we have already remarked, strictly speaking a literary problem. Those who enter upon the search must obtain much of their data from literary men; they must rest a substantial part of their case upon the authority of literary men; and they must, in the long run, submit the result of their labours very largely to the judgment of literary men. But the most expert in literature may be unfitted for prosecuting such an investigation, whilst a mind constituted for this kind of enquiry may have had only an inferior preparation so far as purely literary matters are concerned.« (Looney 71)

4   Johnson 32.

5   John Peter, *Sunday Times*, 11. 10. 1992.

6   Ogburn 153.

7   *Handbuch* 192.

8   Ogburn 276.

9   Beides in Ogburn 276 f.

10   Looney I 16.

11   Oscar J. Campbell, nach Ogburn 278.

12   Professor Wright schrieb dies 1959; bis 1968 hatte er 26 Ehrendoktorwürden gesammelt, 1976 erhielt er den »national Phi Beta Kappa award« (Ogburn 273).

13   T. W. Baldwin, *Shakspere's Small Latine and Lesse Greek*. Urbana: University of Illinois Press 1944.

14   Ogburn 273.

15   Chambers II 35.

16   Ogburn 24, über die Wallaces siehe in Schoenbaum Lives 464.

17   E. J. A. Honigmann, *Shakespeare: the »lost years«*. Manchester: Manchester University Press 1985.

18   Ausführlich zitiert bei Chambers II 188 f., *Handbuch* 156, Ogburn 56 ff. Ich habe einen Teil der englischen Zitate in der ursprünglichen Form belassen,

um etwas vom Flair des elisabethanischen Englisch zu vermitteln. Wo dies über-flüssig erschien, ist die Orthographie normalisiert.

19   *Handbuch* 157.

20   *1* und *3 Henry VI* werden 1592 erstmals erwähnt, wobei die Erwähnung von *3 Henry VI* wiederum jene durch Greene ist; bei der geringen Zahl der Belege kommt es schon vor, daß Annahmen und Schlüsse einander sozusagen auf die Zehen treten. Würde die Forschung mit der Shakespeare-Chronologie ein Jahr später einsetzen, dann bezöge sich die Anspielung, wie im Fall *Hamlet*, eben auf ein anonymes, verlorengegangenes Stück, das Shakespeare aufgegriffen und überarbeitet habe.

21   Chambers I 412. Charles Wisner Barrell, *Shakespearean Detective Story*; dort auch *Shakespearean echoes of »blood is a beggar«*. A.S. Cairncross, *The Problem of Hamlet: A Solution* (1936).

22   Vergleiche dazu Carson 68. »Familiar titles may refer to source plays or earlier versions of extant texts. Take, for example[!], the question of ›Shakespea-rian‹ titles in the diary. Of the seven works mentioned – *King Lear* (39), *Hamlet* (43), *Henry V* (82), *Troilus and Cressida* (172), *Henry VI* (11), *Titus Andronicus* (37), and *The Taming of the Shrew* (44), only the last three conform to the orthodox notions concerning Shakespearian chronology. Consequently, it is probable (although not, by the nature of the evidence, absolutely certain) that *Hamlet* and *Troilus* are lost plays which Shakespeare may have known…«

23   *Hamlet* 2.2. Es existiert keine verbindliche Textgrundlage in Form einer historisch-kritischen Gesamtausgabe, sondern nur sowohl auf englisch als auch auf deutsch eine Vielzahl von Editionen mit jeweils anderen Vor- und Nachtei-len. Ich zitiere Shakespeare aus den populären, allgemein zugänglichen Ausga-ben, das heißt für die deutschen Versionen aus den Übersetzungen von Ludwig und Dorothea Tieck, August Wilhelm Schlegel und Wolf Graf Baudissin. Die Sonette sind zitiert nach der zweisprachigen Reclam-Ausgabe, mit Anmerkun-gen und einem Nachwort herausgegeben von Raimund Borgmeier. Stuttgart: Philipp Reclam jun. 1991 (Erstausgabe 1974). Alle anderen im Original engli-schen Zitate sind vom Verfasser übersetzt.

24   Chambers II 189.

25   *Handbuch* 156 f.

26   »He is forever discovering the truth, and the truth is always different. He is also forever making mistakes. [...] A windmill of scholarship [...] With his pre-tensions to scientific method, he fostered dangerous illusions of certitude [...] No doubt Fleay meant well, but as a Shakespearian he can be regarded only as mischief-maker.« So in Schoenbaum *Lives* 350 ff. Fleay ist dort nicht der einzige, dem solch harsche Behandlung widerfährt.

27   Bei Ogburn 59 ff. Die einzige Ausnahme in diesem Jahrhundert ist Chambers. Er attestiert Chettle »looseness of language«.

28   Ogburn 63, Carson 61.

29   Schoenbaum 156. In einem anderen Fall, nämlich der Authentizität der

Unterschriften, gibt Schoenbaum sich mit einem kleineren Textkorpus zufrieden, nämlich einem Stichprobenumfang von *sechs* Wörtern, der sich durch gewisse Einschränkungen (Platznot, Krankheit) schließlich auf *eins* verringert.

30   Ogburn 64.

31   Carson 61. Man kann vermuten, daß *Groatsworth* und *Kind Harts Dreame* etwas mit den politisch-religiös-literarischen Kontroversen der Zeit zu tun hatten, also dem Konflikt zwischen der Gruppe von Leicester, Sidney, Greville, Essex und Harvey einerseits und Cecil, de Vere, Erzbischof Whitgift, Lyly und Nashe andererseits.

32   *Handbuch* 159.

33   Was es gibt, sind ein paar Märchen, die aus späterer Zeit stammen, etwa, er habe den Geist von Hamlets Vater gespielt (vier kurze Auftritte, drei davon stumm, einer mit 84 Zeilen zu sprechen). Dazu gibt es die »Lists of Actors« in Ben Jonsons Werkausgabe von 1616 und in der Shakespeare-*Folio*.

34   Ogburn 66 und 565 f., nach Charlotte C. Stopes.

35   Bentley II 32. Hervorhebung von mir.

36   Bentley I 68.

37   Ogburn 32. »Charlotte C. Stopes suggests, reasonably, that the payment was to John Shakespeare, maker of horses' bits for the King.«

38   Zu Edward Alleyn siehe Bentley II 10. Zu Shaksperes Geschäften siehe Küntzel 161 ff. Hier kommt, an unerwarteter Stelle, ein ordentlicher alter Marxist zu unkonventionellen Ansichten über unseren Helden. »Man hat es philiströs gefunden, Master William Shakspere of Stratford mangels Abitur die Reife zur Verfertigung von Shakespeares Werken abzusprechen. Andererseits ist es kein Beweis von Urteilskraft, Master Shaksperes Autorschaft für erwiesen zu halten. Die dafür sprechenden Urkunden genügen nicht für den Beweis, und wesentliche Urkunden, voran die Unterschriften, sprechen dagegen. Vor allem besteht ein unlösbarer Widerspruch zwischen Master Shaksperes Existenz als Stratforder Ackerbürger und daneben noch als Londoner Schauspieler einerseits, der aristokratischen Atmosphäre in Shakespeares Werken andererseits. Diesen Widerspruch nicht zu empfinden, verrät einen philiströsen Mangel an bürgerlichem Klassenbewußtsein.« (219)

39   *Handbuch* 166.

40   Chambers II 18.

41   Chambers II 202 f. Die Wappen-Angelegenheit zeichnet sich, wie könnte es anders sein, durch eine gewisse Undurchdringlichkeit aus. Der Witz mit dem Wappenspruch könnte fast von Shakespeare sein: »Non Sanz Droict« ist verwandt mit »Non Sans Devoir«, englisch »Not Without Must«, von da ist es nur ein Schritt zum deftigen »Mustard«.
£ 30, der Preis für Titel und Wappen, waren übrigens viel Geld. Ein Lehrer an der Stratforder Schule verdiente im Jahr £ 20, der Eintritt im Globe Theatre (Parkett) kostete 6 d, ebenso wie die Quarto-Drucke. Die *Folio* kostete £ 1. Der Versuch, einen genauen Schlüssel zur Umrechnung von damaligem in heutigen

Geldwert zu finden, führt allerdings nicht weit. Gegen Ende des Jahrhunderts hin gab es eine beträchtliche Inflation, vergleiche Bentley I, 68, 88 ff.

42   Chambers II 194 f. Die Meres-Passage enthält einen Stolperstein für die Kandidatur des Earl of Oxford. Meres nennt ihn an erster Stelle (als Ranghöchsten) im Absatz über »The best for Comedy amongst us«. Abgesehen davon, daß man über Meres' Wissensstand nichts weiß, kann man auch für das informationswütige 20. Jahrhundert Beispiele für wohlgehütete Pseudonyme und sich daraus ergebende Doppel-Nennungen in der Art von Meres anführen.

43   John Ernest Neale, *Elizabeth I and Her Parliaments*, Vol. II, London 1957, 335.

44   Chambers II 89 f. Chambers vermutet, daß es sich um eine Pauschalzahlung handelt, die möglicherweise Shaksperes Steuerschuld miteinschließt. Rührend, wie das um *seinen* guten Ruf besorgte *Shakespeare-Handbuch* lediglich »Berichte von Steuereintreibern« erwähnt (165). *English Drama to 1710* meint, er habe die Steuern 1601 selber bezahlt (139).

45   Chambers II 102 f.

46   Ogburn 184; zur Zensur vergleiche auch Bentley.

47   Ogburn 184 f.

48   Chambers I 438 ff. Schoenbaum 267 f.

49   Ogburn 205.

50   *Troilus and Cressida*, (ed.) R. A. Foakes. Penguin 1987 (The New Penguin Shakespeare) 161 ff.

51   Chambers II 216. Hervorhebung von mir.

52   Über die verklausulierte Sprache als grundlegendes Merkmal der höfischen Gesellschaft vergleiche Norbert Elias. An James' Hof wurde die »Maske« zur beherrschenden künstlerischen Darstellungsform.

53   *Handbuch* 655.

54   Ogburn 205 f. Bei Schoenbaum fehlt die Anrede. »Grand possessors« sind für ihn »Shakespeare's company«.

55   *Troilus and Cressida*, (ed.) R. A. Foakes, Penguin 1987, 161.

56   Wir waren, wie Geologen in vergleichbaren Streitfällen sinnreich zu sagen pflegen, damals nicht persönlich anwesend.

57   Vergleiche Greenes *Groats-worth of wit.*

58   Ogburn 206. Looney II 211.

59   *The Arte of English Poesie*, nach Looney I. Dies ist auch ein Beleg für die Austauschbarkeit der Begriffe *nobleman* und *gentleman*. Die wichtigste hierarchische Grenze verlief nicht zwischen hohem und niederem Adel, sondern unterhalb der *gentility.* »Gentle Will«, wie Shakespeare immer wieder genannt wurde, würde also zumindest auch »adelig« bedeuten. Vergleiche dazu auch den Wortgebrauch bei Shakespeare selber.

Ein interessante Parallele aus dem Rußland des 18. Jahrhunderts ist die literarische Tätigkeit der Kaiserin Katharina, die selbst zu einer satirischen Zeitschrift mit dem Titel »Allerlei oder von jedem etwas« beitrug, worin die Schwächen der russischen Gesellschaft angeprangert wurden. »Erst um die Mitte des 19. Jahrhunderts, als mehrere unveröffentlichte Bruchstücke auftauchten, die sie offenkundig für *Wsjakaja Wsjatschina* geschrieben hatte, erkannte man, daß zwischen ihr und dieser Zeitschrift eine Beziehung bestand. Die darauf zurückgehende Vermutung der Historiker, Katharinas Beteiligung daran sei im 18. Jahrhundert allgemein bekannt gewesen, muß man im Rückblick als unwahrscheinlich werten. Man hätte es als viel zu gefährlich und unterhalb der Würde der Kaiserin angesehen, daß sie sich in die Niederungen des Journalismus begab.« Aus: Isabel de Madariaga, *Katharina die Große. Ein Zeitgemälde*. Aus dem Englischen von Karl E. Klewer. Berlin: Volk und Welt 1993 (zuerst 1990). Seite 165. Vergleiche dort auch Seite 178 f.

60   *Handbuch* 166 f.

61   Deutsch von Gottlob Regis.

62   Chambers II 58, Looney II 280 ff. Bei Schoenbaum und Bentley fehlt der Fall *Ostler vs. Heminges*. In Schoenbaum *Lives* 466 und bei Ogburn 331 wird er in einem Satz erwähnt.

63   Bentley I 31.

64   Ogburn 122 f.

65   *English Drama to 1710* 103.

66   Nach Ruth Loyd Miller, 1993. Taylors Äußerung im Vis-Net Broadcast 1992. Dasselbe gilt für die Titelseiten der anderen zeitgenössischen Ausgaben. So gut wie nirgends ist etwas auszumachen, was im entferntesten eine »typographische« Rechtfertigung für die Schreibung Shake-speare abgäbe.

67   Vergleiche aus Shakespeare: »young master Deep-vow, and master Copper-spur, and master Starve-lackey« (*Measure for Measure*).

68   Nach Ogburn 119 ff. Harrison las zu dem Behufe auch einige Shakespeare-Literatur und war »disgusted«: »I expected to find that contemporary documents had been treated in the same scientific manner as the Mozart manuscripts and that some reliance could be placed on some of the theories which have grown up around the life of W. S. As far as I can tell, the vaguest suppositions of one writer are quoted by those who come after as fact, and that his ›life story‹ as generally received consists of fables.«

69   Aus dem Testament des Spaniers Diego Sanchez, London, 4. 4. 1537: »And for asmoche as I am aged and weke of my sykenes and that my handes dyd shake I could not fyrme my name but seale, wherefore I did desire Fernando de Verdesse, merchaunt of Spayn, to fyrme for me in the presence of the witnes aforsaid.«
Aus dem Testament des William Smyth, 7. 6. 1537: »I William Smyth, citezein and goldesmyth of London, beyng sick in body [...] I gyve all the residue of my goodes, catalles, plate, houshold stuffe and redy money to Elyn, my wyff, she therwith to do her free will and pleasure [...] which Elyn I make my soole executrice of this my present testament and last wyll. In witnesse whereof I have setto

my seale. [. . .] Per me Wyllyam Smyth.« Aus *London Consistory Court Wills. 1492–1547.* Ed. Ida Darlington. London Record Society 1967.

70   Public Record Office 33 ff. Es besteht zudem eine große Ähnlichkeit in der Handschrift der vier Unterschriften von Zeugen und dem »by me William«.

71   Schoenbaum 215.

72   Aus den Unterschriften von Jackson und Johnson ist in diesem Fall zu schließen, daß, wer persönlich anwesend war und schreiben konnte, diese bloß zur Zuordnung der Siegel bestimmte Unterschrift selber leistete.

73   Ich folge darin Robert Detobel, der sich u. a. auf A. Tannenbaum, *Problems in Shakespear's Penmanship* (1927) und L.C. Hector, *The Handwriting of English Documents* (1958) stützt.

74   Küntzel 184 f. Vergleiche dazu die Ansicht von Eric Sams im *TLS* vom 24. 12. 1993: »Presumably he was so conversant with the various styles of Tudor handwriting that he could turn his hand to any of them and use their letterforms *ad libitum.*«

75   *Macbeth* 5.5.

76   »Ueberhaupt scheint die Heirath eine durch dringende Umstände beschleunigte gewesen zu sein, da dem jungen Paare schon im Mai 1583 ein Töchterlein, Susanna, getauft wurde.« Bodenstedt VI.

77   Looney II 286 f. Fehlt bei Chambers und Schoenbaum. Die erhaltenen (lateinischen) Aufzeichnungen umfassen die Jahre 1622 bis 1635. Nach anderen Angaben (etwa Chambers) beginnen sie im Jahr 1617; das wäre immer noch ein Jahr nach des Schwiegervaters Tod. Ursprünglich bestand das »case-book« oder »diary« aus zwei Teilen, von denen der zweite und »interessantere« (Francis Edwards) verloren ging. Der Rest wurde 1657 von James Cooke in englischer Übersetzung veröffentlicht. Die Verwirrung geht so weit, daß es zu diesem Band zwei voneinander abweichende Eintragungen im Katalog des British Museum gibt. (Nach brieflichen Mitteilungen ·von Charlton Ogburn und Francis Edwards.)

78   *Julius Cäsar* 3.1.

79   Chambers II 152 f.

80   Schoenbaum 175.

81   1609 wohnte Greene offenbar in New Place, Shakespeares Haus, wenn er nicht in London bei Gericht war (Chambers II, 96). Es gab also »Pendler« zwischen London und Stratford. Vergleiche auch die Quineys, Chambers II 101 ff.

82   Chambers II 327 f.

83   Chambers II 212.

84   Man denke an heutige Kino- oder TV-Konsumenten, die sich abendelang über Filme unterhalten, deren Hauptdarsteller sie genau kennen, ohne sich je für die Namen von Regisseur oder Drehbuchautor zu interessieren. Die Rolle, die das Theater damals spielte, läßt sich für unsere Zeit am ehesten mit der des Fernsehens vergleichen.

85   Eine ausführliche Darstellung dieses Sachverhalts findet sich in Thorstein Veblen, *Theorie der feinen Leute*, und insbesondere in Norbert Elias, *Die höfische Gesellschaft*.

86   Arden Shakespeare, *The Poems*, Ed. by F. T. Prince. London/New York: Routledge 1988. XII.

87   Chambers II 142 f.

88   »For without a patron to pay for the publishing, few works came out in those days.« Oliver Lawson Dick (ed.), *Aubrey's Lives*. London: Secker & Warburg 1949, Vorwort.

89   Chambers II 249 f., Ogburn 18 f.

90   »Art without Art unparaleld as yet.« Leonard Digges, Chambers II 232. Dies entspricht der Wahrnehmung bis hin zur Romantik.

91   Chambers 252 f., Faksimile auf Tafel XXVII.

92   Schoenbaum 255 f. Vergleiche auch Ogburn 118. McManaways Lösung: »And if invited to, wrote [that] he was in pain.« Bei Levi 301: »and if invited to, writ he was in pain.« Womöglich spricht Aubrey hier gar nicht von Shakespeare, sondern von Beeston, der in Shoreditch lebte (Levi 381). Über Shakespeare schrieb er ja eben noch »very good company«.

93   Chambers II 252 f.

94   Oliver Lawson Dick (ed.), *Aubrey's Lives*. London: Secker & Warburg 1949.

95   Chambers II 265.

96   Ogburn 24 ff. Über viel weniger bedeutende Zeitgenossen Shakespeares ist wesentlich mehr bekannt, obgleich sie weniger genau erforscht wurden.

97   Shakespeare in the Public Records 16.

98   Schoenbaum 214 f.

99   Hand A: Henry Chettle; Hand E: Thomas Dekker; Hand B: John Heywood (wahrscheinlich); Hand S: Anthony Munday. Jedoch: »Hand D is all anyone cares about, and the strange thing is that Hand D is the only one of the More playhouse hands that cannot be found in other literary or epistolary manuscripts. [...] We are verging on the deferred topic of authorship. Repressions eventually make themselves felt, and the identity of Hand D is no exception. At the return of the repressed, we must stand our ground and not give way to anxieties about identity.« (McMillin 135 ff.) Hand D könnte auch Greene gewesen sein oder Marlowe, vom ersteren gibt es keine Autographen und vom letzteren nur eine Unterschrift. (McMillin 148) Auch Greene und Marlowe gehörten zumindest zeitweise zum Kreis des Grafen von Oxford.
»We always seem to be dealing with ghosts when troubling over an author's identity.« (McMillin 149) Für »einen« setzt man besser »den« Autor ein.

100   Zitiert in Schoenbaum 215. »My archivist friend Francis Edwards calls Hand D ›Elizabethan typewriter‹.« (Levi 367)

101   McMillin 151.

102   McMillin 154.

103   Zuerst 1871 von Richard Simpson in *Notes and Queries* (Levi 367).

104   Daß ein Computer der sinnvollen Handhabe bedarf, um sinnvolle Ergebnisse zu erzielen, muß heute (1993) vielleicht extra gesagt werden. In einer populären Zusammenfassung des Problems (Norris Epstein, *The Friendly Shakespeare*, New York 1993) wird eine Computer-Analyse zitiert, die als »possible contenders [...] Queen Elizabeth, Sir Walter Raleigh, a minor poet named Fulke-Greville [sic] – and Shakespeare himself« herausgefunden hat. Worin bestand wohl das Textkorpus, aus dem bewiesen wird, »Shakespeare« stamme von »Shakespeare«?

105   Der listige McMillin unterläßt jeden Hinweis auf die Verbindung Oxford-Munday. – Levi schreibt: »Greg identified one of the writers as Thomas Dekker and later, when Farmer produced a facsimile of a dramatic manuscript by Anthony Munday, observed at once that Munday had written most of More, acting partly it seems as a scribe.« (367)

106   Der Nachfolger von Roberts in dessen Geschäft war Jaggard, der dann die erste *Folio* druckte.

107   Chambers I 250.

108   *Der Sturm* 1.2.

109   Dieses hätte genausogut der sechste Earl of Derby gesehen haben können, wenn er es denn war, »penning comedyes«, der nach Oxfords Tod an den unvollendeten Manuskripten weitergearbeitet hat. Looney hat überzeugend dargelegt, daß der *Sturm* im Oeuvre isoliert dasteht.

110   Richard Hakluyt, *The Principal Navigations Voyages Trafiques & Discoveries of the English Nation*, zit. nach Ruth Loyd Miller, *On Dating the Tempest, Shakespeare Newsletter*, Spring 1990, p. 12. Dort Hinweis auf de Veres Schiff Edward Bonaventure, das später vor den Bermudas in Schwierigkeiten geriet.

111   *Der Sturm* 1.2.

112   Was nicht heißt, daß nicht ein Begriff von »Vergangenheit« existiert hätte.

113   Bei den offenkundigen Unstimmigkeiten, Shakespeares »Fehlern«, auf denen die Forschung mit ewigem Heißhunger kaut, ohne je satt zu werden, wird außer acht gelassen, daß es sich um die Schichten verschiedener Bearbeitungsstadien handeln kann und dem Autor schließlich Zeit oder Lust fehlte, die Unstimmigkeiten zu beseitigen.

114   Eric Partridge, *A Dictionary of Slang and Unconventional English*, 7th ed. London: Macmillan 1976.

115   Richard Paul Roe, *The Perils of the Tempest*. Shakespeare Newsletter Fall/Winter 1989, 36 f.

116   Chambers I 493, Ogburn 389.

117   R. L. Miller, in: Looney II 283.

118   Ogburn 291.

119   Ogburn 287.

120   Ogburn 286.

121   Ogburn 291.

122   Wir können eine Arbeitsteilung feststellen: die einen forschen über die Verästelungen von Shakespeares Bildungshorizont; die anderen hauen der Krähe ihre Fehler um die Ohren. Wer sich die diversen Editionen daraufhin ansieht, wird überrascht sein, welche Menge an Feinheiten der verschiedensten Art hier zunächst entdeckt und im nächsten Atemzug wieder zu Volksweisheiten oder damals allgemein verbreitetem Bildungsgut eingestampft werden und in jedem Fall einer unangebrachten Besserwisserei frönen. Als Beispiel kann jede der gängigen Editionen herhalten. *Troilus and Cressida* 5.5., »belching whale«: »Shakespeare did not know that whales spout, and do not belch.«

123   *Troilus and Cressida* 1.3.

124   Zitiert nach Ogburn 251 f.

125   Schoenbaum 255.

126   William Shakespeare, *Julius Cäsar/Antonius und Cleopatra/Coriolanus.* Hrsg. von Hans Matter. Zürich: Diogenes 1979. VIII.

127   *Die Zeit,* 6. 8. 93. Ogburn ätzt: »It is to me perfectly extraordinary that Shakespeare should appeal so much more to our age and seem so much more relevant to it than he has to most intervening generations when the social and political convictions he expresses and that shape his works are anathema today as never before. Especially are they unspeakable in academia, where egalitarianism is gospel (except, one hears, as it might impinge on academic privileges). [...] the paradox of Shakespeare's irreproachable standing in the universities, where as a visiting lecturer he would be hooted from the platform, remains.« (240 f.)

128   *Romeo und Julia* 1.2.

129   *Troilus and Cressida* 1.3., Ulysses über Achilles zu Agamemnon.

130   *Troilus and Cressida* 1.3. Wieder Ulysses.

131   Zitiert nach Georg Hensel, *Spielplan.* Band I. Berlin: Propyläen 1986.

132   Nach Ogburn 260.

133   Nach Ogburn 260 f. Aus: Sidney Whitman, *Personal Reminiscences of Prince Bismarck.* London: John Murray 1902; im Original offenbar englisch.

134   Ogburn 261.

135   Sonett 55. Deutsch von Stefan George.

136   Schoenbaum *Lives* 472.

137   *English Drama to 1710* 106.

138   *Die Presse,* 16. 7. 1993.

139   *Guardian Weekly,* 23. 8. 1992.

140   Angaben bei Ogburn 5.

141   Ogburn 156.

142   Tyrone Guthrie in der *New York Times,* nach Ogburn 157.

143   Terry Eagleton, zitiert nach Thomson 26.

144   Zu *Hamlet* 4.2.

145   Levi 380. Anthony Burgess schreibt über dieses Buch: »A Shakespeare Life which will serve for the next decade.« Die Beziehungen in der Szene kennen keine Schattierung zwischen Haß und kumpelhafter Intimität. Levi schreibt: »Schoenbaum is a writer of admirable lucidity and extraordinary scholarly acumen: he has cleared away a wilderness.« (383)

146   Schoenbaum *Lives* 385.

147   Schoenbaum *Lives* 157.

148   Chambers II 214.

149   Ogburn 127 ff., Schoenbaum *Lives* 395 ff.

150   Ogburn 128.

151   Ogburn 130.

152   Paris 19 ff. Der Band ist, man muß es leider sagen, kein Ruhmesblatt für den ehrwürdigen Verlag. Lord Hunsdon, der Lord Chamberlain of the Household, heißt darin durchgehend »Hundson«, Delia Bacon war nicht mit Francis Bacon verwandt, und so schwirrt jede Seite in diesem Büchlein von Ungenauigkeiten, Fehlern und purer Schwadronage. Paris' Anmerkung über Frau Bacons Versagen in der Nachkommenschaftsfrage ist ein schöner Beleg für die Psychpathologie der das Geistesleben verwaltenden Patriarchen.

153   Schoenbaum *Lives* 385 ff.

154   »[. . .] the serial killer Gary Taylor, a man who liked to torture his victims before dispatching them.« *The Sunday Times*, Books, 18. 7. 1993.

155   Ausführlich in Schoenbaum *Lives* 135 ff.

156   Schoenbaum *Lives* 253.

157   Schoenbaum *Lives* 284 f.

158   Rowse 79.

159   Taylor 260. Man beachte: »verworfen«, nicht etwa »widerlegt«. Einem Relativisten kann man wohl auch nichts widerlegen, und es gibt nur herrschende, aber keine richtigen Ansichten.

160   Vergleiche Carl Christian Bry, *Verkappte Religionen* (1924; Neuauflage, mit einem Vorwort von Martin Gregor-Dellin. München: Ehrenwirth 1979). Für Bry ist der »Baconianismus« das Musterbeispiel einer solchen »verkappten Religion«.

161   Hope/Holston 66. Schoenbaum *Lives* 427.

162   Looney I 80. Die massive Aversion gegen Looney und seine Methode, die doch völlig in Einklang mit dem wissenschaftlichen Weltbild steht, wird verständlicher, wenn man bedenkt, in welchem Maß der Intellektualismus der Moderne von einer Elite-Auffassung durchdrungen ist, der nichts widerlicher ist als gerade jener Common sense der neuen Mittelschichten, die sich zu Beginn unseres Jahrhunderts etablierten und deren Weltbild sich nicht zuletzt in den Büchern des Erfinders von Sherlock Holmes entfaltet. Aufschlußreich dazu John Carey, *The Intellectuals and the Masses. Pride and Prejudice among the Literary Intelligentsia, 1880–1939*. London/Boston: Faber and Faber 1992.

163   Looney I 108. *Sixteenth-Century Verse*, Nummer 90 (*If women could be fair and yet not fond*). Dort lautet Zeile 12, weniger sinnvoll, »let me go«, und die letzte Zeile, weniger schön, »O what a dolt was I.« Vergleiche dazu aus *Venus and Adonis*: »As falcons to the lure, away she flies.« (175) »They that love best their loves shall not enjoy.« (312) Eine Parallele besteht zu Gedicht VII aus dem *Passionate Pilgrim*: »Fair is my love, but not as fair as fickle ... « Auch ein Gegensatzpaar wie »fair and foul« aus Macbeth fällt einem dazu ein.

164   Looney I 112. Der Lexikonartikel stammte ausgerechnet von Sir Sidney Lee, einem der führenden Stratfordians seiner Zeit.

165   Hope/Holston 138.

166   *Troilus and Cressida* 1.3.

167   *Wie es euch gefällt* 1.7.

168   Ward 180. Die folgende Darstellung stützt sich im wesentlichen auf Ward, Looney I und II, Ogburn, Clark, Fowler.

169   Ward 181. Hierzu auch David Mann, *The Elizabethan Player: Contemporary Stage Representation*. London/New York: Routledge 1991, 132 ff.

170   Elias 62.

171   Ward 194.

172   Angaben nach B. M. Ward, in Looney II 458 ff.

173   Looney II 464.

174   Greenblatt 10.

175   Greenblatt 36 f. Looney bemerkt: »The curious thing is that he has been read seriously and literally when in a playful mood, by the same people who have treated passionate, heart-wrung utterances as mere freaks of fancy.« (Looney I 175)

176   *The Sonnets/Die Sonette*. Englisch und in ausgewählten deutschen Versübersetzungen. Mit Anmerkungen und einem Nachwort herausgegeben von Raimund Borgmeier. Stuttgart: Philipp Reclam 1991 (zuerst 1974).

177   Übersetzung von Gustav Wolff. Bei mehreren der Sonette zeigt sich, wie die biographische Frage unmittelbar in ein Verständnis- und damit Übersetzungsproblem übergreift. Es macht einen Unterschied, ob »poetisch« von irgendeinem Baldachin die Rede ist oder von dem einen, der von den Peers über der Königin getragen wird, die demgemäß die wahrscheinlichste Adressatin des Sonettes ist.

178   Ogburn 446.

179   Ogburn 447.

180   Ward 33.

181   *Richard II* 3.2.

182   Roger Stritmatter, *A Quintessence of Dust*. An Interim Report on the Marginalia of the Geneva Bible of Edward de Vere, the Seventeenth Earl of Oxford, Owned by the Folger Shake-Speare Library. Northampton, Massachusetts: Roger Stritmatter 1993 (Version 2.2.).

183   Sonett 110, siehe auch Ogburn 341.

184 Sonett 111.

185 »Es muß aber ›se offendendo‹ geschehn...« (Hamlet 5.1.)

186 *Die lustigen Weiber von Windsor* 3.4.

187 Ogburn 483.

188 Ogburn 510.

189 *Flowres* 8.

190 »Auf diese Weise sein Einkommen zu vermehren, gilt als unehrenhaft und hat den Verlust des Titels und des Ranges zur Folge.« (Elias 106)

191 Andere Beispiele sind Sir Edward Dyer, John Fletcher, George Herbert, Alexander Hume, Sir Walter Ralegh, Thomas Sackville, Sir Henry Wotton (*Flowres* 8).

192 *Flowres* 9.

193 *Hamlet* 5.2.

194 Ogburn 517.

195 Ogburn 518.

196 Ogburn 498.

197 *Sixteenth Century Verse* 158.

198 Schmidt I 751.

199 Ogburn 529.

200 Die höfische Gesellschaft gleicht einer Familie; für Reisen oder Heirat muß die Erlaubnis des Regenten eingeholt werden. Vergleiche auch hierzu Elias.

201 *Die beiden Veroneser* 1.3.

202 Ogburn 541.

203 Ogburn 545, Fowler 181f.

204 *Wie es euch gefällt* 4.1.

205 Ogburn 547 f., Fowler 203, 219.

206 *Timon* 2.1.

207 Ogburn 548

208 *Hamlet* 3.2.

209 Coote 38.

210 Ogburn 144.

211 Ogburn 556.

212 Ogburn 559 f.

213 *Die lustigen Weiber von Windsor* 4.2. (dort über Mistress Ford).

214 In der Jonson-*Folio* wird Shake-speare bei *Sejanus* als Schauspieler genannt; dabei dürfte sich wohl um de Vere gehandelt haben. 1604 wurde Jonson wegen *Sejanus* von Henry Howard vor das Privy Council zitiert und wegen »poperie and treason« angeklagt – eben dessen, was de Vere zwanzig Jahre früher ihm, Howard vorgeworfen hatte. In seinem Anteil an *Sejanus* hatte de Vere sich wohl wieder einmal auf der Bühne gerächt; Howard schlug zurück, meinte de Vere und hielt sich an Jonson schadlos.

215 Und Falstaff gegenüber den beinahe-synonymen »Decknamen« Brook annimmt – was an Arthur Brooke, den Verfasser des Ur-*Romeus and Juliet* erinnert, möglicherweise das Pseudonym des (sehr) jugendlichen Dichters. Ausführlich dazu bei Ogburn 449 ff.

216 Daß wir solche Bilder inzwischen als allgemein verfügbare Klischees empfinden, ändert nichts daran, daß sie in der Lyrik des 16. Jahrhunderts an ganz bestimmten Stellen gehäuft auftreten: bei de Vere, bei Lyly und bei Shakespeare. Vergleiche dazu Ogburn 586.

217 Ogburn 583.

218 Die diesbezügliche Argumentation, die hier keinen Platz findet, ist in voller Länge bei Eva Turner Clark nachzulesen; modifiziert auch bei Ogburn.

219 Ogburn 597.

220 Conyers Read, *Mr Secretary Walsingham and the policy of Queen Elizabeth*, Vol. III, New York 1978, S. 324, 443 ff.

221 Sonette 127 und 132. Übersetzt von Rolf-Dietrich Keil und Karl Lachmann.

222 Ogburn 649.

223 Ogburn 650.

224 Ogburn 650.

225 Ogburn 627.

226 R. Warwick Bond, *Life, Essays, Notes in The Complete Works of John Lyly.* Oxford 1902. Ogburn 628.

227 Ogburn 629.

228 Blount war auch der Verleger Marlowes und der ersten Shakespeare-*Folio*. Vergleiche Ogburn 629.

229 Die von dorther stammende Behauptung, Oxford sei homosexuell, wurde in A. L. Rowse wieder aufgegriffen, um Oxfords Anwartschaft auf den »Titel« Shakespeares zu diskreditieren. In Cootes Ralegh-Biographie begegnet sie uns als Faktum.

230 *Drama to 1710* 63.

231 Chambers II 193.

232 Fowler 332 ff.

233 Nach Ogburn 719.

234 Hautnah nicht nur für uns heutige. 1628 sah der Duke of Buckingham eine Aufführung von *Henry VIII* am Globe Theatre, »whereat he stayed till ye Duke of Buckingham was beheaded and then departed«. Chambers II 347 f.

235 Den Historikern der Tudorzeit, die mit der Shakespeare-Debatte nichts im Sinn haben, gilt hingegen diese Erkenntnis als gesichert. Vergleiche dazu etwa Lawrence Stone, *Crisis of the Aristocracy,* Joel Hurstfield, *The Queen's Wards,* Conyers Read, *Walsingham III.*

236 1592 spielten die Queen's Men unter Oxfords Leitung in Stratford; vielleicht fand da die schicksalhafte Begegnung statt oder fiel die Entscheidung, die semantische Kapazität von Shaksperes Namen zu nützen.

237 So Shakespeare in der Vorrede. *Venus and Adonis* ist also das erste Werk, das von der Erfindung des Pseudonyms profitiert.

238 »Literary critics who cannot hear that sincerity in the poet's voice are surely in the wrong business.« (Ogburn 320)

239 Sonett 111 übersetzt von Ludwig Fulda, 1913; Sonett 72 übersetzt von Richard Flatter, 1934/57. Gleich, ob wir annehmen, diese Verse seien an Henry Wriothesley oder an William Herbert gerichtet, rührt einen jedenfalls die fruchtlose Mahnung, sich von eben jenen »wertlosen« Dingen fernzuhalten, denen der Sprechende sein Leben – und seinen Namen – hingegeben hat. Beide möglichen Adressaten begeisterten sich für Literatur und Theater, wohl nicht zuletzt durch Oxford dazu verführt. William Herbert war der Sohn von Mary Sidney, Countess of Pembroke, der Schwester Philip Sidneys, die selber literarisch tätig war.

240 *Romeo and Juliet* 2.4.

241 Ogburn 655.

242 *2 Henry IV* 5.1. Auch bei Ogburn 747.

243 Joan Rees, *Fulke Greville, Lord Brooke, 1554–1628, A Critical Biography.* London 1971, Preface X.

244 Pollard 33.

245 Max Weber, *Wirtschaft und Gesellschaft.* Tübingen 1972, S. 774. Nero, mit dem Hamlet sich vergleicht, wurde vorgeworfen, mit seiner Schauspiel- und Sangeskunst an die Öffentlichkeit getreten zu sein.

246 Chambers *Stage* II 183.

247 Chambers *Stage* IV 12 f.

248 Es gibt einige Belege für ein gewisses Einverständnis und eine gedeihliche Zusammenarbeit zwischen Druckern und Autoren. Wenn Marston, Middleton oder Heywood sich für Druckfehler in Arbeiten entschuldigten, die ohne ihr Zutun gedruckt worden waren, oder weil sie anderweitig beschäftigt gewesen seien, so impliziert dies, daß üblicherweise die Erstellung des definitiven Textes ihnen oblag. (Robert Detobel, *Some Notes on the Stationers' Company,* Manuskript, 1993 7 f.; Chambers *Stage* III 198.)

249 Das wenige andere, was von Andrew Wise sonst verlegt wurde, deutet auf engere Beziehungen zu katholischen Kreisen hin. (Detobel, *Some Notes* 4) Ebenso scheint Roberts zu katholischen Kreisen Beziehungen gehabt zu haben. (Detobel, *Some Notes* 16)

250 Robert Detobel, *Some Notes.* Für *Henry V* gab es ein älteres Copyright von Thomas Pavier; *Much Ado, Henry V* und *Every Man* wurden aber kurz darauf genehmigt und mit der üblichen Verzögerung von einigen Monaten gedruckt. *As You Like It* taucht erst 1623 in der Folio wieder auf. Das Manuskript könnte an den Autor zurückgegeben worden sein.

251 Ogburn 749.

252 Deutsch von Walther Freund, 1948.

253   Ben Jonson, ebenso wie Spenser, unterschied orthographisch zwischen »monument« (Denkmal) und »moniment« (Archiv); nach Ruth Loyd Miller, 1989.

254   Dazu ein Beispiel aus Shakespeare: »I'll make thee known/Though I lost twenty lives.« (Ich werde dich bloßstellen, wenn ich auch zwanzig Leben verlöre.) *Othello* 5.2.

255   Ogburn 224.

256   *Troilus und Cressida* 1.3.

257   »Was auf dem Grabmal steht, kann ich nicht lesen.« *Timon von Athen* 5.4. Und in 5.5.: »Forscht meinen Namen nicht.«

258   Wortlaut nach der Cambridge-Weltgeschichte.

259   Deutsch von Rolf-Dietrich Keil, 1959, und Walther Freund, 1948.

260   Richmond Crinkley, *New Perspectives on the Authorship Question. Shakespeare Quarterly* 36, 1985. In meiner Korrespondenz und in Gesprächen taucht derselbe »Gedanke« wiederholt auf. »Nur nicht darüber nachdenken« lautete die humorvolle Kurzmitteilung eines amtierenden Universitätsprofessors; eine Shakespeare-Fachfrau äußerte: »Ich glaube ja schon, daß *er* es geschrieben hat, sonst würde ich mir selber das Wasser abgraben.«

261   Nach Charles Champlin, *William Shakespeare Is Still News After Four Centuries.* Los Angeles Times, 8. 2. 1990.

262   *London Review of Books*, 16. 12. 1993.

VERO NIHIL VERIVS

VERO VERIVS NIHIL

non Sanz droict

oben: Wappen de Veres
unten links: Wappen Shaksperes, unten rechts: Wappen Sogliardos